見つけたいのは、光。

きゃいー！　と悲鳴にも聞こえるような歓声を上げて、ハイハイ姿勢の一維がトンネルに吸い込まれていく。すぐに二メートルほど先の反対側から出てきて、きゃいー！　とまた歓声。立ち上がり、足踏みをしながら上手い具合に一周し、またハイハイになり吸い込まれる。

ついさっきまでボール遊びをしていた時は、「まんまぁー！　みぃてぃー！」と一回投げるごとに亜希を呼んだが、トンネルに移動してからは見向きもしない。よほど気に入ったのだろう。側面に大好きな電車が描かれているのがよかったようだ。

おかげでようやく休めると、亜希はトンネルから少し離れた場所に腰を下ろし、壁に背中をもたせかけた。壁といってもキッズプレイルームのそれだから、クッション素材で、色は目がチカチカするようなオレンジである。

マザーズバッグから携帯を取り出し、時間を確認する。16時27分。プレイルームに入室したのが16時15分だったから、一維が一人遊びを始めてくれるまでに、十二分かかったことになる。三十分制で申し込んだから、残り時間は十八分。どうかあと十八分、何事もなく一人遊びをしてくれますようにと祈る。三十分の利用料金は子供が六百円、大人が四百五十円で、計千五十円だった。亜希は十八分の休憩時間を、千五十円で買ったのだ。

お金のことを考えると鬱々とするので、頭を切り替えた。携帯でネットにつなぎ、ブックマークしているブログ、「Hikari's Room」を開く。我ながらこの作業をする時は、手の動きが滑らかだと思う。毎日アクセスするから、もう指が慣れているのだ。今日に至っては、朝から三回目のアクセスである。天気予報を見ようとして、間違って「Hikari's Room」につないでしまうようなことも、最近は頻繁にある。

トップ画面の背景の、淡いブルーとピンクが表示され始めた。記事は更新されているだろうかと緊張して、鼓動が速くなっている。しかし期待は裏切られた。画面すべてが表示されたが、そこに更新を示す「New」の文字はなかった。軽く溜息を吐く。

ブログ主のHikariこと光さんは、週に二度、月曜と水曜に更新することを目標としているそうだ。そしてそれは亜希が読者になってからの約一年は、ほぼ守られている。愛読し始めたばかりのちょうど去年の今頃に、上のお子さんから始まって、下のお子さん、光さん本人と、家族全員インフルエンザにかかって十日ほど更新が止まったことがあるが、亜希が覚えている限り、週二更新が守られなかったのはその時だけだ。

けれど昨日の月曜は更新がなかった。そして火曜の16時半現在になっても、まだない。流行時期だから、また誰かインフルエンザにでもかかったのだろうか。亜希も、いつ我が家にも来るかわからない、せめて一維だけでも逃れて欲しいと、少し前から怖々過ごしている。実はさっき一維がボール遊びを始めた時も、周りの目を盗んで除菌シートでボールを念入りに拭いた。

仕方がないので、先週の水曜日に更新された記事を読むことにした。読むのはもう三度目、いや四度目かもしれないが、何度読んでも面白いからよい。お正月に光さんが、二人の子供と共に里帰りした際、事件が起こったという話題だ。

下の三歳の娘のオトちゃんが、帰りのサービスエリアで少し目を離した隙に、行方不明になった。まさか駐車場に飛び出して事故に？　もしかして誘拐？　と血の気が引く思いで、光さんは上の五歳の息子のチカラ君と共に、汗だくになって探し回った。十分後、オトちゃんはキッズスペースで見つかった。一人で椅子に座って、のんびり水筒のお茶を啜っていたという。

『飲んでいた、じゃなくて、啜っていた、だったんですよ！　両手で水筒を抱えて、ずずっ、ぷはーってね。三歳児なのに、まるで縁側のおばあちゃん！　見つけた瞬間、チカラと共に、よかった！　じゃなくて、おいっ！　って思い切り叫んじゃいました。笑』

緊迫感の後の、光さんの軽快な文章が心地よい。読み終えて亜希はにんまりとした。

「お子さん、トンネル遊び、すごく楽しそうですねー。かわいい。どれぐらいですか？」

不意に頭上から声がして、顔を上げた。綺麗に化粧を施した女性が、にっこりと微笑(ほほえ)みかけながら、亜希の隣に腰を下ろすところだった。茶色い髪が顎下辺りでさらさらと揺れる。一維がボール遊びをしていた時、すぐ近くで絵本を見ていた女の子のママだろう。女の子は今、おままごとキッチンのスペースで、リンゴのオモチャをこねくり回している。

「どうも。もうすぐ一歳四カ月です。どれぐらいですか？」

携帯を閉じて、亜希は微笑み返した。一維の年齢、月齢は、そのまま亜希の母親歴だ。その一年四カ月の母親歴で、一維を連れている時にされる、「どれぐらいですか？」という主語のない質問には、すっかり慣れた。一維の年齢、月齢を聞かれているのだ。そして相手も子供連れの時には、こちらも「どれぐらいですか？」と聞き返すのが礼儀ということも、もうしっかり心得ている。

「えー、すごい！　さっき『ママ、見て！』って二語文で喋ってましたよね？　うちは一歳半になったところですけど、まだママとパパしか言えないんですよ。歩き始めたのも、つい最近だし。女の子なのになあ。あ、下のお子さんですか？」

女性がすがるような表情をするので、何も悪くないのに、亜希は申し訳ない気持ちになった。一般的に男の子より女の子の方が、一人目の子より二人目以降の子の方が、成長が速いと言われている。

「一人目なんですけど、うちは生まれた時から大きかったし、なんだかやたら成長が速いんです。それはそれで大変ですよ。ハイハイと歩くのがほぼ同時だったから、バランスが悪くて、今もよく転ぶし」

ハイハイ時期が長い方が、上半身が鍛えられてバランスが取りやすく、最初から上手に歩けるとも言われる。

「そうなんですね。でもやっぱり速いのはうらやましいなあ。ここ、よく来るんですか？色んな種類の遊具があっていいですよね。うちの子、ここが大好きなんですよ」

女性はにこにこしながら話し続ける。これはもしや、「友達になりませんか？」という流れだろうかと、亜希は少し身構えた。

「初めて来たんです。このショッピングセンター自体には、よく来てるんですけど」

普段はもっぱら一階下の、ブロッククッションしか遊具がない無料のキッズスペースにいる。でも今日は混んでいたのと、一維があまりにも不機嫌だったので、思い切ってこちらの有料プレイルームに足を踏み入れてみた。

ヤー！　と女の子の叫び声がして、女性と二人で顔を上げた。

「あっ！　いっくん！　ダメ！」

いつの間にかおままごとスペースに移動していた一維が、女の子のリンゴを奪おうとしている。

「ダメ！　お友達が使ってるでしょう？」

駆け寄って、一維の手をリンゴから引き剝がそうとした。が、一維も「イヤー！」と叫んで、余計に手に力を入れる。

「いいですよ。ユヅキちゃん、お友達も使いたいんだって。どうぞ、してあげて」

同じく寄ってきた女性が女の子に言う。すると女の子はおとなしくなり、リンゴから手を離した。一方で一維は、リンゴが手に入ったのに、叱られたことで不機嫌スイッチが入ったのか、イヤー！　イヤー！　と、更に声を大きくする。

「いっくんが悪いのよ！　それお友達に返して、ごめんなさいして！　すみません。この子、まだ保育園に行ってないので、順番待ちや譲り合いができないんです」

女性と女の子に向かって頭を下げる。女性は「いえいえ」と笑った。

「うちもまだですよ。だって、こんな小さな頃から保育園に預けるなんて、かわいそうですもんね」

イヤァァー！　女性の語尾に被せて、一維が耳を劈（つんざ）くような声で叫び、ついには床に転がって泣き始めた。

何度も「すみません」と言いながら、亜希は自分の体がすうっと冷めていくのを感じていた。


脇腹に衝撃があって、目を覚ました。すぐには何が起こったのかわからなかったが、だんだんと、きっと一維に蹴られたのだと理解した。薄暗がりで目を凝らし、掛け布団をめくってみると、やはり。一維の両足が九十度の角度でこちらを向いている。起きて泣いてしまうと面倒なので、直さずそのままにしておく。

ふうっと息を吐いた後、我が子の寝顔をぼんやりと眺めた。長い睫毛にぷっくりとした頰。すうすうと寝息を立てる、あまりにも無防備なその姿を見ていると、使い古された表現だろうが、「天使だ」と思う。本当に亜希は、一日のうちに何度もこうして一維の寝顔を見つめては、こんなにかわいい子供がいて、私はなんて幸せなんだろうと、感慨にひたっている。子供が欲しいと思いながら、作れない期間が長かったので、今ここにいてくれることへの感謝の気持ちも強く、「ありがとう」「私のところに来てくれて、本当にありがとう」とも、毎日心の中で唱えている。

だけど——。枕元の携帯を取って、時間を見る。23時になるところだった。泣いて嫌がる一維をベッドに入れて、無理やり寝かしつけたのが、確か21時半頃だった。一緒に寝落ちして、一時間半も眠ってしまった。今日は一維をお風呂に入れるのを諦めたので、亜希もまだ入浴を済ませていない。もう自分も諦めてしまおうと思うが、化粧だけは落とさなければ。しかし体が重くて、ベッドから出られる気がしない。

急激に煩わしさを感じて、ベッドの上で正座した。部屋着のトレーナーの背中に両手を突っ込み、ブラジャーのホックを外す。両腕を抜き、下から引っ張り出して、ベッドの下に放り投げる。再びトレーナーに両手を、今度は前から入れて、乳房を乱暴に掻きむしった。いけないと思いつつも、やがて指は乳首にも向かう。爪を立てて思いのままに掻くと、右手中指が薄皮をぺりっと剝がしたのがわかった。きっと血が出て、明日は今日よりも酷い状態になるだろう。でも掻きむしるのを止められない。

一維は生まれてすぐの頃から、とにかくおっぱいをよく飲む子で、生後二カ月で母乳だけでは足らなくなり、粉ミルクも飲ませる、いわゆる「混合」授乳に切り替えた。するとミルクの味の方が好みだったようで、徐々におっぱいを求めなくなり、四カ月の頃には「完全ミルク」授乳になった。だから亜希は、もう一年も一維に母乳を与えていない。ミルクも一歳一カ月ですんなり卒業したし、もう母乳は必要とされていないのだ。

なのに亜希の胸からは、未だ母乳が出る。滲む程度なのだが、でも「出る」ので、乳房や乳首に付着したそれが乾いて、一日に数回、強烈なかゆみを発生させる。更には――。

気が済むまで胸を掻くと、姿勢を崩し胡坐をかいた。両足の裏の土踏まずの辺りを、両手の親指で強く押す。一体どういう仕組みなのかわからないが、胸がかゆくなると、連動して足裏の凝りが激しくなる。

足裏は、かれこれ二年近く、年中無休、二十四時間態勢で凝っている。妊娠中、五カ月の安定期に入った頃から凝るようになり、七カ月の時に受けたマタニティマッサージで相談すると、「ああ、それは妊娠で骨盤が開いていってるからですよ」と言われた。じゃあ産んだら治るだろうと期待したのに、産後六カ月を過ぎてもまったくよくなる気配はなく、八カ月で産後マッサージを受けた時に再度相談すると、今度は「ああ、それは産後で骨盤が緩んだからですよ」と言われた。

二回とも今日行ったショッピングセンター内の整体サロンで、自宅に入った広告に付いていた、割引券を利用して受けた。産後の際には「骨盤ケアの集中コースを受けるといいですよ」と勧められたが、二カ月で五回通って三万円以上するコースだったので、とてもじゃないが手が出せなかった。

どれだけ一維が天使でかわいくても、生まれてきてくれたことに感謝していても、それとはまったくの別問題として、こうやって産後の不調が、亜希の体には重くのしかかっている。

一年四カ月経ってもまだ「産後」なのかはわからないが、一維を産む前にはなかった不調なので、やはり妊娠し、出産したことによる苦しみなのだと思う。更に最近は一維が――。

玄関の方でがちゃりと音がした。夫の英治(えいじ)が帰ってきたのだ。さっと自分と英治の枕をベッドの際(きわ)に縦に並べ、一維の落下防止ガードにした。ベッドから出て、寝室の扉を開ける。体は重いままだが、外部からスイッチを入れられても動かないほどではない。

「おかえりなさい」

「ああ、ただいま。寝ててくれてよかったのに」

「寝かしつけで寝落ちしちゃって、お風呂入ってないの。化粧落とさなきゃ」

「そうなんだ。じゃあ一維も、今日はお風呂に入ってないの？」

「そうなの、ごめん。不機嫌で入れられなかった」

「いいよ、いいよ。冬だし二日に一回ぐらいで十分だよね」

廊下で声を潜めて話をする。

「着替えるよね？　ご飯の準備しておくね」

「自分でやるよ。疲れてるでしょう」

「そっちこそ。温めるだけだから平気。でも、ごめん。今日の主菜、買ってきた出来合いのお惣菜なの」

「いいよ、いいよ。毎日買ってきたものでも大丈夫だよ。じゃあお願いしていいかな。ありがとう」

英治は物置部屋に、亜希はリビングに向かう。物置部屋は、かつては夫婦の趣味部屋だった。英治の旅行ガイド本、旅先で買った雑貨。夫婦共用の料理本に、亜希の文庫本や映画のDVDコレクションを、ディスプレイした上で収納していた。しかし今は、それらはウォークインクローゼットや部屋の隅に追いやられ、代わりに部屋の真ん中には、ネットで定期注文している一維のオムツ、飲み切れなかった粉ミルクの缶、もう使わない哺乳瓶に、哺乳瓶洗浄機。英治の妹夫婦から譲り受けたが、まだ一度も使っていない、姪っ子のお古の小型ベビーカー。もうサイズアウトしたが、身近に男の子が生まれたり、もしかして自分たちに二人目が生まれた時に、お古で使えるかもしれない一維の服などが鎮座している。

キッチンで、別皿に取り分けておいたサバの味噌煮を冷蔵庫から取り出し、レンジにセットした。副菜は三日前に作り置きした、キャベツとツナの和え物だ。お茶用のお湯を沸かし、味噌汁を火にかけ、ご飯をよそう。

すべての配膳を終えたところで、ちょうど部屋着に着替えた英治がリビングに入ってきた。ダイニングテーブルの上の照明が、電球一つ分しか点いていなかったので、もう一つも点けようと、スイッチに向かいかける。しかし英治は気付いていないようで、そのままテーブルに着いたので、中止する。

テーブル上の照明は、まだ一維が生まれる前、このマンションに引っ越してきた時に、「一つぐらい、ちょっといい家具が欲しいよね」と話して、奮発して買った北欧製のものだ。電球もずっと、暖かみのあるオレンジ色にこだわっている。「毎日この光の下で、一緒にご飯食べるの楽しみだよね」「ね。子供が生まれたら、三人でね」と話しながら、わくわくと設置した。しかし一維が生まれてから、この照明の下で三人で食事を摂れたのなんて、片手で数えられるほどしかないと思う。しかも最近は目まで疲れているのか、亜希は刺激が少ないはずのオレンジ色の光でさえ煩わしく、すぐここの照明は消してしまう。点けるとしても、電球は一つにすることが多い。

パチンと手を合わせ、「ありがとう。いただきます」と英治は箸を取る。「うん。顔洗ってくるね」と、亜希は入れ違いに洗面所に向かった。

クリームのメイク落としを、丁寧に顔に塗り込んでいく。さっきまであんなに億劫に思っていたのに、いざ始めてみると、一維のためでも英治のためでもなく、ただ自分だけのための行為で、とても贅沢で快適に思えた。洗顔にもわざと時間をかけて、束の間の自由を楽しんだ。化粧水と乳液を肌に染み込ませてから、リビングに戻る。

英治は食事を、ちょうど半分ほど食べ終えていた。亜希は自分の分のお茶を淹れ、湯飲みを持って、「ちょっと話していい？」と英治の向かいに座った。夫に話しかけるのに許可を取るなんて虚しいが、毎日遅くまで働いていることを思うと、つい訊ねてしまう。

「いいよ。もちろん」

「一維のことなんだけど……。もしかして、もうイヤイヤ期が始まってるってことはないかなあ？　早過ぎるけど、一維、いつも成長が速いし」

何でもイヤイヤの「イヤイヤ期」は、二歳頃から始まるのが一般的だそうだ。

「ここのところ不機嫌で大変って言ってたよね。今日も酷かったの？　寝起きも泣いてたよね」

頷いて、亜希はすうっと息を吸った。そして今日一日の一維の様子を、吐き出すように語り出す。

今日はまず寝起きが悪く、一日の始まりから不機嫌だった。朝ご飯は角切りリンゴ入りのコーンフレークのヨーグルトがけ、昼ご飯はオムライスと、一維の好物をメインにしたが、自分で食べたがったのに、スプーンが上手く使えないことに苛立って、一口食べるごとにスプーンを投げた。そして朝昼とも最後には、まだ中身が入っている器を、奇声を上げながらわざとひっくり返した。

お昼寝は三十分しかせず、起きた後に積み木遊びに付き合ったら、遊びの延長なのだろうが、積み木を亜希の顔めがけて投げようとした。慌てて止めて、「ダメだよ。そんなことしたら、ママ痛い痛いだよ」と叱ると、火が付いたように大泣き、大暴れが始まった。どう宥めても治まらず、一時間近く泣き続けたので、「いっくん、お外に行こうか。電車が見れるよ」と無理やり着替えさせ、亜希は大急ぎでファンデーションだけを塗り、散歩に連れ出した。近所の、坂の上から電車が眺められるところに連れて行くと、「でんしゃ！　でんしゃ！」とはしゃいで、何とか一度は上機嫌になってくれた。

しかし三十分ほどで、「寒いからもう行こうね。風邪ひいちゃうから」とベビーカーを移動させると、また大泣き、大暴れが再開された。道行く人が振り返るし、反り返りが激しく、ベビーカーのベルトを破壊しそうな勢いだったので、ショッピングセンターに避難して、初めて有料プレイルームを利用した。でもすぐに女の子のリンゴを奪おうとする事件があり、また大泣き大暴れ。

夕食の買い物中は、暴れ疲れたのかウトウトしておとなしかったが、帰宅後はまた、些細なことですぐ不機嫌になった。夕ご飯も朝昼と同様に平穏ではなく、お風呂も入れられず、無理やりにやっと寝かしつけたのが、つい二時間ほど前だ。

「大変だったね。何もできなくてごめん」

英治がわざわざ箸を止めて、亜希を見つめた。何もできないのは英治のせいではないので、らね」

「うん、ごめん。料金が気になったけど、今日は無料の方で宥められる気がしなかったか
ら」

「いいよ、いいよ。俺も一度ぐらい連れてってあげたいと思ってたから。どうだった？」

「トンネル遊びは楽しそうだったけど、すぐリンゴ事件になっちゃったから……」

床を転げまわって暴れるのでバツが悪くなり、リンゴの母娘への挨拶もそこそこに、あの後すぐに一維を担いでプレイルームを出た。結局、二十二分しか利用できなかった。亜希が一維から離れられた時間は、女の子のママに話しかけられていた時間も含めて、五分程度だったと思う。五分の休憩時間を、千五十円で買ったことになる。

「そうか。でもその女の子のお母さん、怒りもせずに感じいいね。友達になった？　連絡先とか交換したりしたの？」

「してない。確かに感じいい人だったけど……。しょっちゅうあそこに来てるみたいだったし、化粧や髪もちゃんと綺麗にしてたし、うちとは金銭感覚や余裕が違うよ、きっと」

「あ、そうなんだ。そうか」

しばらく沈黙が流れた。英治の箸が、食器とぶつかる音が響く。

やがて食事を終えた英治が、カタンと箸を置いた。「でも」と改まって亜希を見る。

「話を聞いてる限り、今日の一維のイヤイヤには全部理由があるよね。だからイヤイヤ期ではないんじゃないの？」

穏やかな口調を心がけている風があった。

「理由？」

「うん。イヤイヤ期のイヤイヤには理由がないって、ブログで読んだって話してたよね。いつもの、光の部屋、だっけ？」

言われてハッとした。二週間ほど前、光さんがイヤイヤ期についての持論を、ブログ記事にしていた。下の子のオトちゃんのイヤイヤ期が、「どうやら終わりを迎えた」そうで、二人の子のイヤイヤ期を経ての、光さんが思うイヤイヤ期とはどんなものか、どう乗り越えるとよいか、という内容だった。

それによると、イヤイヤ期のイヤイヤには理由がなく、とても理不尽なのだそうだ。積み木が上手く積めないとか、もっと遊びたいと泣くのではなく、例えば「お茶が欲しい」と言うのであげると、「違う！　牛乳！」と泣く。そして牛乳をあげると、今度は「ジュースがいいの！」と暴れて、牛乳をこぼす。それを見て「ママのせい！」と、ぎゃあぎゃあ怒る——という具合らしい。

光さんは、思春期にホルモンバランスの乱れで反抗期があるのと同じで、多少の個人差はあれど、脳の成長過程で必ず起こるものなので、親は「自分の接し方が悪いのでは」などと抱え込まなくてよいと言う。ただ時期が過ぎるのを待つのが望ましいとのことだ。

『でも親だって人間だから、毎日理不尽に八つ当たりされると、どうしたって、こちらはイヤイヤじゃなくて、イライラしちゃいますよね。だから私は、イヤイヤ期は子供が寝た後に、思い切り好きなことをするのがいいと思います。アイドルのコンサートＤＶＤを夜な夜な見るのもよし。ＲＰＧを毎晩一面ずつクリアするのもよしです。ちなみに私は、今日はこれ！と、毎晩おいしいワインを開けてました。だから私は、イヤイヤ期の感想を聞かれたら、大変だったよー、じゃなくて、お金がかかったよー、って答えます！　笑』

最後はそう締められていた。理不尽であるということの説明のわかりやすさ、抱え込まなくてよいと断言するやさしさ。アイドル、ゲーム、お酒、と育児中の親が嗜んでいると、後ろ指をさされがちなものへの寛容さ。自嘲するユーモア。そのすべてに感嘆し、亜希は英治に「ねえ、いつもの光さんのブログで読んだんだけど」と、その記事の内容を、事細かに語って聞かせたのだった。

なのに、なぜ自分が忘れていたのか。その理由にはすぐに気が付いたが、認めたくなくて、とりあえず黙ってお茶を啜った。

ここ数日の一維の激しい不機嫌で、正直、亜希は今、疲れている。さっきのように寝顔を見つめて、「天使だ」と思えるとホッとする。でも同時に不安にもなる。今日は天使だ、かわいいと思えたが、明日、いや一時間後には思えなかったらどうしよう。かわいいと思えないどころか、いつか我が子を「憎い」と思ってしまったらどうしよう。

まだ「憎い」までは行っていないが、ここ数日、自分は今はっきりと、一維に腹を立てたと、自覚することは何度もあった。特に、積み木をぶつけようとしたり、他の子が使っているものを奪おうとしたりと、攻撃的な行動を取る時には、どうしてそんなことをするのか、この子は性格に問題があるのではと不安になるので、それと相俟って怒りも激しくなる。せっかく作った食べ物を投げられたり、ひっくり返されたりした時も、つい音を立てて溜息を吐いたりした。こちらについては哀しくなるので、泣きたい気持ちと怒りが半々だった。

だから亜希は、これはイヤイヤ期なんじゃないか。だとしたら仕方がない。どんな子にも必ず来るものだし、一維は人より早く来ただけだ。一維の性格に問題があるわけではないし、いつか必ず終わる。そう思いたかったのではないか。でも――。

「そうだね。理由があるから、イヤイヤ期ではないね。幾ら何でも早いし」

力なく呟いて、またお茶を啜った。「う、うん」と英治が曖昧に頷く。

「お正月の疲れが、今になって出てるのかな。ばあばたちがいない生活に戻って、淋しいのかも。もう少し様子を見るよ。一時的なものだといいけどね」

英治が年末年始も仕事だったので帰省できず、お正月は亜希の両親が、一維に会うために我が家に数日滞在していた。

「じゃあ、私はもう寝るね」

お茶を飲み干し、席を立つ。

「うん。大丈夫？　任せきりでごめんね」

「ううん。聞いてもらったら楽になったよ。ありがとう。おやすみ」

寝室に戻ると、一維は今度は英治のスペースに両足を投げ出していた。英治が眠りに来る頃にはまた状況が変わるだろうから、直さずそのままにしておく。枕二つを元の位置に戻し、重い体を再びベッドに収めた。

一維の寝顔を見つめてみようか迷ったが、止めておいた。ちゃんと寝息を立てていることだけ耳で確認し、代わりに携帯を眺める。「Hikari's Room」にアクセスするが、トップ画面がすべて表示されても、まだ「New」の文字はなかった。

ゆっくりと息を吐き、目を閉じる。

さっき亜希は、英治に嘘を吐いた。一維が荒れていることについて、「聞いてもらったら楽になった」と言ったが、そんなわけはない。英治に罪はないが、聞いてもらうだけでは楽にはなれない。だって一維の不機嫌は、明日も明後日も続くかもしれない。もし不機嫌が治まったとしても、明日も明後日も明々後日もその次の日も、一日の休みもなく、一維が朝起きてから夜寝るまで、亜希が一人で世話をするのだ。今日の疲れを癒やせる当てがない。

誰にも手伝ってもらえず、二十四時間一人で家事や育児を請け負う状況が「ワンオペ育児」と呼ばれ、世間で問題視されるようになって久しい。ワンオペ育児を強いられる人のほとんどは女性、つまりは妻、母であり、原因の多くは男性、つまりは夫、父にあるようだ。未だに家事や育児は女性がするものと思っていて、父になっても育児に当事者意識がない、たまにやっても要領が悪いし、手伝っているという感覚の男性が多いらしい。

英治は、決してこれに当てはまらない。結婚前から子供好きを自称し、結婚したら早く子供が欲しいと宣言していただけあって子煩悩だし、自分も一維の育児をするべき、したい、と思っていることが、普段から強く窺（うかが）える。

休日の朝は亜希には「ゆっくり寝てていいよ」と言い、自分は早朝から起き出し、一維の衣類を洗濯する。一維が起きたら朝食を作り、食べさせて、昼寝をしている間に離乳食のストックを作り、冷凍までしてくれる。調理師免許を持っているから、キッチンでの手際は亜希よりもずっといい。綺麗好きだし、何事にもマメで丁寧なので、おそらく家事全般において、亜希よりも能力が高いと思う。

よく近場の子連れスポットを検索し、「今度一維をここに連れて行こうよ」と提案する。一維がぐずれば積極的にあやし、泣き止ませられなくても、「俺じゃダメだから」と亜希に押し付けたりしない。一維の現在の服のサイズ、食事量、起床、昼寝、就寝の時間帯まで、常にきちんと把握している。

しかし、そんな意識も能力も高い、いい夫に恵まれたのに、結局は亜希がほぼ毎日ワンオペ育児をしている。その理由は、ただただ英治の休みが少な過ぎるからだ。東京郊外のイタリアンレストランで店長兼ホール係をしているのだが、一維が生まれてからというもの、休みは月に三日あればよい方。一日しかなかった月も、この一年四カ月で三回あった。

会社の経営方針で、英治の店はシェフと店長以外のスタッフはすべてパート主婦と学生アルバイトでまかなわねばならず、人が定着しないので、常に人手不足なのだ。休みの日も、「ごめんね。ほんとごめん」と言いながら、シフト表や売上表作りのために、近所のコーヒーショップに籠城したりする。自宅から店までは一時間強で、10時から22時まで働いているので、朝は普通の会社員よりは少し遅いだろうが、帰りはいつも23時過ぎ。家事、育児をやる時間も余力も、英治には物理的に存在していない。

一維が生まれる前は銀座の本店で働いていたが、そこでは少なくとも週に一度は休めていた。でもキャリア七年でホール長だったにもかかわらず、非正規雇用の契約社員だった。だから亜希の妊娠が発覚した時は、嬉しい反面、夫婦には少なからず不安も生じた。

だが安定期に入った頃に、英治に下半期が始まる10月から正社員に、郊外の分店で店長を、という辞令が下り、二人して手放しで喜んだ。亜希と英治は同い年で、その時三十四歳だった。英治は三十代に入ってから、「三十五歳までには正社員に」という目標を掲げていたが、何とか間に合った。亜希もギリギリ高齢出産になる前に第一子を産めるからよかった、本当によかったと、毎晩のように膨らみ始めた亜希のお腹を撫でながら語り合ったものだ。出産予定日が9月の半ばだったのだが、そこから10月1日の異動日までは有休を使ってもいいと言われ、会社に強く感謝もしていた。

でも産後約二週間が過ぎた頃から待っていたのは、英治は異動先で恐ろしいほど休みがなく、生まれた子供の育児をしたくてもできない日々。亜希はワンオペ育児を強いられて、時に我が子の寝顔を見つめることを、あえて避けるほど疲弊する日々だった。

一維の寝息に交じって、水が流れる音が聞こえてきた。英治がシャワーを浴びているのだろう。一度寝落ちしてしまったからか、目は瞑(つむ)っているのに、まったく眠れない。

長湯する人ではないから、英治は直(じき)にお風呂から出て、ベッドにやってくるだろう。それまでに眠ってしまいたい。起きていたらきっと心配をかけて、「大丈夫？」などと聞かれてしまう。その時に穏やかな返しができる自信がなかった。

ここ数日、亜希は一維だけでなく、英治に対しても腹を立てていると自覚することが何度かあった。一維の行動に嫌気が差すような時、二人の子なのに、どうして自分だけがこんな思いをさせられるのか、どうして英治は今ここにいないのかと、つい心の中で悪態を吐いてしまった。休めないのは英治のせいではないし、仕事で疲れている上に、一維に関わりたいのに関われないという苦しみがある英治は、寧ろ亜希よりもずっと辛いのではないかと、普段から頭では理解し、同情もしている。でも最近は理屈を無視して、むくむくと怒りが湧き上がってしまうことがしばしばある。

シャワーの音が止んだ。固く目を瞑る。同時にまた脇腹に衝撃があった。寝返りを打った一維が、亜希のスペースに大胆に侵入してきたのだ。起こしたくないので、仕方なく体を横にして避けた。あと少しでベッドから落ちてしまう。

窮屈この上ないのに、どこにも少しも動けない。何だかそれは、亜希の現在の状況によく似ていた。

翌朝の一維は、普段なら7時には自分で起き出すのに、7時半になり亜希に揺り起こされるまで眠っていた。でも目覚めると、寝ぼけた潤んだ目でベッドをハイハイし、「まーまー」と亜希の膝に顔をこすりつけてきて、ひどくかわいらしかった。着替えのためにベッド脇を通りかかった英治も、「まったく、かわいいなあ」と声を漏らしていた。

朝食は今日もコーンフレークのヨーグルトがけにした。今日は荒れずに、自分でスプーンを使って一生懸命食べていた。少し残したが、器をひっくり返されるよりはずっといい。今日は不機嫌ではないようで安心する。

朝の子供番組を見て、慌ただしく出勤する英治を亜希と共に玄関で見送った後は、絵本を広げて「わんわ！」と指差したり、積み木を三つ積んで自分で拍手をしたりと、楽しそうに遊んでいた。

10時過ぎ頃、亜希が洗濯機を回してリビングに戻ってくると、積み木を握りしめたまま、マットの上で眠っていた。「あら」と積み木を手から剝がして、ブランケットをかけてやる。

一歳を過ぎた頃から午前寝も夕寝もなくなって昼寝のみになっているので、この時間に眠るのは、生活リズムが乱れるという点ではよくない。でも昨日までの不機嫌を思うと、自由な時間が与えられたことには喜んでしまう。お湯を沸かして、ドリップコーヒーを淹れる準備をした。最近はお湯で溶かすタイプの粉コーヒーしか飲めていないので、かなりの贅沢だ。

物置部屋からノートパソコンを持ってきて、ダイニングテーブルに置き、立ち上げた。淹れたてのコーヒーの香りを楽しみながら、メール画面を開く。登録している派遣会社の担当者から、仕事紹介のメールが来ていないかと期待したのだが、受信したのは広告メールばかりだった。

　コーヒーはおいしいが、メールが来ていないことには激しく落胆した。喉を鳴らしてコーヒーを飲み込み、天井を仰ぐ。この残念な気持ちは今だけのものでなく、将来への不安にもつながるから、適当にやり過ごせない。

　昨夜、リンゴの女の子のママと友達になったか、連絡先を交換したかと、英治が身を乗り出したことを思い出す。きっと亜希に身近にママ友がいないことを気にしてくれているのだと思う。確かにこういう時に、「わかる。うちも似たようなものだよ」とか、「大丈夫。何とかなるよ」と言ってくれるママ友が近くにいれば、解決には結びつかなくても、少しは不安が薄れて前向きになれるかもしれないと思うことはある。

　でも昨日のリンゴのママとは、友達になりたいと思わなかった。英治に告げたように、金銭感覚と余裕が違うと思ったのも事実だが、一番の理由は、彼女が「こんな小さな頃から保育園に預けるなんて、かわいそう」と言ったからだ。きっと、三歳までは母親が家で育てるべきという、亜希の嫌いな「三歳児神話」の信者なのだろう。

　亜希はまったく真逆の考えで、保育園に行っていないからこそ、一維だけでなく、現在の我が家は全員がかわいそうな状況になっていると思っている。毎日亜希と二人で閉塞的な生活を送っているから、一維は不機嫌だし攻撃的で、亜希はワンオペ育児で疲れている。英治は亜希だけに育児をさせている後ろめたさから、居た堪れない。保育園に行けば、一維は思い切り遊んで友達もできて、明るくやさしくなるのではないか。亜希は二十四時間態勢、年中無休の育児の疲れから解放されるし、英治も少しは胸のつかえが取れると思う。

だから、約三カ月後の次年度4月から一維を保育園に入れたくて、昨年秋に八つの近隣の認可園に申し込みをした。夏は立っているだけで滝のように汗が流れる暑さの中、まだ一歳になっていなかった一維を抱っこして、肩がちぎれそうな重さのマザーズバッグを持ち、保育園の見学に奔走していた。役所の保育課にも、「育休中の給付金もだんだん額が減っているし、夫の給料だけじゃ生活できないし、絶対に次の4月には仕事復帰したいんです」とか、「夫は忙しくて育児要員にならないから、時間延長など柔軟に対応してくれる園に入りたいです」など、相談という名目のアピールをしに、足繁く通った。

合否の発表は2月中旬から順次で、遅いと3月半ばになることもあるらしい。やれることはすべてやったが、合格できるかどうかは自信がない。都心ほどではないが、亜希の住む自治体も昨年度の待機児童数が百五十人超えと、保育園不足の激戦区なのだ。その上で亜希は、4月からの仕事先がまだ決まっていない、求職中の身であるから分が悪い。

育休中なのに無職で求職中だなんて、どうしてそんな不思議な現象が起こっているのか。

それは派遣社員として五年勤めた会社に妊娠を告げたら、雇い止めに遭ったからだ。産休と育休は派遣会社からもらった。そして現在また派遣会社に、新しい派遣先を探してもらっている最中だ。

しかし状況は芳しくない。たまに職種やスキルなど、亜希に見合う仕事を「どう？」と派遣会社の担当者が持ってきてはくれるのだが、「ぜひ」と話を進めてもらっても、最後には必ず、一歳児がいて保育園が決まっていない人はちょっと、4月から本当に働けるかわからないんでしょうと、面接に行く前に断られてしまう。

こういう事態を防ぐために、保活と就活を同時にする場合は、保育園に受かってから就活をするのがいいと記しているビジネス誌や育児サイトも多い。だが亜希の住む自治体では、求職中でも保育園へ申し込みはできるが、受かった場合は、入園から二カ月以内に勤務を開始しなければ、退園になってしまう。合格してから就活を始めて成功させ、勤務も開始し、保育園の入園支度に新生活の準備――を、約二カ月で終わらせなければいけないということだ。亜希はそんな芸当が自分にできるとはとても思えなかったので、情報収集や園の見学が粗方終わって、志望園が定まってきた去年の9月頃から、派遣会社に仕事を探してもらっている。ちょうど一維が一歳になった区切りの頃でもあった。

しかし未だ、光はまったく見えていない。二人家族が三人になったのだから、以前より生活費がかかることは、自明の理だ。なのに子供ができたら、二人のうち一人が、子供ができたことを理由に職を失った。再び探そうとすると、子供を保育園に預けてから来いと言われる。けれど保育園は数が足らず、仕事をしている人の方が優先される。

一体どこが問題の起点で、亜希はどこから何を、どこに向かって、どのように頑張ればいいのか。すべてがわからなくて混乱する。たった三カ月先の自身の生活がまったく見えない。それはつまり、家族三人の未来を思い描くことさえ許されていない、ということだ。

コーヒーを半分ほど飲んだところで、パソコンの横に置いていた携帯が震えた。派遣会社からかとすぐさま手を伸ばしたが、違った。高校の同級生グループのチャットにメッセージが一件入ったようだ。

「ついに結婚だって！　涼子生きてるー？」

眺めていたら、すぐに返信が付いた。

「何とか生きてるよー。でもショック！」

亜希を入れて五人のグループなのだが、うち一人が高校時代から大ファンだった、現在四十代後半の俳優が結婚したのだ。さっき一維に子供番組を見せるためにテレビを点けた時、最初に映った民放のワイドショーが報じていて、ここで話題になるのではと思ったが、やはり。

「相手二十八歳の一般人だってね。しかも妊娠中！」

「結局ヤツも若い女に走ったかー」

あっという間に亜希以外の四人は会話を始めた。四人は全員、地元の九州に残っていて既婚、子持ちだ。最初に結婚した子の子供は、もう小学校高学年だったか。二人は専業主婦で、二人はパート勤めだったはず。パートの二人は、今日は休みなのだろうか。

「彼の子供産めるのうらやましいなあ。結婚はいいから、私も遺伝子だけ頂きたい！」

「いいね！　旦那の子として産んじゃえ！」

「いやいや、絶対顔でバレるから！」

亜希は会話に参加せず、流し読みするだけにしていたが、つい、ふっと鼻を鳴らしてしまった。品がなくて萎える。よくわからないキャラクターのスタンプもどんどん送られてくるので、画面もうるさい。

このグループチャットは、一維を産んだ時に、これまでの人生でお世話になった人たちには知らせたいと思い、亜希が作成した。最初こそ「亜希もついにママだね！」「おめでとう！泣けてきちゃったよ」「一維君、お目々ぱっちりでかわいい！」などと祝福してもらって嬉しかったが、最近は正直、もうグループを抜けたいと思っている。芸能人や身近な人の噂話と、家族のグチや悪口ばかりで辟易するのだ。

一昨日は、高校で生徒会長をしていた同級生女子が、結婚詐欺に引っかかったらしいという話題で盛り上がっていた。

「あの子、美人だしいい会社に勤めてるのにねえ。あ、だから詐欺師に狙われたのか」

「そういうのロマンス詐欺って言うらしいよ。気付かないとか、悪いけど笑っちゃうよね。何でもできたけど、結婚だけはできなくて焦っちゃったのかな」

先週末は、メンバーの一人の旦那さんが「そろそろ三人目もどう？」と誘ってきたけれど、有り得ない、気持ち悪いという話題だった。

「こっちはもう同じ空気吸うのも嫌なのに、何を勘違いしてるんだって話。子供がかわいそうだから離婚はしないだけなのに！」

「わかるー。私ももう旦那は、お金を持って帰ってくるぬいぐるみだと思って過ごしてるよ」

目を疑うような酷い発言も多く、気が滅入る。でも百歩譲って、そういう亜希の興味のない話題は、ちゃんと読まずに流しても、誰も何も言わないので、まだいい。

最近大きなストレスになっているのは、時々誰かが亜希に育児の話を振ってくれることもあり、もちろんそういう時は亜希も会話に参加するのだが、その時の彼女たちの反応が、あまりにも保守的で、デリカシーに欠けることだ。

一維が母乳よりも粉ミルクの方を好むので、完全ミルクに移行した時にはこう言われた。

「嘘でしょ？　ミルクの方が好きな赤ちゃんなんているの？」

「まだ四カ月でしょ？　諦めないで母乳で頑張った方がいいよー。母乳の方が感染症やアレルギーになりにくいんだよ」

「私は三人とも完母で育てたよ！　せっかくママになったのに、おっぱいあげないなんて淋しいじゃない」

実際に一維は粉ミルクの方を好んだのだ。それに亜希だって、母乳を止めることにまったく淋しさを感じなかったわけではない。だから決断するまでに、それなりの時間、悩みもした。

一維を出産したのは9月で、本当は翌年4月から保育園に入れて仕事復帰したかった。でも妊娠中は後期までずっと悪阻（つわり）があり保活ができなかったし、産後の体調も安定しないので諦めて、一年遅らすという話をした時はこうだった。

「え？　亜希仕事復帰するの？　なんで？」

「旦那さん有名なレストランに勤めてるんでしょ？　亜希が働かなくても余裕でしょ」

「一歳半から保育園に入れるってこと？　かわいそうじゃない？　一番かわいい時期だし、

亜希のためにも自分で育てた方がいいよー」

　確かに英治の店は、特に銀座本店はよくテレビなどでも取り上げられて名が知られている。でも有名店であっても飲食業が決して高給ではないのはよく知られていることだし、都会と地方では生活にかかるお金だって違う。それに亜希の場合はお金も必要だが、たとえ英治の給料だけで生活できるとしても、自分の人生の充実のために仕事はしたい。今日日そういう女性はめずらしくないはずだし、寧ろそちらの方が多いのではないか。

　秋に八つの認可保育園に申し込んだと話した時はこうだった。

「八つって！　いくら何でもそんなに申し込まなくても受かるでしょ」

「東京は保育園不足って聞くけど、ちょっと大げさに騒ぎ過ぎじゃないの？」

「それに亜希って都内じゃないでしょ？」

　確かに亜希の住まいは東京ではないが、首都圏の地域や地方都市など、都心ではない場所でも保育園不足が深刻なことは、少しニュースや新聞を見ればわかることだ。それに実際に困っていて、必死で頑張っている人に対して、「大げさに騒ぎ過ぎ」とはどういうことだろう。

　すべてにおいて、あまりにも自分たちの価値観と環境下でしか物事を捉えておらず、故に他者への配慮と想像力に欠けると思う。かつての同級生が直面している状況と、そこから生じる苦しみに、どうしてもっと目を向けようと、心を添わせようとしてくれないのか。

久々にきちんとしたものを飲んだからか、コーヒーは最後の方は、苦みを強く感じた。携帯はしばらくの間どんどんメッセージが入って震えっぱなしだったが、ようやく静かになった。途中からはもう読んでもいなかった。

カップをキッチンのシンクに下げて、ふうっと息を吐く。特に行きたかったわけではないが、何となくトイレに向かった。


リビングに戻ってきて一維の顔を覗(のぞ)くと、うっすらと汗をかいていた。暖房が強過ぎたのだろうか。設定温度を二度下げた。

11時になっていた。そろそろお昼ご飯なので起こした方がいいとは思うものの、もう少し自由時間を満喫したい。あと一時間経っても寝ていたら起こすと決めて、再びパソコンの前に座る。

「Hikari's Room」につなげる。一晩経ったから今日こそはと期待したが、まだ更新はされていなかった。満たされないので、過去のお気に入りの記事を読むことにした。同級生たちとの経験から亜希は現在、下手にママ友なんて作らなくてもいいと思っている。友達ではないし、一方的に読んでいるだけなので身近でもないが、多少落ち込んでいても光さんのブログを読めば癒やされるし、浮上もできるからだ。その分、更新がない今は、自分でも驚くほど動揺して、心細くなってしまっている。

ブログ内の検索ボックスに、「母乳」「ミルク」と打ち込む。「Hikari's Room」に出会ったのは、完全ミルクに移行した頃だった。悩んだ末に決断したのに、同級生たちの発言に打ちのめされ、当時の亜希は毎晩のように、ネットで「完全母乳」「完全ミルク」「ミルク　問題」などと検索し、引っかかってくる医療記事や育児記事、個人の育児ブログを読みあさっていた。しかし、その頃は今思えば心が弱っていたのだろう。同級生が言ったように、母乳の方が病気やアレルギーになりにくいとか、乳幼児突然死症候群はミルクで育った子の方がなりやすいなど、母乳にはポジティブで、ミルクにはネガティブな記事ばかりが目に付き、余計に落ち込んでしまった。

そんな中である晩たどり着いたのが、「Hikari's Room」のこの記事だった。淡いブルーとピンクの背景の上に、『母乳かミルクか』という文字が表示される。

『子供を母乳で育てるか、ミルクで育てるか。もちろん混合という手段もあるのですが、すべてのママが必ずぶち当たる問題じゃないでしょうか。今日はこの問題について、私の考えを語りたいと思います』

『結論から言うと、私の答えはどっちでもいいんじゃないの？　です。笑　母乳の方が子供の発育にとってよい面が多いという研究結果もあるようですが、あくまでデータですから、自分の子が当てはまらない場合だって当然あります。事実うちはチカラがほぼ完ミで、オトは完母でしたが、0歳台、1歳台はオトの方が病気がちでした。女の子の方が体が強いという定説からも外れてました』

『それに何より、俺は健康には自信があるんだ！　だって完全母乳で育ったからね！　なんて言っている人に会ったことありますか？　私はありません。笑　自分が母乳かミルク、どちらで育ったか知っていますか？　私は知りませんでした。笑　この記事を書くに当たって母に聞いてみましたが、あー、あんたはミルクが多めだったかな、いやそれはお姉ちゃんだったかな、ごめん、忘れた！　って言われました。時間が経てば、あげてた張本人も忘れます。笑　ね？　どっちでもいいでしょう』

この記事を読んだ時の衝撃は忘れられない。一維の寝かしつけ時に、ベッドに寝転がって携帯で読んでいたのだが、その日も体が重く、強力な磁石でベッドに吸い付けられているようだった。でもこの記事を読んだら、急に体が浮力を持ったように軽くなった。母乳で育ったから健康には自信がある、と言う人になんて会ったことないという一文には、声を出して笑ってしまい、危うく一維を起こすところだった。

その晩を最後に、亜希は母乳やミルクについて検索することを止めた。光さんの言う通り、

「どっちでもいいんじゃないの？」と心から思えるようになったのだ。亜希も自分が母乳かミルクかどちらで育ったのか知らないし、別に知りたいとも思わなかった。

代わりに翌晩からは、「Hikari's Room」の過去の記事を貪り読んだ。そこで知り得た光さんのプロフィールは、亜希より五歳上の現在四十歳。五歳のチカラ君と、三歳のオトちゃんという子供がいる。ブログはチカラ君が生まれた時に、子供の成長と、育児を通して自分が感じたことを記録しておきたいと思い、チカラ君が三カ月の頃から始めたそうだ。都内在住で、不動産会社でデベロッパーをしている。自分ではそんなことは言わないが、たまに書かれる仕事についての記事から推測するに、かなりのエリートだと思う。シングルマザーだが、毎晩違うワインを楽しめるほどの経済力もある。夫とはオトちゃんが二歳になる直前に離婚。家事、育児をしない人ではなかったのだが、好きでも得意でもなく、特にオトちゃんが生まれてからは余裕のなさから常に不機嫌で、だんだん夫婦仲が悪くなったのだという。

離婚について語った記事も秀逸だった。

『チカラとオトは、これから世間様に「かわいそうな子」と指をさされるのでしょうか。芸能人などの離婚が報じられると、ネットニュースに「子供がかわいそう」というコメントが溢(あふ)れることに、前から違和感がありました。どんな子かも知らないよそ様の子供に「かわいそう」って、随分上から目線だなあって』

『一度壊れた夫婦仲を、元に戻すのはほとんど不可能と言っていいと思います。私が身をもって知っています。そして子供は大人が思っているよりもずっと敏感で、物事への理解が深いです。子供のためと、実は不仲な夫婦が取り繕って仲の良い夫婦を演じても、子供はきっと気付きます。ある程度の年齢になれば、パパとママは自分のために仲良しのふりをしているとまで気付くかもしれない。その方がよほど、かわいそうだと思いませんか？』

『そもそも私は、一切かわいそうな思いをさせずに子供を育てるなんて、不可能だと思います。もっと食べたがっているのにお菓子を取り上げるのはかわいそうです。もっとテレビを見たがっているのに消すのもかわいそう。じゃあ何故そんなことをするのかって、子供のためですよね。離婚も同じじゃないですか？』

亜希は離婚の経験も予定も希望もないが、よその家の離婚について、無関係の人が、まるで定型文かのように「子供がかわいそう」と言うことには、同じく違和感を持っていた。でもそれを上手く表現することはできずにいたが、光さんは的確に文章で説明していて、胸をすっとさせられた。

「かわいそうな思いをさせずに子供を育てるのは不可能」という発想はなかったが、言われてみたらその通りだと思った。「Hikari's Room」の読者になってから、亜希は自分の視野が広くなったと感じている。そしてそれは、今後育児をしていく中で、必ず役に立つはずだ。

光さんの住まいは、都心でも一番の保育園激戦区で、チカラ君もオトちゃんも認可園には受からず、認可外保育園に通っているそうだ。シングルマザーになってからは転園希望を出せば通ったかもしれないが、チカラ君とオトちゃんが今の園を気に入っていて、光さんも信頼を寄せているので、転園予定はないという。

でも現在の保育園不足については当然疑問があると言い、そのことも記事にしてくれていた。

『少子化が深刻で、このままでは国が破綻するということは、ずっと前から言われていました。それなのにどうして、安心して子供を産んで、快適に育てられる社会環境が、いつまでも整わないのだろうと思います』

『保育園不足について抗議の声を上げても、自分の子供なんだから自分で育てろ、小さな頃から保育園に預けるなんてかわいそう、都心に住んでいるなら、働かなくてもお金あるだろう！　なんて言われてしまう。そういうことではないんです』

『子供は希望そのものなのに、子供を産んだら何かを諦めなければならない。苦痛に耐えながら育てなければならない。それが当たり前という社会はおかしくないですか』

この記事を読んだ際も亜希は一維の寝かしつけ中だったのだが、この時はうっかり、「そう！　そうなの！」と叫んで、一維を起こしてしまった。すぐに「いっくん、ごめんごめん。

ねんね、ねんね」と穏やかな声を出してあやしたが、心の中は興奮しきっていた。

　この光さんという人は、何者なんだろうと、暗い天井を見つめながら考えた。亜希の中にもう一人、文章が得意な別の自分がいて、そちらの自分がブログを書いているのではと思うほど、亜希の心の中を、亜希以上に正確に表現してくれている。いや、もう一人の自分だなんておこがましい。きっと光さんは、凜とした佇(たたず)まいで美しく、でも触れ合えば明るくて面白くて――。亜希が理想とする女性像を、具象化したような素敵な人に違いない。

　そうやって光さんに憧れて、「Hikari’s Room」につなぐのに、指が動きを覚えるほどになるまでは、あっという間だった。熱心な読者になってから、約一年。「Hikari’s Room」の存在があったから、こんな不安定な環境でも、亜希は何とか育児を頑張って続けてこられたと思っている。

　母乳、離婚、保育園と、三つのお気に入りの記事を一気読みして、さっきとは全然違う、今度は満たされた思いで天井を仰いだ。同級生たちのチャットで乾いた心も、潤いを取り戻していた。まだまだ「Hikari’s Room」を読み続けていたいが、キリがなくなるので、あと一つだけと言い聞かせて、検索ボックスに「新事業」「就職紹介」と打ち込む。

　たった二日更新が遅れているだけで、亜希がこんなにも気を揉んでいるのは、光さんのファンで更新がないと淋しいというだけでなく、もう一つ理由がある。画面に『新事業立ち上げ！　目指せ、就職紹介会社設立！』という記事タイトルが表示された。二カ月ほど前の記事だ。なんと光さんは、近い将来会社を辞めて、女性専門の就職紹介会社を自分で立ち上げようとしているそうだ。

現在の会社は大手だろうから、育児をしながらの勤務に理解が深いのだろうと思いきや、ブログを読むとそうでもないらしい。寧ろ、チカラ君を産む前から光さんが若くして主任になっていたこともあり、二度の育休取得、保育園の送迎のためのフレックス勤務、子供の発熱などでの急な欠勤に対して、社内の視線は厳しいのだという。

そういった状況を受けて、労働組合の幹部もしている光さんは、二十代から四十代の子育て世代の社員を対象に、仕事と育児への意識について、組合発信の匿名アンケートを実施した。すると、「育児はやはりお母さんしかできないから、出産した女性社員が仕事を続けることには反対。自分の妻にはさせない」とか、「育児中というのを印籠にして、遅刻、早退、欠勤を平然とする女性社員は迷惑。給料や待遇が同じなのは納得がいかない」などという、主観的、感情的な意見が男性社員から少なからず出て、ショックを受けた。

対して女性社員からは、「現状ではオーバーワーク気味なぐらいじゃないと評価されない傾向にあるので、意見交換会をするなどして、社内の空気を変えていきたい。労組で企画して欲しい」とか、「保育園が決まらず、泣きながら退職した先輩社員が沢山いた。企業主導型の保育園を会社の近くに設立して欲しい」「育児をしながら仕事を続けられるかどうか、やってみないとわからない。子供の性質や健康状態にもよると思う。産後、一時的に雇用形態を変えて、リモートワークや週に二日だけの出勤でも可などの制度を作ったらどうか。それで様子を見て、戻りたい人は戻れるという仕組みだとよい」など、現在の問題点を踏まえた上での、解決に向けた具体的な提案をする回答が目立った。

「女性は感情的」「男性は理性的」というのが、古くから唱えられている定説だと思うが、真逆の結果が出た。これを受けて光さんは、女性のあらゆるニーズに応え、彼女たちが望んで、かつ相手からも望まれる場所に連れて行くことを事業にしたいと、強く思うようになったという。そして、それを実現するために、女性専門の就職紹介会社を設立することを決意した。

『夢見ているだけではなく、具体的にもう動き出しています。行動力には自信があります！とはいえ未経験の業種だし、会社を立ち上げるのももちろん初めてで、ど素人です。でも親友が経営コンサル勤めなので色々手伝ってくれてるし、私も長年のデベロッパー経験で築いた人脈や目利き力を目一杯駆使して、絶対に成功させます！』

『向こう見ずだと批判もされるかもしれません。でも残念ながら、この生きづらい世の中。自ら道を切り開こうとしない者に、未来はない！　と思うのです』

この新事業立ち上げについての記事も、亜希はもう何度も何度も読んでいる。でも毎回読み進めていくうちに、鼓動がどんどん速くなる。深呼吸をして、自分を落ち着かせる。

いくら光さんに行動力があっても、会社の設立なんて、きっと時間がかかるだろう。明日にでも就職先を決めたい亜希がお世話になることは、現実的ではないと思う。

でも一方で、こんなにも早く仕事を決めたがっているのに、そんな妄想をするのはおかしいと思いつつも、どこかで期待もしてしまっている。2月か3月に一維が保育園に受かって、亜希がその時まだ就職先が決まっていなかったら。そして光さんが驚異のスピードで、その時にはもう会社を設立していたら。亜希は光さんの会社に登録して、仕事を、延いては亜希と家族の未来を、光さんに用意してもらうことができるかもしれない——。ほんの少し、本当にほんの少しだけだが、夢見ている。亜希が光さんの会社の、実績第一号になったりして——と。

しかしこの記事を読んで以来、月曜日と水曜日には、今日の記事は会社設立の続報かと、ドキドキしながらサイトにつなげるのだが、今のところこの一回だけで、その後会社に関する記事は更新されていない。更に一昨日からは、更新自体が止まってしまった。

光さんや家族の身に何かあったのではと、本当に心配している。でも、自分のために早く更新して欲しい。できれば会社設立についての続報がいい、という思いがあるから、一昨日から落ち着かないというのも事実だ。

うああー！　と、一維が突然声を上げた。「どうしたの？　大丈夫？」と駆け寄る。さっきよりも多く汗をかいていた。

「暖房下げたのに。いっくん暑いの？　もう起きる？」

声をかけたのと同時に、テーブルの上の携帯が震えた。確認すると、今度こそ派遣会社からだった。一維のブランケットを腰まで下げて、「ごめん。やっぱりもう少し寝てて」と肩をトントンと叩く。

「お世話になってます。今いいですか？」

「お世話になります。子供が隣で声を出すかもしれないですけど、大丈夫です」

「澤田さんにどうかと思う仕事があって、今メールも送ったんですよ」

男性担当者の声が弾んでいる。「ありがとうございます。確認します」と、もう一度パソコンのメールを開いた。

飲料メーカーの人事部の仕事だった。人事経験はないが、待遇や勤務地などは、亜希の希望と一致している。

「この会社で今度、澤田さんが前の会社で使ってた管理ソフトを導入するんだって。だから経験者だって言ったら、ぜひ来て欲しいって言ってたよ」

なるほど、そういうことか。雇い止めに遭った会社は物流会社で、亜希は顧客管理をしていた。

「望んでもらえてるなら、行きたいです。話を進めてもらえますか？」

「そう言うと思ったよ。ただここ、前任者が急に辞めちゃって、すぐにでも来て欲しいんだって。面接も明日にでもってことなんだけど、大丈夫？　まだ保育園決まってないんだよね。明日面接行けますか？」

「明日ですか？　えっと……」

英治に一維を見てもらうのは無理だ。年末年始の多忙さに嫌気が差したのか、お正月明けからアルバイトさんが一人無断で来なくなってしまって、英治は今、次にいつ休めるかもわからない状態なのだ。

お正月に来ていて帰ったばかりだが、亜希の母に泣きつけば、また飛行機に乗って九州から来てくれるかもしれない。でも幾らなんでも明日には間に合わないだろう。

明後日なら何とかなるだろうか。でももし受かったら、すぐに来て欲しいという。そうなったら、4月まで一維はどうしたらいいのか――。

返答に困って、しばらく固まった。姿勢を変えようとした時、肘がマウスに触って、画面が切り替わった。「Hikari's Room」の、さっきまで読んでいた、新事業立ち上げの記事が表示された。

『自ら道を切り開こうとしない者に、未来はない！』

一文が目に飛び込んできた。亜希が勝手に想像している、光さんの声で再生された。よく通り、滑舌もいい締まった声だ。

「大丈夫です。行けます」

気が付けば、そう返事していた。

「え、本当？　大丈夫？　お子さんは？」

担当者に聞かれて、「はい。大丈夫です」と亜希は続けた。

すうっと息を吸ってから、滑舌よく締まった声になることを意識して、更に言葉を吐き出す。

「何とでもできます。何とでもします」

道は、自ら切り開かなければいけない。だって亜希は、未来が欲しい。

抱っこ紐から床に下ろした途端に、きゃいー！　と得意の歓声を上げて、一維が保育ルームの方へ走り出した。「こらっ！　だめっ！」と亜希は止めようとしたが、隣に立つ女性園長に「いいですよ」と制された。

「ここは子供が遊ぶ場所ですから。一維くん、いっぱい遊んでいいよ」

保育ルームに通じる背の低い扉を開けてくれる。

「すみません。ありがとうございます」

駆け込んで行った一維を、青いエプロンをした若い女性保育士が受け止めてくれた。

「一維くん、一緒に遊ぼうか。何が好き？　ブーブーかな？　電車？」

「でんしゃー！」

「よし。じゃあ電車で遊ぼう。でもお昼寝してる子が多いから、静かにね」

保育士に誘導されて、一維は木製のレールを敷き詰めたエリアに歩いていく。見送っていたら保育士と目が合った。にっこりと会釈をされて、慌てて亜希も何度も会釈を返す。

「ではお手続きを。こちらへどうぞ」

園長に促され、ラウンジの隅のテーブルに向かい合って着いた。電話で話した時、園長という割には声が若いと思ったが、会ってみたら実際に若かった。亜希と同じぐらいか、もしかしたら年下かもしれない。二十代後半だと言われても納得する。

「明日の9時から17時の、一回利用をご希望でしたよね」

「はい。お願いします」

「お電話でもお話ししましたが、うちは都度利用でも会員登録制を取っているんです。登録料は一万円ですが、よろしいでしょうか」

「は、はい。大丈夫です」

「ありがとうございます。ではこちらの申込用紙にご記入をお願いします。あ、ペンがない。すみません、取ってきますね」

園長が席を外した隙に、保育ルームの一維の様子を窺った。ほとんどの子は床に敷き並べられた布団でお昼寝をしているが、眠れないのか、起きて遊んでいる子も数人いる。昨日のように、一維がその子たちのオモチャを奪ったりしていないかと心配だったが、大丈夫そうだ。さっきの保育士に見守られながら、レールにオモチャの電車を走らせ、機嫌良さそうにしている。近くにいる同じ年頃の男の子と女の子は、人形遊びに夢中なようだ。

戻ってきた園長からペンを受け取り、用紙に走らせる。

「一維くんって素敵な名前ですね。何か由来があるんですか？」

「お住まい、すぐ近くなんですね。その辺りは午前中の園児たちのお散歩でよく通りますよ。一維くんともすれ違ってるかもしれないですね」

一項目書く度に、園長がにこやかに話しかけてくれる。

「いいえ、由来ってほどでも……。最初の子で、維は私も夫も好きな漢字だからって程度で」

「あ、そうなんですね。でも私は午前中は家に籠もっちゃってるので、すれ違ったことはないかもしれないです、すみません」

対して亜希の返事は歯切れが悪く、気も利かないものになってしまった。

書き終えて、用紙を園長に渡す。

「ありがとうございます。では幾つか確認させて頂きますね」

はい、と亜希は姿勢を正した。

「澤田一維くん、一歳三カ月ですね。自立歩行はできてますよね。さっき走ってましたもんね」

「はい。できます」

「食物アレルギーは無しですね？」

「はい。あ、でも甲殻類とソバはまだ食べさせたことないです。すみません。あ、落花生も」

「それはうちでは出さないので大丈夫ですよ。食事は自分で食べられますか？」

「スプーンもフォークも一応使えますが、まだ下手で手掴み食べもします」

「わかりました。保育園には行っていないとのことですが、保育サービスを利用されたことはありますか？」

「いえ。実は家族以外に預けたことがなくて、今回がまったくの初めてなんです。なので、保育士さんや他のお子さんに迷惑をかけないか心配で」

「最初は誰でも初めてですから、問題ないですよ。初めての預け先にうちを選んでくださって嬉しいです」

「ありがとうございます。すみません、お願いします」

その後、規則や約款について説明を受け、園長と少し雑談もした。明日持参する物のリストをもらい、登録料一万円を払ったら、今日は帰る流れになった。保育料は明日の迎え時に精算だという。

「ありがとうございました。いっくん！　帰るよー」

立ち上がって保育ルームの一維を呼ぶ。しかし聞こえていないのか、聞こえたけれど楽しいから無視をしたのか、こちらを見ない。

「いっくん！」と何度も呼ぶと、ようやく「まんまー」と駆け寄ってきた。ここが気に入ったのなら安心だ。

園長と、一維と遊んでくれていた保育士が、玄関先まで見送ってくれた。

「一維くん、バイバーイ。また明日待ってるね」

「ほら、いっくん。バイバイは？」

「ばっばーい」

一維が小さな手の平を縦にぶんぶんと振る。一維のバイバイはこのスタイルで、手招きをしているようである。

「あら、かわいい」

「バイバイできるのねー！　偉い！」

二人に褒められ、一維は少し得意気な表情になった。どうも、と頭を下げ、亜希は一維を抱き上げ、抱っこ紐に収める。

「そうだ、澤田さん。あと一点だけ質問していいですか？」

扉の取っ手に手をかけた時、園長に呼び止められた。

「うちは認可ではないので、一時利用の方は特に、預ける理由は問わないんですが。参考までに、明日うちをご利用になられる理由をお伺いしてもいいですか？」

え、と亜希はしっかりと動揺した。返事に詰まる。

「お母さまの私用でも、まったく構わないんですよ。一日お家でゆっくりしたいとかでも」

「いえ、ええと」

適当な嘘を吐こうかとも思ったが、何も浮かばない。

「あ、あの。実は私、今就職活動中なんです。この子を妊娠したら、以前の職場は辞めざるを得なくなって。それで、明日は面接が」

結局、本当のことを言った。「あら！　そうなんですね！」と、園長が目を見開く。

「それは良い結果になるといいですね！　私どももお役に立てたら嬉しいです。一維くん！　ママお仕事するんだって。決まるといいねー」

「頑張ってください。明日は責任持ってお預かりしますね」

保育士も一緒に、満面の笑みで応援の言葉をくれた。亜希は何度も「ありがとうございます」と小声で口にし、頭を下げた。ぺこぺこし過ぎて胸にいる一維の体勢に影響が出たのか、「やー！」とぐずり声を出されたぐらいだ。

園を出て、一つ目の角を曲がったところで立ち止まり、バッグから携帯を取り出した。一維は抱っこ紐の肩紐をいじっているが、不機嫌ではないようだ。派遣会社の担当者に電話をかける。「明日、子供預けられます。面接行けます。お願いします」と告げると、13時半に先方の会社に直接行くように指示された。担当者とは会社の前で待ち合わせる。

自宅からその会社までは、乗り換えの具合にもよるが、一時間といったところか。土地勘のない場所なので、余裕を持って一時間半は見ておいた方がいいだろう。それで午後の早い時間からとなると、ほぼ一日仕事になる可能性が高い。前任者が急に辞めて、明日からでも来て欲しいそうなので、面接が上手くいけば、そのまま入社手続きに流れることも有り得るかもしれない。寧ろそうなって欲しい。でも、それだとますます時間が読めない。最初から9時から17時と長時間預けることに抵抗はあったが、良い選択だったと思う。

　ふうっと息を吐いて携帯をバッグにしまい、胸の中の一維に目をやった。いつの間にか眠っている。14時半になるところで、確かにいつもならお昼寝の時間帯だが、今日は午前中に沢山寝たので、もう昼寝はしないかと思ったのに。突然の外出で、初めての場所で遊んだから、気疲れしたのかもしれない。


　夕食の買い物や準備まで、まだ少し時間に余裕があるので、お茶を飲みに行くことにした。景気づけに、以前はお気に入りだったが出産してから一度も行けていない、駅向こうのオシャレなカフェに行こうかとも考えたが、結局落ち着いたのは、いつものショッピングセンター内にあるコーヒーショップだった。一維連れで駅の向こうまで歩くと、帰りの体力が危ういと思ったし、保育園に行ったので最低限の身だしなみは整えているものの、オシャレとは言い難い服装だったので、気後れした。

　体が甘い物を欲していて、普段は飲まない、キャラメルソースがかかっている長ったらしい名前のコーヒーを買った。寝ている一維を抱っこ紐に入れたまま、足を斜めにして窓際の席に着く。一維越しにカップを持ち、口を尖らせるようにして甘いソースを啜る。

今日の亜希はとても行動的だったから、自分で自分を褒めてあげていいだろうと、ぼんやりと考えた。「何とでもします」と派遣会社の担当者に告げて電話を切った後、一維がまだ寝ているのを横目で確認しながら、すぐにさっきの保育園の番号を調べて、電話をかけた。「明日、一時保育を利用したいんですが、空きはありますか」と問い合わせると、園長だと名乗る女性が、「はい、ありますよ。ぜひご利用ください」と感じ良く対応してくれた。初めての利用だと言うと、「明日直接来てもらうのでも構わないんですが、もし良ければ持ち物の案内などもしたいし、今から見学に来ませんか？」と言ってくれて、「じゃあお願いします」と勢いで返事をした。一維を起こし、大急ぎでお昼ご飯を食べさせ、自分はカップラーメンを啜り、家を出た。

あの保育園は自宅から徒歩十分と近いので、去年の夏の保活時にチェックをしていた。一時保育をやっていることを覚えていて、「何とでもします」と言っている時から、あそこを利用しようと思い付いていた。サイトの写真を見る限り、新しくて清潔そうで、印象が良かったのだ。少人数制で、「園児一人一人の個性に合わせた保育を提供します」と謳っているのにも好感を持っていた。英治にも夏にサイトを見せたが、「へえ。給食にも力を入れていそうで、いいね」と彼も気に入っていた。給食の写真を見て、色彩なども意識した上で、丁寧に作られていると感じたそうだ。

でも現在申し込みをしている、八つの園の中には入っていない。理由は認可外保育園だからだ。英治ともよく話し合って、希望は認可保育園のみに絞ることにしたのだ。

認可保育園は、子供の年齢と人数に対して、敷地面積や遊具施設など、行政が定めた基準を満たしている園のことだ。対して認可外保育園は、基準を満たしていない、独自の運営をしている園ということになる。少し前までは認可外と言えば、基準を満たしていないことから、保育環境が悪い、事故が多いなど、負のイメージが強く浸透していた。でも最近では保育園不足の現状から、特別なカリキュラムを取っているなど、独自の特色がある園や、自社の社員のために企業が経営する園など、「良い」認可外保育園も現れ始めている。

明日利用することになったさっきの園も、「良い」認可外保育園で間違いないと思う。サイトの写真は加工などしていないようで、実際に見ても清潔感があったし、うるさ過ぎない内装も亜希の好みだった。園長や一維と遊んでくれた保育士だけでなく、スタッフは皆、明るくやさしそうだった。起きて遊んでいた子供たちも、伸び伸び楽しそうに過ごしているように見えた。

先立つものさえあれば、4月からのフルタイム利用も、この園を第一希望にしていたかもしれないと、現地で考えていた。認可外保育園を希望から除外した理由は、他でもなく「お金」である。認可外保育園は、一様に利用料金が高い。認可の利用料金は世帯収入に応じて決まるのだが、認可外は園が提示する一律料金なのだ。

　さっきの園の一カ月の利用料金は、一歳児の保育料だけで七万円弱だ。ここに給食費と諸経費が加わり、実際にかかる金額は約八万円になる。世帯収入の金額が高いと、認可でもさほど料金が変わらないという家庭もあるのだろうが、亜希たちの場合は、亜希が産前まで働いていた会社からもらっていた給料で計算すると、認可なら四万円強で約半分になる。近隣の認可外は、どこも今日の園と似たような金額だったので、もう最初から認可外は除外しようと二人で決めた。

　明日の一時保育の料金は五千円強で、登録料の一万円も払ったし、これだって今の我が家には決して楽に出せる額ではない。でも就職のためなのだから必要経費だと、思い切った。英治に相談をしていないのは気になるが、仕事中は更衣室のロッカーに携帯を入れているらしく、いつもつながらないので仕方ない。英治も気に入っていた園だし、一維も今日の見学の時楽しそうにしていたと言えば、反対はしないだろう。

　それに会員登録したことは、きっと今後の役にも立つ。もし明日の会社に受かったら、すぐにでも働き始めなければならない可能性が高いので、4月からは認可保育園に入れたとしても、それまでの約二カ月半、一維の預け先がない。今日の園を二カ月半利用するのは経済的に厳しいから、そうなったら亜希の母に助けに来てもらうのが現実的だとは思うが、あの園にもたまに預けるぐらいはしてもいいように思う。土曜日もやっているというので、４月以降も時々土曜日に預かってもらえば、亜希の休息、自由時間ができる。明日受ける会社も、希望を出しているすべての認可保育園も、休みは土日だ。働き出せば、休息のために時々五千円を払うぐらいの余裕は持てるだろう。

　こうやって思い返しても、今日の亜希の行動は、状況に対して最良だったはずだし、てきぱき動いた自分は偉かったと自信を持って言える。なのに何故、今亜希の心の中には、じっとりとした澱のようなものが漂っているのか。甘いキャラメルソースを体内に注入しても、澱は消えるどころか、どんどん増えているように感じる。

　家を飛び出した時は確かに、『自ら道を切り開こうとしない者に、未来はない！』という光さんの言葉を胸に掲げ、亜希の心身はエネルギーで満ちていた。けれど、園に着いて園長と面談を始めた頃から、胸の奥の方から澱が発生し始めた。

　まだ若い園長のハキハキした話し方からは、実績が伴った自信が感じられた。化粧は濃過ぎず薄過ぎずで程よく、エプロンの下のニットは鮮やかな黄色でよく似合っていて、育児に追われている今の亜希には皆無の、身綺麗さや快活さが滲み出ていた。保育士の給料は低いというが、少なくとも彼女からは、仕事を楽しんでいるということが窺えた。最初は、まだ若いし子供もいないのだろうからと思ったが、雑談の中で「私にも二歳の女の子がいまして」と言われて、打ちのめされた。

「今ざっと見て頂いて、うちの園の印象はいかがですか？　参考に教えて頂けると嬉しいです」と言われ、「あ、あの。すごく良いと思いました」と、本心から答えた。今日は出勤していなかったが、男性保育士も在籍していると聞いて、素晴らしいと思った。園児には保育士を、「先生」ではなくて下の名前を「さん」付けで呼ばせているというのも良いし、保育士のエプロンといえばピンクのイメージが強いが、青で統一していることも、亜希の好みだった。起きていた男の子が、三つ編みにワンピース姿の女の子の人形で遊んでいて、それを保育士が当たり前のように眺めていたのも、とても好印象だった。

けれど、良いと思えば思うほど、でも一維をここに通わせてはあげられないんだと落ち込んだ。自分が今無職なことと、再就職できたとしても、ここの料金を払えるほどの経済力は持てないことに、強く劣等感を抱いた。だから帰り際に明日利用する理由を聞かれた時も、すぐには答えられず、打ち明けた後は、園長も保育士もきっと何の含みもなく、心から応援してくれたのに、ただただ恐縮するしかなかった。

泣いたわけでもないのに、気が付くとコーヒーカップを置いて、抱っこ紐越しに一維の背中を、ぽんぽんと叩いていた。今の自分は一維を通して、かろうじて社会とつながれている状態のように思う。いつか親になることがあっても、子供の話しかしないような人には自分はなりたくない。子供が世界のすべてというような「母」には私はならないと、昔から強く思っていた。でも今の自分が「何者か」と問われたら、「この子の母です」としか答えられない気がする。

一体いつから亜希は、こんなにも「自分」を見失ってしまったのか――。


亜希は九州の最北の県の出身だ。県庁所在地に隣接する、小さな街で生まれ育った。ちなみに英治は東北の最南の県の出身で、「端っこでも真ん中でもないところが、俺たちらしいだろ?」と、よく共通の親しい友人たちとの間で自嘲ネタにしている。

亜希は三人きょうだいの末っ子で、五歳上の姉と、二歳上の兄がいる。父は役所勤めの地方公務員で、給料は安定しているが高給ではなかった。そのため母は、亜希が物心ついた時には既に、パートを幾つか掛け持ちしていた。

父は、趣味が散歩とコーヒーを飲むことと、穏やかな性格ではあるが、土地柄、世代柄から、家事や育児は女性がやるものと思っていて、当事者意識がない男性の典型だった。自分の下着の場所もわからないし、大好きなコーヒーも自分では淹れられない。故にすべてを引き受けていた母は、いつも疲れて険しい顔をしていた。

でもこちらも土地柄、世代柄なのか、母が父に直接抗議をしたり、不満を訴えることは一切なかった。代わりに、いつも子供たちにグチをこぼしていた。

「お母さん昨日、田中さんが風邪で休んだから、レジのパート延長したのよ。そうしたらお父さんが先に家に着いてて、お相撲を見てたの。なのにお父さん、帰ってきたお母さんに何て言ったと思う？　『遅かったな。早くコーヒー淹れてくれ。夕食も遅くなるのか？』だって」

「この間お祖母ちゃんの体調が悪くて、お母さん三日間看病に行ったでしょ。疲れて帰ってきたのにお父さんったら、玄関でまだ靴脱いでる時に、『おい、明日着ていくシャツがないぞ』って言うのよ。洗濯機が勝手に回るとでも思ってるのかしら」

　年がら年中こんなグチばかりを聞かされて育った子供たちは、三者三様の思想を持った。姉は自分は仕事をしなくても生きていけるようにと思ったようで、短大在学中から付き合っていた、一回り以上年上の地元有力企業のエリート社員と、卒業と同時に結婚した。専業主婦になり、二十代半ばで出産し、そのまま一度も働いたことがない。現在、高校生と中学生の娘がいるが、二人とも私立の中高一貫のお嬢様学校に通わせている。

　兄は結婚して家庭を持つことに魅力を見出さなかったのか、高校卒業後は地元の工場の工員になり、実家からも通えるのに独身寮に入った。二十年近く経った現在も、そこに住んでおり、本人曰く「気ままな独身生活」を楽しんでいる。二十代半ばから付かず離れずの関係の女性がいるらしいが、結婚する気はないという。

亜希は結婚や出産を、する、しないにかかわらず、自立したい、かつ自由な人生を送りたいと、中学生の頃にはもう考えていた。学校の成績は中の中ぐらいで、できると言えるほどではなかったが、自分の考えはしっかりあったし、時事問題や社会情勢にも十代のうちから関心があった。一維を産んでからは読めない日も多いが、今でも新聞を取っているし、ウェブマガジンで経済誌やビジネス誌を幾つか購読もしている。

自分の理想の生き方をするには、保守的な地元から離れた方がいいと思い、大学は奨学金をもらって、東京の私大の社会学部に進んだ。卒業後はUターンせず、東京で中堅の文具メーカーに就職した。読書や映画鑑賞が好きなので、本当は出版社や映画配給会社に勤めたかったのだが、軒並み落ちた。それでも文具も好きだから、ここで充実を手に入れようと、在籍していた六年間、全力で頑張っていたつもりだ。

最初に配属されたのは営業部で、お客様コールセンターの応対係になった。クレームとしか思えないような問い合わせをさばく毎日が二年続き、疲れた、これ以上は頑張れないかもしれないと思いかけたところで、法人担当に配置換えになった。喜んだのも束の間で、今度は得意先の男性社員からの、「ねえねえ、一回ぐらいプライベートで飲みに付き合ってよ」というような誘いを、上手くかわすことに明け暮れる毎日が始まった。

四年目でコールセンター時代から出し続けていた異動希望が叶って、商品企画部に入れたが、ここでは五十代の男性上司からの、「女の子は結局、自分が好きとかかわいいって思う観点でしか企画を出せないからなあ」とか、「亜希ちゃんは彼氏いるの？　悪いこと言わないから、子供は早く産んだ方がいいよ。今流行りの高齢出産になんてならないように」などという、今どき嘘だろうと思うようなセクハラを浴び続けて、常に胃がもたれているような日々を送った。

英治と出会ったのは、商品企画部に移ってから半年ほど経った、二十六歳の時だった。大学の同級生同士の夫婦が開いた、ホームパーティーで同席した。ホスト夫婦の夫の、大学時代のアルバイト仲間だと紹介された。英治は当時、輸入ワインを主に扱う、小さな貿易会社に勤めていた。

食と旅が趣味だという英治は、大学時代はバックパックで欧米諸国を回っていたそうで、色々な国の話を目をキラキラさせながら語ってくれて、素敵だと思った。亜希は海外旅行経験はなかったが、「ベルリンが舞台の『善き人のためのソナタ』っていう映画が好きなんですよ。ラストシーンの本屋さんがその頃はまだあったはずだけど、英治さんも行ったかな」とか、「ニューヨークだと、メグ・ライアンの『恋人たちの予感』に出てくるデリカテッセンは行きました？　パストラミサンドイッチがおいしそうだった」など、好きな映画ネタに絡めて話を広げると、「へえ。見てみようかな」「分厚いサンドイッチの店かな？　行ったよ！」と英治も乗ってくれて盛り上がり、それを機に親しくなって、そのうちに自然な流れで付き合いが始まった。

付き合い出して一年経った頃、英治はイタリアンレストランに転職したいと言い出した。もっと直に食に関わる仕事がしたいと、前々から思っていたそうだ。第一志望にしたのは、亜希との最初のデートで行った店だった。その時の接客がよかったから、ここで働きたいと思ったという。亜希も思い入れのある店なので、初めは手放しで応援していた。

しかし、「ホール係　正社員募集」の記載を見て行ったのに、合格して契約を交わす段になって、「未経験なら、最初の半年は試用期間でアルバイトね」と言われた。貿易会社時代の貯金も少しならあったし、半年頑張れば有名店の正社員になれるならと受け入れたが、半年後に今度は、「まだ一人前とは言えないから、当面は契約社員ね」と言われた。

以来、三十四歳で系列店の店長になるまで、ずっと正規雇用でない状態が続く。三十一歳でホール長になった時と、ようやく正社員になれた時には、僅かながら給料を上げてもらえた。でもみなし残業制なので、労働時間に対して給料が安い状況は、入社以来今日までずっと変わらない。

英治の転職から約二年後に、亜希も文具メーカーを辞めて転職することにした。自分の企画が商品化されるのは嬉しいしやりがいもあったが、当時は同僚と反りが合わず、自覚がないから直らないのだろうが、上司のセクハラも続いていて、ストレスが限界に達していた。

　新しい就職先は、かなり迷ったが派遣会社に登録して、正社員登用制度がある事務職を探してもらった。前職で、主に人間関係に疲れ果てていたので、まずは派遣で入って、続けられそうな職場かどうか様子を見たかった。本当は企画や営業、広報などに興味があるのだが、当時二十九歳で、英治との間に遠からず結婚しようという空気が漂っていたので、子供ができても家庭と両立しやすそうな事務を希望した。

　その頃は、まさか二人ともこんなにも長い間、正社員になれないなんて思ってもみなかったのだ。亜希は結婚願望が強い方ではなかったと思うが、英治と付き合って、この人となら結婚したい、子供も欲しいと思うようになった。初めて出会ったホームパーティーの時から、ホスト夫婦を手伝おうと積極的にキッチンに入っていたことや、男性に甲斐甲斐しく料理を取り分けたり、お酒のおかわりを注いだりしていた亜希の同級生女子を、「ありがとう。でもこのメンバーはみんな、自分のペースで飲み食いするのが好きだから、いいよ」とやんわり制していたのを見て、彼はきっと家事も育児もやるし、性別で役割を押し付けたりもしないと予想していた。そして付き合っていくうちに、その予想は確信に変わったので、いつしか英治と結婚する未来を、自然と思い描くようになっていた。

亜希は派遣会社の紹介で、物流会社の顧客管理部門に再就職した。仕事内容は淡々としていて、やりがいがあると思えるものではなかったが、指導係をしてくれた一回り年上の女性リーダーが、「覚えが早いし仕事も正確だしいいね。来てくれて良かった」と褒めてくれて、嬉しかった。そのリーダーをはじめ、感じのいい人が多い職場だと思えたので、長く続けられそうだと、最初の派遣契約更新時に、正社員になりたいと希望を出した。

その数カ月後には、英治と結婚した。英治はせめて自分が正社員になってからと思っていたようだが、「私も正社員の希望を出したし、二人ともフルで働いてるんだから大丈夫だよ」と、亜希の方から積極的に動いた。結婚式は、二人とも特に「したい」と思わなかったので、挙げなかった。双方の両親は少し淋しかったようだが、両家でかしこまった食事会をしたのと、仲のいい友人たちに結婚パーティーを開いてもらうことで、周囲への報告とした。新婚旅行も、普段からお互いに旅行好きで、ちょこちょこと国内旅行をしていたので、その中のどれかが新婚旅行だったということでいいんじゃないかと言い合い、改めては行かなかった。最初は小さな賃貸マンションで暮らし、三十一歳の時に、利率が一定で上がらないローンを夫婦共同で組み、横浜に隣接する街の２ＬＤＫのマンションを買った。いつかは二人とも正社員になれるんだからと、期待しての行動だった。

しかし亜希も、半年ごとの契約更新時に期待するものの、正社員にしてもらえない日々が長く続いた。三年経ち、派遣契約の満期が近付いた頃、リーダーに改まった様子で食事に誘われたので、ついに！　といそいそ出かけたが、実際に伝えられたのは、仕事内容も、うちのチームで仕事することも変わらないから、書面上だけ隣のチームに異動してくれないか、という予想外の打診だった。所属が変われば勤続年数がリセットされ、派遣のまま働き続けられるのだと言われた。リーダーは上司に亜希を正社員にするよう推しているのだが、まだGOが出ないから、もうしばらくその方法で待ってくれという。

何も思うところがないわけではなかったが、新しい仕事を探す労力と天秤にかけて、承諾した。三十三歳になる直前だった。それを機に英治とじっくり話し合い、子作りを解禁した。それまでは、子供だけは正社員になってからにしようと決めていたのだが、解禁したからといってすぐにできるとも限らないことや、あと二年で高齢出産の域に入るということが決め手となり、「もういいよね」と頷き合った。「現代って非正規雇用の人もいっぱいいるし、正規雇用じゃないと子供を産んで育てられないなんてことないよ。きっと何とかなるよね」「うん。何とかすればいいんだよね。だって働く人がみんな正社員なんて時代じゃもうないし」などと、似たような内容のことをお互い何度も口にした。明るい決断のはずなのに、必死に自分たちを慰め、奮い立たせているようで、なんだかわびしいと思ったことを、よく覚えている。

それでも翌年のお正月明けに妊娠が発覚した時は、ただただ純粋に嬉しかった。ちょうど同じ頃にまたリーダーに食事に誘われて、その席で「ここだけの話ね。次かその次の更新時には、やっと亜希ちゃんを正社員にしてあげられそうだよ」と言われ、わあ！　と亜希は歓声を上げた。職場への妊娠報告は安定期に入ってからと思っていたが、我慢できずに、「本当ですか？　実は私、妊娠してるんです！　いいことが重なって嬉しい！」と叫んだ。

けれどリーダーは、さっと顔色を変え、えっ、と掠(かす)れた声を出し、その後しばらく黙ってしまった。何だろうと思っていたら、「ちょっと待って。今の話はまた後日、改めて」と言われ、早々にその日はお開きになってしまい、喜びから一転、不安が募った。「また後日」と言ったのに、いつまで経っても改めて話を振られることもなく、不安はどんどん膨らんだ。でもすぐに悪阻が酷くなり、一日を何とかこなすことで精一杯になったので、亜希の方から問い合わせることもできないまま、次の更新がやってきた。安定期に入るのと同じ頃だった。

更新は、普段は派遣会社の担当者が会社にやってきて、亜希と二人で簡単な書類を交わすだけなのだが、その日は女性リーダーと、更に上の男性上司も同席した。そこで男性上司から、今回は更新するが、その次はしない。これまでご苦労さまでした、と言い渡され、ショックを受けた。更には、今日の更新の満期が10月末までで、出産予定日が9月半ばなので、有休は満期から遡って、あるだけ使っていいよと、まるでやさしくしてあげているというような声と態度で言われて、暗澹たる気持ちになった。

　オフィスに戻ってから女性リーダーに掛け合って、時間を作ってもらい、二人で小会議室に籠もった。

「どういうことですか？　正社員になる話はどうなったんですか？　この契約解除、間違いなく妊娠が理由ですよね？　それって違反のはずです。私、五年も働いたんですよ？　さすがに酷くないですか？」

　亜希にしては頑張って、強い口調で抗議した。でもリーダーは、これまで親しくしていた時とまったく違う、温度のない声で、「仕方ないでしょう」と呟いた。

「私も頑張ったけど、どうにもならなかったの。会社には会社の利益を追求する権利があるし、仕方ない。それに亜希ちゃんだって、正社員になってから妊娠するとか、もっと考えるべきだったんじゃないの？」

　驚き過ぎて、亜希は絵に描いたように口をあんぐりと開けてしまった。これまで亜希をとてもかわいがってくれていた、尊敬している人からの言葉とは思えず、突然谷底に蹴落とされたような気分になった。

　会社には会社の利益を追求する権利がある——。会社とは、一体誰のものなのか。書面上だけ所属を変えるという抜け道を使ってまで、五年も亜希を雇い続けたのだから、亜希はこの会社に必要な人間だったはずだ。三年目に、チームで使っているソフトが刷新されることになり、亜希が移行担当責任者に任命されたこともあった。泊まりで遠方まで研修を受けに行き、知識を持ち帰って、自宅で時間外労働もしてマニュアルを作り、チームメイトに教えて、わかりやすい、澤田さんがいてくれて良かったと、多くの人にお礼を言われた。今でもチームはそのソフトを使っていて、以前のものより確実に仕事の効率が上がったと、皆喜んでいる。利益をもたらしたのだから、亜希は「会社」の一部ではないのか。「会社」の一部である人間の不利益は、「会社」の不利益になるのではないか——。

正社員になってから妊娠するとか、もっと考えるべきだったんじゃないの——。亜希も英治も、何年も真面目に働いているのに、いつ正社員になれるかわからなかった。いつなれるのかという不安と、常に闘いながら生活していた。生活が安定しないから、ずっと前から子供が欲しかったけれど、自分たちに我慢を強いていた。でも、いつか踏み切らないとずっと前に進めないままだと、悩んで悩んで、沢山話し合って、慰め合って、奮い立たせて、ようやく決心して、妊娠に至ったのだ。それでも英治と亜希が考えなしだったと、世間には言われてしまうのか——。

怒りと絶望感で体が震え、亜希は開けていた口をきゅっと閉じた。そして、ゆっくりもう一度、今度は意思を持って口を開けかけた、その時——。悪阻による強烈な吐き気が、胸の奥の方から込み上げてきた。

口に手を当てて吐き気を堪えてから、亜希は無言でリーダーに向かって一礼をした。お腹の子が、亜希を助けてくれたと思った。もう少しで、絶対に口にしてはいけない言葉を、女性リーダーに投げかけるところだった。一線を越えるのを、お腹の子が止めてくれた。

この子と共にある心身で、人をなじったり、恨んだりと、潔くない感情を抱きたくないと、亜希は自分を必死に落ち着かせて、リーダーを置いてオフィスに戻った。そのまま妊娠八カ月まで粛々と働き、最終日にはチームからの花束と、ブランド物のベビー肌着を笑顔で受け取り、会社を去った。

わうわうー！　という声で我に返る。いつの間にか起きていた一維が抱っこ紐の中から、テラス席の老夫婦が連れている小型犬を指差している。

「わうわう、だねー。いっくん、もう行こうか。お出かけ、付き合ってくれてありがとうね」

キャラメルソースのかかったコーヒーはまだ沢山残っていたが、席を立つ。無意識のうちに、また抱っこ紐越しに一維の背中をぽんぽんと叩いていた。でも亜希が本当にあやしたいのは、一維ではないかもしれない。

カップを下げた後、歩きながら携帯を取り出し、また「Hikari's Room」につないだ。過去のことは、いい。今、自分を見失いかけている気がするが、道が開かれていけば、また取り戻せるはずだ。亜希は今日、自ら道を切り開いた。いや、まだ「切り開こうとした」という段階かもしれないが、それでも昨日よりずっと前進したことは間違いない。頑張った亜希に、光さんがご褒美をくれないだろうか。記事が更新されていますように——と祈る。

しかし、「New」の文字は現れなかった。携帯をバッグにしまおうと体を傾けたら、躓いた。危うく転びそうになったが、何とか踏ん張る。

夕食は、英治が昨夜「毎日買ってきたものでも大丈夫」と言ったことを免罪符に、主菜も副菜もショッピングセンターで買った出来合いの惣菜にした。でも楽なのはいいが、お金が気になるので、もうずっとこれでいいやとは開き直れない。

一維の夕食も手を抜いて、いつもは何品か作るが、刻んだ茹で野菜を沢山入れたクリームシチューうどんのみにした。クリームシチューはレトルトのベビーフードだ。明日は英治が「給食にも力を入れていそう」と言った保育園で、ちゃんとした食事が食べられるからいいだろうと、言い訳をした。でも同じものが沢山で飽きたのか、半分しか食べてくれなかった。それでも昨日までのように、泣いたり暴れたりするよりは、ずっとマシだ。今日の一維は、昨日までが嘘みたいに手がかからなかった。

いつも通り、英治の帰宅は23時近かった。今日は寝かしつけで寝落ちせず、洗濯物の夜干しを終えたところだった亜希は、英治が帰宅するとすぐに夕食の配膳を始めた。

「ありがとう。いただきます。今日は起きてたんだね」

「うん。一維、すぐ寝てくれたから」

おかげでゆっくり、明日の自分と一維の準備ができた。英治が半分ほど食べ終えたところで、亜希はまた「話があるんだけど、いい？」と向かいに座る。

「うん、いいよ。何？」

「今日の午前中、派遣会社から電話があってね」

今日起こったこと、取った行動を、省略したりせずに、順を追って丁寧に説明した。英治は、「え？」「そうなんだ」「うん、うん」と、目を見開いて、途中からは完全に箸を止めて聞き入ってくれた。

「すごい！　よかったね！　色々手配してくれてありがとう！」

そして最後まで聞き終えると、笑顔で歓喜の声を上げた。

「いや、まだ受かるかどうかはわからないのか。でも是非って言ってくれてるなら、受かる可能性が高いよね！　よかった！　だいぶ前進だね！」

「うん、ありがとう。頑張る。初めてなのに、一維を9時から17時まで預けるのは、ちょっと心配だし、かわいそうなのかもしれないけど。あと登録料の一万円と、明日の五千円と。勝手に決めて払っちゃってごめん」

「いいよ、いいよ。だって必要なお金だしね。一維も泣いちゃうかもしれないけど、いつかは経験することだし頑張ってもらおう。それに、いいねって話してた、あの認可外保育園なんでしょ？　通わせてはあげられないけど、これからも時々一時保育でお世話になれるなら、俺たちもちょっと嬉しいし、会員になってよかったと思う」

目頭が熱くなった。今の亜希の状況で、夫と気持ちをいつも同じくしていることは、大きな救いである。妻にワンオペを強いながら、家事にも育児にも決定権を与えなかったり、妻の言動に文句を付ける夫だって、きっと世の中には亜希が想像する以上に多いのだろうから、本当にありがたい。

「そうだ。俺の方も話があったんだ。小野の帰国時期が決まったらしいよ。来月だって」

「へえ、そうなんだ。お店、開くんだっけ？」

「共同経営だけどね。帰国したら本格的に準備を始めるって」

「わー、楽しみだね」

英治が銀座本店にいた頃に一緒に働いていた、料理人の女の子だ。亜希も何度か会って、楽しく話をした仲だ。修業のためイタリアに渡っていたが、戻ってきて店を持つのだという。

英治が食事を終えるまでの間、彼女をはじめ、共通の友達の話題で盛り上がった。この時間帯に英治と楽しく会話をするのは久々で、一日の疲れがじんわりと癒やされた。

「亜希、今日はお風呂は？　俺はもう寝ようかな。明日早く起きてシャワー浴びるよ」

「お風呂は入った。でも食器の片付けと、一維の食事ストックを少し作ろうかな」

「ありがとう。じゃあ先に寝るよ。悪いけど、おやすみ。明日は色々よろしくね。ほんと、こういう時に何も手伝えなくてごめん」

「ううん。おやすみ」

リビングを出る英治を見送ってから、キッチンに立った。味付けの薄い豚肉の生姜焼きでも作って冷凍しておこうかと、冷凍室から豚の薄切り肉を取り出す。

レンジに入れて「解凍」ボタンを押したところで、「亜希」と声がして扉が開いた。英治が強張った顔をしている。

「何？　どうしたの？」

「一維がおかしい。ウンウン唸ってるから触ってみたら、体がすごく熱い。熱あるかも」

「え？　熱？」

頷いた英治が壁際の棚に駆け寄り、体温計を取り出す。亜希の胸がざわざわと騒がしくなった。

二人で寝室に入り、英治がベッドに乗った。一維を起こさないようにそっと、暗がりの中、脇に体温計をセットする。亜希はベッド脇に立ち、一維のおでこをそっと触った。

もう今は唸ってはいなかったが、確かに熱い。どくどくどく、と心臓が鳴る。どうしてこんな時に、と思う。勘違いであって欲しいと念じながら首筋も触ってみたが、声を上げそうになるほどの熱さだった。

ピピッと音がして、英治が体温計を携帯で照らした。絞り出すような声で「9度8分」と言う。ええっ！　と亜希は小さく悲鳴を上げた。

「9度8分!?　そんなに高いの初めてだよね？　大丈夫なのかな。病院に連れて行った方がいい？　救急に電話する？」

懸命に声量は抑えたが、怖くて口は止まらない。

「亜希、ちょっと落ち着いて」

「でも9度8分って！　どうして急に！　今日は朝からずっといい子で、おかしなことなんて……」

言いかけて口をつぐんだ。両手を口に当てる。今日は確かに手がかからなくて、いい子だった。でもおかしなところがなかった、というのとは違うかもしれない。今日一日の一維の様子を思い出す。

起こさないと起きてこなくて、起きた後もしばらくぼんやりしていた。ご飯も毎食残したし、めずらしく午前寝をして、なのに保育園の帰り道でも長時間寝た。夜も寝かしつける前から、お風呂上がりにリビングでウトウトしていた。保育園にいた時は元気だったが、実は朝からずっと体調が悪かったのではないか——。

そこまで考えて、ふと気が付いた。

「も、もしかしてインフルエンザ？　寝る時はまったく熱くなかったんだよ？　急にこんなに熱が上がるなんて、インフルエンザなんじゃ……。ねえ、昨日までやたら機嫌が悪かったのも、もしかして潜伏期間だったから？」

「潜伏期間で体つらくなるのかな。でも熱の上がり方は確かにインフルっぽいよね。俺ちょっと病院に電話してみるよ。一維、お願い」

英治がベッドを下り、携帯を持って寝室から出て行った。一維が生まれた総合病院の救急センターにかけて、指示を仰ぐと言う。

亜希は英治の代わりにベッドによじ登った。今日もまたかゆみが生じている胸を、パジャマの上から掻きむしるようにしながら、もう片方の手で一維の手をそっと握る。荒い寝息を立てている一維が、指を絡めるようにして握り返してきた。あまりのか弱さに涙がこぼれそうになる。

どうしよう。本当にインフルエンザだったら、どうしよう。幼児がかかると熱性けいれんを起こしたり、脳症になる可能性もあると聞く。一維は朝から、もしかしたら数日前からサインを出していたかもしれないのに、どうして気付けなかったのか。今日一日、自分の都合で振り回してしまった。そもそも予防が万全でなかったのではないか。亜希が感染させてしまったのだ。

一維をかわいそうに思い、自責の念に駆られる一方で、明日の面接はどうしよう、どうしてこんな時に、という自身を哀れむ思いも、確かに亜希には生じていた。インフルエンザだったら当然、保育園には預けられない。明日の面接は受けられない。すぐにでも来て欲しいと言っていたぐらいだから、きっと一維が治るまでは待ってくれない。他の候補者が来て、さっさとそちらを採用してしまうだろう。

そうなったら、亜希はどうなるのか。この先また、条件の合う仕事は見つかるのか。保育園には受かるのか。また三カ月先の未来も思い描けない状況に戻ってしまう。

こぼれそう、ではなくて、ついに実際に涙がこぼれた。どうしてこんなに不自由なのか。欲しいのは、子供を育てるために必要最低限の生活環境、ただそれだけなのに。どうして、それすら与えられないのか。亜希が一体、何をしたというのだ。平和に暮らしていた頃から、現在の状況に陥るまでに亜希が「したこと」と言えば、妊娠して、出産した。それだけだ。

体の奥の方から、じわじわとせり上がってくる、この感情はなんだろう。ああ、そうだ。これは、この感じは、怒りに似ている。

子供を産むのは悪いことなのか。子供は希望そのものではないのか。光さんだって、そう言っていた。そう、光さんが――。

――光さんだ。思い付いて、ほとんど反射的に、ベッド横のナイトテーブルの上の携帯を取った。寝かしつけの時に置いて、そのままにしていた。

「Hikari's Room」につなぐ。更新されていてくれ、と心を絞るように祈る。立ち上げる就職紹介会社について更新していて欲しい。もう亜希を救ってくれるのは、光さんしかいない。

表示されたトップ画面に赤い「New」の文字が見えて、はあっ、と声にならない声が出た。ついに記事が更新された。夢中でタップする。

『遠くに来ています。つらいことがあり、苦しいです。私も人間ですから、酷いことをされたら傷付きます』

本文を読んで、亜希はしばらく固まった。「え?」と何度も呟きながら、画面を見直す。でも何度読んでも、これだけだった。いつもとは比べものにならない短い文章で、この内容。空港だと思われる写真が貼られていた。でもターミナルを行き交う人々が写っているだけの風景写真で、光さんらしき人はいない。

意味がわからない。どういうことだろう。何があったのだろう。もしかして、これよりも前に他の記事もアップされているのかもしれない。「前の記事」というキーをタップしてみた。でも一つ前の記事は、亜希が何度も読んだお正月の帰省の話だった。

ウンアァ――――！　一維が急に唸り声を上げた。「いっくん、大丈夫？」と手を伸ばす。その拍子に携帯画面をスクロールしてしまった。お正月の記事のコメント欄が表示された。

「笑、じゃないですよ。今回はたまたま大丈夫だったかもしれないけど、本当にオトちゃんが外に飛び出して、事故に遭う可能性だってあったんですよ？　危険が沢山ある場所で三歳の子を見失うなんて信じられない。あなたは母親の自覚があるんですか？　猛省を促したいです」

目に入ったコメントに、また「え？」と声が出た。何だろう、この穏やかではないコメントは。「キサラギ」というハンドルネームの人が書いている。

亜希はこれまで、「Hikari's Room」のコメント欄を見たことがなかった。自分がコメントしたこともない。昔、好きなミュージシャンのブログを愛読していたのだが、過激なファンからの攻撃的なコメントで荒れて、気分が悪くなった経験があるので、絶対に見ないように気を付けていた。しかし、これは――。

もう一つ前の記事もタップする。『今年のクリスマスパーティー』というタイトルだ。これまではクリスマスは家族だけで過ごしてきたが、今年は光さんの友達を沢山呼んで、大勢でパーティーをしたという内容だった。光さんは料理は好きだが、お菓子作りは苦手だそうで、『去年はひいひい言いながら手作りしてみたけど、今年のケーキは潔くお店で買いました！』『間違いなくその方がおいしいし、子供も正直だから、こっちの方がいい！　と喜んでいました。よかったけど、少しモヤっとするのはどうしてでしょう』という記述が面白かった。

「こっちの方がいい！　とお子さんたちが言ったのは、あなたを気遣ったんじゃないですか？　子供にとって母親の手作りに勝るものなんてありません。本当は下手でもお母さんの手作りがよかったはず。パーティーだって家族だけでしたかったと思います。どうしてそんな簡単なことがわからないのでしょう。猛省を促したいです」

また「キサラギ」の、穏やかでないコメントがあった。他の記事も確認する。亜希の好きな記事ばかりピックアップした。

「母乳かミルクかどっちでもいいって、正気ですか？　母乳の方があらゆる観点で優れているのは、色んなところで立証されています。不勉強さに呆れます。猛省を促したいです。この記事を読んで、母乳が出るのに、サボってミルクをあげようとする怠慢な母親が増えたらどうするんですか？」

「離婚が子供のため？　目を疑いました。離婚は親のエゴで努力不足でしかないでしょう。親は子供のために、結婚を継続させる義務があります。離婚した上に、この先あなたのような自分を正当化するのが得意な身勝手な人に育てられるなんて、あなたのお子さんたちがかわいそうで心配です。猛省し、この記事は削除することをお勧めします」

「子供を産んだら何かを諦めるのは当然だと思います。立派な母親たちは皆そうしています。命を育てるのだから、当たり前ではないですか？　保育園不足と言いますが、あなたのような自分で育てたくないワガママな母親たちが仕事に逃げて、保育園が足りないと叫んでいるだけでしょう。猛省して、考えを改めてください」

亜希の三大お気に入りの、母乳、離婚、保育園の記事には、それぞれ「キサラギ」が、こんなコメントを書いていた。穏やかでない、どころではない。これははっきりと、攻撃的だと言っていいだろう。誹謗中傷の域にも入るのではないか。

このキサラギという人は、一体どんな人なのだろう。女性な気がするが、何歳ぐらいで、どんな風貌をしているのか。どこに住んでいて、どんな家族構成で、何をしている人なのか。なぜ光さんを攻撃するのか。光さんの何が気に入らないのか――。

母乳も離婚も、二年近く前の記事である。そんなにも前から光さんが、こんな酷い悪意をぶつけられていたなんて。

英治が廊下を歩く音が聞こえてきた。慌てて携帯をナイトテーブルに置き、両手で一維の熱い手を握る。でもすぐには切り替えられず、頭の中は光さんへの心配と、キサラギへの疑問が渦巻いていた。

『遠くに来ています。つらいことがあり、苦しいです。私も人間ですから、酷いことをされたら傷付きます』

これはキサラギのせいではないのか。キサラギが光さんを追い詰め、彼女を失踪させたのだ。光さんはどこに行ったのだろう。今どうしているのか。この一年ずっと助けられてきたから、亜希も光さんを助けてあげたい。

そして――。亜希もまた、光さんに助けて欲しい。

きゃー！　と悲鳴にも聞こえるような歓声を上げて、三人の「若い女子」が、一人の携帯を一斉に覗き込んだ。

「このリボンの付いたの、かわいい！　三崎さんに似合いそうじゃないですか？」

「本当？　ありがとう。私もこれが第一希望だったんだけど、式の時はお腹が出てるから、リボンの締め付けが危ないかもって言われて、結局こっちにしたの」

「これもいいじゃない。真っ白できれい！　うちのお姉ちゃんはオフホワイトのを着たんだけど、やっぱり純白がいいよね」

　何の話をしているのか、すぐにわかる。茗子は話の中心にいる、三崎という名前の「若い女子」に用があったのだが、話しかけるのは一旦止めることにした。盛り上がっているのに中断させるのは悪い。彼女たちの席の一列後ろの、一番端の席に軽く腰かける。話の区切りが付くまで、ここで待とう。

「わあ、このプリンセスラインのもきれい！」

「ね。裾が長くて、本当にお姫様みたいだよね」

　しかし彼女たちの声は大きい。本人たちは気付いていないが、周りの人が振り返ったり、呆れ顔をしたりしている。社食といっても自社専用ではなく、ビル全体の食堂なのだから、もっと気を遣うべきだと思う。でも直属の後輩は三崎さんだけなので、注意するのは控えておく。

　なかなか話が終わりそうにないので、もうこの席で先に昼ご飯を食べてしまおうかと、茗子は腰を浮かせた。でもすぐに戻す。途中で彼女たちに気付かれて、食べているものについて何か思われたり、言われたりしたら面倒だと思い直した。

　持参している布バッグから携帯を取り出し、検索サイトにつないだ。Ｈと打つと

「Hikari's」、Rと打つと「Room」と予測変換の最初の候補に出てくるので、それぞれタップする。検索をかけて最上位に表示された「Hikari's Room」へつなぐ。我ながらこの一連の動作をする時は、指の動きが滑らかだ。二年近く前から、ほぼ毎日見ているブログなので、指がすっかり慣れている。

水色とピンクのトップ画面が表示され始める。この瞬間は、いつもドキドキする。しかし全画面が表示されても、そこに更新があったことを示す「New」の文字はなかった。月曜日と水曜日に更新されるはずなのに、昨日の月曜は更新がなかった。二人の子供を育てている、光という四十歳のシングルマザーのブログなのだが、本人か子供に何かあったのだろうか。茗子が読むようになってから、月、水の更新が守られなかったのは、一年ほど前の、家族全員インフルエンザにかかったという時だけだったはずだ。

「磯村さん。お疲れ様です。お昼ですか？」

頭上で名前を呼ばれ、慌てて画面を消した。見上げると、三人の「若い女子」のうちの一人、経理部のぽっちゃり体型の子が、脇に立って茗子を見ていた。紙コップを持っているから、水を汲みに行くのだろう。

「ああ、お疲れ様です。うん、お昼なの」

「あ、磯村さん。ここ座りますか？」

彼女との会話で気付いたらしく、三崎さんが振り返って声をかけてきた。もう一人の髪の短い若い女子も会釈を寄越す。彼女も経理部だったと思うが、声をかけてきた子共々、名前は覚えていない。山田とか鈴木とか、二人とも平凡な苗字(みょうじ)だったと思う。

「ありがとう。でもみんなもう食べ終わってるから、別にするわ。ただ、ちょうどよかった！ 私、三崎さんに話があったの」

「え？ なんですか？」

席を立ち、近付いた。コップを持った女子は茗子とすれ違い、給水器に向かう。

「休み時間にごめんね。三崎さん、午後休で健診だって聞いたから……。あ、ウェディングドレス！ 式、３月末だっけ？ もうどれを着るか決めたの？」

テーブルの上に置かれた携帯の画面が点いたままだったので、話題に触れてみた。あなたの妊娠、結婚に、悪い感情なんて抱いていないというアピールは、して悪いことはないだろう。

「はい。本当はこのリボンの付いたのが良かったんですけど、お腹がキツいかもしれないので、こっちにしました」

屈託のない笑顔で携帯を操作し、三崎さんは茗子にドレスを見せてきた。

「へえ、かわいい。似合いそうだよ」

「ありがとうございます。磯村さんは、結婚式でどんなドレスを着たんですか？」

「わー、見たい！　写真ないですか？」

「え？　磯村さんのドレス？　私も見たい」

水を汲んで戻ってきた子も一緒に、全員が無邪気に茗子を見上げる。何の含みもない、ただ純粋な好奇心からの言動に見える。だから茗子も、ただにっこりと微笑んで対応した。

「私、結婚式してないいんだよね。結婚した頃に旦那の親族に不幸があったから、控えたの」

「え。そうなんですか？　じゃあドレス着てないんですか？　もったいない」

「ほんと。磯村さん細くて背が高いから、マーメイドラインとか似合いそうなのに」

「後から写真だけ撮ったりもしてないんですか？」

「うん、してない。何かタイミング逃しちゃってね」

愛想笑いをして、会話の余韻が引くのを待ってから、「そうそう。それで話だけど」と、茗子は本題を切り出した。

「三崎さん、3月半ばからもう出勤しないんだよね？　ってことは、もう退職まで二カ月あるかないかだから、後任の人への引き継ぎマニュアルを、そろそろ作り始めてもらいたいんだ」

「えっ」と三崎さんは、あからさまに戸惑った顔をした。他二人はすっと茗子から視線を外し、携帯を見たり、バッグを覗いたりし始めた。

「引き継ぎマニュアル……。私が作るんですか？　私が前野さんから引き継いだ時って、そんなのありましたっけ？」

「なかったから、三崎さん引き継ぎが大変だったでしょう。だから次の人には、作ってあげてほしいの。簡単なのでいいから、三崎さんの今のやり方をまとめておいてもらえると助かるんだ。３月、４月は年度替わりで忙しいから、少しでも引き継ぎ準備をしておきたくて」

「あっ、そうなんですね」

まだ戸惑いの表情を隠せない彼女に、茗子はもう一回にっこり微笑んだ。

「もちろんできる範囲で大丈夫だよ。もうすぐ安定期に入るとはいえ、妊娠中で大変なのは変わらないから、絶対に体調最優先で無理はしないで！　何かあったら何でも私に相談してくれればいいから」

そう言うと、ようやく彼女も口許(くちもと)を緩めた。

「わかりました。そういうの作ったことないので、ちゃんとできるかわからないけど、時間を見つけてやってみます」

「うん、よろしく。じゃあ私、ご飯食べるね。お邪魔しました。お疲れ様です」

お疲れ様です、と他二人の女子が会釈をしながら愛想笑いをした。茗子も倣って、その場を去る。

配膳の列に並ぶ。食堂に入ってきた時に比べて、肩が随分軽くなっている気がした。今日一番の気が重い「仕事」を終わらせたから、ホッとしたのだ。しかし、急に、しかも忙しい時期に辞めることになったのだから、せめて準備を整えて欲しいという当たり前のことを頼むのに、なぜ茗子が気を張らなくてはいけないのかと思う。

はたと気付いて、社内移動用の布バッグから携帯を取り出した。再び検索サイトにつないで、検索履歴の「Hikari's Room」を消す。誰が見ているわけでもないのに、何となく肩をすぼめてしまう。ネットの閲覧履歴からも同様に、「Hikari's Room」だけを消した。

バッグに再び携帯をしまい、顔を上げる。メニュー表を眺めた。麺類に飽きたので、今日は「本日の定食」がいい。A定食がぶりの照り焼きで、B定食がカツ丼らしい。これに汁物と野菜の惣菜が付く。

順番が回ってきて、配膳のおばさんに「B定食で」と注文した。近くに自社の人がいないことを確認してから、「カツ抜きで」と追加で伝える。おばさんが「はっ？」と間抜けな声を出し、しげしげと茗子を見つめた。

「カツ抜き？　カツ丼なんだけど……」

「はい。でもカツ抜きで」

前後のスーツ姿の男性が、横目で茗子を観察していることがわかったが、淡々と言い切った。ぶりは血合いが苦手なのだ。

「あ、汁物ってなんですか？」

「カブと小松菜の味噌汁だけど……」

「じゃあ、それはそのままでいいです」

おばさんがおそるおそるといった様子で差し出した、玉子と玉ねぎだけが載ったカツ抜きカツ丼を受け取り、「どうも」と茗子は列から離れた。水を汲んでから、レジに向かう。

帰りの電車の中で我慢し切れず、最寄り駅に着く前に携帯を取り出し、操作した。脇に立っている中年サラリーマンに迷惑そうな顔をされたが、そちらだってさっきから茗子の顔の近くで、やたらと咳をするのでお互い様だ。

「Hikari's Room」を開くが、まだ「New」の文字はない。満たされないので、最新の記事をタップした。ブログ主の光が、二人の子供と共にお正月に帰省をした際、下の子が一時行方不明になったという内容だ。

本文は何度も読んだので、コメント欄までスクロールする。昨日の夜に見た時より、二件コメントが増えていた。でも「オトちゃん、かわいい！　縁側のおばあちゃんみたいにお茶をぷはーっに笑っちゃいました」と、「無事に見つかってよかったですね。うちの子も三歳の時に迷子になりましたが、血の気が引きますよね」という、どちらも当たり障りのないものので、やはり満たされなかった。

画面を閉じて、そのまま夫の尚久に「もうすぐ駅に着くよ。そっちは？」とメッセージを送った。また、あ、と気付いて再びネットにつなぐ。肩をすぼめて、検索と閲覧の履歴から、「Hikari's Room」を削除する。

操作中に尚久から返信があった。「もう帰ってる」とある。今日の茗子は久々に残業なしで上がったので、まだ時間が早い。それでもう帰っているということは、尚久はきっと家で「仕事」をしているのだろう。

それなら、と最寄り駅で降りた後、駅前のショッピングセンターに向かった。スーパーではなく地下の惣菜売り場で、夕食を物色する。結構な時間をかけて、尚久には鶏とレンコンの甘酢炒めを、自分には鮭とレンコンのみぞれ煮を買った。同じ野菜が使われている、肉と魚、それぞれの惣菜を探すのに、いつも苦労する。尚久は魚があまり好きではないのだ。共通の副菜としてポテトサラダも買った。

帰宅すると予想通り、リビングと引き戸一枚でつながっている小部屋から、尚久の話し声が聞こえてきた。

リビング続きの小部屋は、結婚と同時にこのマンションに引っ越してきた時に、ここはいつか子供部屋にしようと決めた場所だ。茗子は初め、リビングの隣ではプライバシーがないので、少し狭いがここを自分たちの寝室にして、子供には玄関脇の独立した部屋をあげた方が、と言った。しかし尚久が、甘やかしちゃいけない、親の庇護の下にいるうちは子供にプライバシーなんて与えなくていいと熱弁し、こちらが子供部屋で、独立した部屋が夫婦の寝室と決まった。

しかし結婚から六年経った今も二人に子供はおらず、小部屋は現在、実質的に尚久の部屋になっている。尚久が実家で使っていたというデスクや本棚、尚久専用のパソコンにクローゼットが所狭しと並べられ、床にはゲーム機や雑誌、DVDなどが散乱している。

引き戸をノックしてからそっと開け、「ただいま」と声をかけた。イヤホンをしてパソコンに向かっている尚久は、後ろ手に手を振ってきた。

「マジで？　その件は把握してなかったわ。いやー、良くないなあ、それは」

「問題は本人に、自覚があるかどうかだよね。確信犯なのか天然なのか」

オンラインで誰かと通話をしている。込み入っていそうだから、きっとまだまだ時間がかかるだろう。

茗子は荷物を置き、部屋着に着替え、携帯を持ってキッチンに入った。冷蔵庫に背中をもたせかけ、携帯をいじる。ときどき蛇口を捻って流水音を立てたり、手鍋をガタンと音が立つようにキッチン台に置いたりするのは忘れない。

美男子たちが次々に自分に告白をしてくる、いわゆる乙女ゲームのまとめサイトを閲覧した。「Hikari's Room」が未だ更新されていなかったので、このまま夜になるなら、他の寝る前の暇つぶしを見つけておきたい。

「そうだね。今回は一旦、それがいいかな」

「うん。俺も今後は、もっと普段から気にかけておくから」

やがて尚久の口調が落ち着いてきた。話が収束に向かっているようだ。乙女ゲームのまとめサイトの閲覧履歴を消去してから、携帯を閉じ、お湯を沸かした。チンするだけのレトルトのご飯をレンジにセットし、買ってきた惣菜をお皿に盛る。沸いたお湯でインスタントの味噌汁を作り、お茶を淹れ、ご飯をお碗によそう。

配膳をすべて終えてから、もう一度引き戸をノックし、「ご飯できたよ」と尚久に声をかけた。

「うん、じゃあ俺もちょうど夕食だから」

「ああ、また何かあったら教えて。じゃあな」

通話を終えて、尚久が小部屋から出てきた。

「おかえり。お疲れ様」

「ただいま。お疲れ様」

挨拶を交わして、向かい合ってテーブルに着く。茗子は手を合わせて「いただきます」をしたが、尚久はいきなり箸を取って食べ始めた。結婚してから、いや、出会ってから今日まで、自宅でも外食時でも、尚久が「いただきます」と言ったり、食べる前に手を合わせたりするのを、ただの一度も見たことがない。

「うん。いいんじゃない」

鶏とレンコンの甘酢炒めを数口食べると、尚久は満足気に言った。「おいしい」という意味だ。「そう？　よかった」と茗子は愛想笑いをする。どれだけ口に合っても、気に入っても、尚久は絶対に「おいしい」とは言わない。必ず「いいんじゃない」だ。でも口に合わなかった時、気に入らなかった時は、はっきりと「まずい」と言う。「まずい」「これはまずい」と連呼して、その後しばらく不機嫌になることもある。

「茗子は鮭かあ。肉アレルギーって、いきなり治ったりしないもんかね」

「ん？　どうなんだろう。アレルギーって治るのかな」

「昔は違ったのに突然なったから、突然治ることもあるんじゃないの？」

「そうなのかな。でも魚で栄養は摂れるから、別にいいよ」

「栄養はいいかもしれないけど、いつも肉と魚で別のおかず作るの大変でしょ」

「まあねえ。でも仕方ないよ」

続けたい会話でもないし、実際は作っていないので気まずさもあり、適当に流した。尚久もそれ以上は追及せず、しばらくお互い黙々とご飯を食べた。

「あー、それにしても今日は大変だったよ」

尚久が突如大きな溜息を吐いて、箸を持ったまま、伸びをするように上体を反らした。

「さっき話してた件？　込み入ってそうだったよね。何かあったの？」

「そうなんだよ。それがさあ」

今度は逆にすうっと息を吸い、やれやれという顔をする。しかし、矛盾するがどことなく楽しそうでもある。尚久が息を大きく吸ってこの表情をするのは、長話を始める時のサインだ。

「うちのチームの、エリィって女の子いるでしょ」

「あー、人懐っこくてかわいいけど、ちょっと敬語がなってないって子？」

「そうそう。そのエリィがさあ」

そのあと尚久が饒舌（じょうぜつ）に長々と語ったところによると、同チームにおそらくエリィに好意を持っているハルタという男子がおり、エリィは彼の好意を知ってか知らずか、本来自分がやるべきことを、よくハルタに頼ってやってもらっているのだという。しかし尚久たちチームメイトが傍(はた)から見ている限り、エリィのハルタに対する感謝の言動は、いつも足りない。更にエリィは最近、新しくチームに入ってきたモリという男性にも、ハルタも見ている前でよく頼るそうで、尚久と付き合いが長く、茗子も名前をよく聞くカザマが事態を問題視し、尚久に相談をしてきたということだった。

「へえ。そのモリって人もエリィちゃんを好きなのかな。エリィちゃんは好かれてるのをわかってて、わざと甘えてるのかな。何にしてもハルタ君がかわいそうだね」

「そうなんだよ。でも無神経なだけでわざとじゃないなら、エリィは一番若いし、みんなで責めたてるのも良くないかなあって」

「確かにね。難しい問題だね」

「うん。でもとりあえず今回は一旦、もう少し様子見しようってことになったよ。これ以上の問題行動があるなら、その時は俺が出ていくけど。カザマも俺が行くのが一番いいって」

「そうなんだ。大変だね」

「まあね。でも俺が一番年上だし、チームリーダーだから仕方ないよね」

そう言って尚久は、何やら意味ありげに茗子の顔を見た。もしかして、共感を求めているのだろうか。茗子も会社で、営業事務のチームリーダーをしている。しかし鮭の小骨が喉に引っかかって、懸命に飲み込もうとしているところだったので、上手く反応ができなかった。さっと視線を逸らして、お茶を飲む。

「今日は久々に早く上がれたんだ。お正月明けの大量の伝票がやっと落ち着いたから」

話を変えてみた。「ああ、そういえば早かったね」と尚久は頷く。

「うん。でもほら、今妊娠中の子が3月で退社だから、年度末にかけて、またすぐ忙しくなると思う。インフルエンザも流行ってるし、うちの課にも来たらと思うと怖いなあ。新入社員さんが来るのも4月からだし、しばらく忙しいのが続きそう」

鶏肉を口に運びかけていた尚久が、ふっと鼻を鳴らした。「何？」と言うと、呆れたような表情でこちらを見る。

「茗子の会社は、いつも忙しいよなあと思って。忙しくない時は来るのかね」

茗子はまた反応できず、ご飯を口に入れて、今食べているから答えられないという演出をした。

「退社する子に今日、マニュアル作ってってって頼んだんだ。マニュアルがあれば新人さんがすぐできるようになるわけじゃないけど、少しでも4月からの忙しさを和らげたくて」

飲み込んだ後、仕切り直して話を続けた。

「そりゃそうだよな。妊娠中の子って退社するんだっけ？　産休や育休を取って戻ってくるんじゃなくて？」

「え？　う、うん。その子は妊娠報告と同時に、自分から退社希望を出したよ。いい奥さん、いいお母さんになるのが夢だったんだって。派遣さんだしね。あ、派遣でも産休、育休は取れるんだけど、よっぽど余力がある会社以外、派遣さんが戻ってくるのを待つのは難しいよね。でも会社から辞めてって言うと問題にもなるから、その子の場合は双方の気持ちが一致してて、ちょうどよかったっていうか」

妊娠、退社、産休、育休などという言葉に敏感になり、つい早口に沢山まくし立ててしまう。

「そっか。上手く収まってよかったね」

しかし尚久は特に気に留めていないようで、ホッとした。

「代わりの人も派遣？　もう決まってるの？」

「ううん。次は長く勤めて欲しいから、正社員の募集だよ。転職エージェントを通して応募があった人が良さげだから、明日の朝一で面接なんだ。実は私と森崎さんも、面接に同席するの」

「へえ、すごいじゃん。森崎さんって誰だっけ？」

「ん？　副リーダーの人だよ。ほら、仲良くしてもらってる。これまで面接は課長と人事だけだったんだけどね。最近、社全体で、面接には現場リーダーも同席させようって動きになってるんだって」

「へえ。確かに現場の意見は大事だよね。でも茗子、俺も人事やってるからわかるけど、採用面接をするってことは、その人の人生を左右するってことだから、いい加減にしちゃダメだよ」

急に真顔になり、わざわざ箸を止めて、尚久は茗子の顔をじっと見た。

「うん。そうだよね」

「あと、こちらが選んでやる立場だって、上から目線にならないこと。面接ってのは、応募者が会社を見極める場でもあって、立場は同じだから」

「なるほど。わかった。気を引き締めるね」

茗子も箸を止めて言うと、満足そうに尚久は大きく頷いた。

ちょうど話が一段落ついたところで、夕食を食べ終えた。尚久はすぐに席を立って、テレビの前のソファにごろんと横になる。リモコンを取って、ニュースのチャンネルに合わせた。

茗子はお風呂場に行き、今朝、出社前に浴室乾燥で干していた洗濯物を取り込んだ。その後お風呂を洗って、お湯を張る。リビングに戻ると食器を下げ、キッチンで洗い物に取りかかった。

尚久はその間テレビを見ながら、一つ一つのニュースに自身の感想と見解を述べていた。例えば、国内の大企業の粉飾決算疑惑には、「これだけの額、バレないと思ったのかねえ。大手だからって胡坐かいてるよな。若手社員が変えていかないと」と。外国のデモには、「怒りを表明するのはいいと思うけど、他のやり方を思い付かないもんかね。デモで国が動くことなんて少ないんだからさ」と。茗子はその都度、「そうだよね」「なるほどね」「難しい問題だよね」などと、手を動かしながら相槌を打った。

ニュースが終わる頃にちょうどお風呂が沸き、尚久はすぐに入りに行った。茗子はその間に、取り込んだ洗濯物をたたんで、しまう。尚久の物は小部屋の立派なクローゼットに。茗子の物は、寝室の小さな収納スペースに入れてある、ホームセンターで三個千円で買った衣装ケースの中に。

尚久と交代でお風呂に入り、上がって髪を乾かし、明日の朝に干す洗濯物の予約をセットしてから寝室に行くと、ダブルベッドの上で尚久はもう、見事な鼾をかいて熟睡していた。茗子のスペースまで手足がはみ出しているので、仕方なく壁側で体を横にして寝転んだ。しばし壁紙の模様を眺めた後、体を逆向きにして、薄暗がりの中、尚久の寝顔をじっと見つめてみた。数年前からの、毎晩の儀式である。

徐々に生え際が後退してきている、白髪交じりのバサバサの髪。髭の剃り跡も生々しい、シミだらけの肌。鼾をかいているので開いたり閉じたり、ひくひく動いたりする口や鼻からは、ときどき小さな飛沫が発生している。

大丈夫、と心の中で唱える。こんな小汚い中年男に、抱かれたいとは微塵も思わない。だから今晩も、昨日の晩も、一週間前も、もう何年も前から指一本触れられなくても、傷付くことは何もない。

また壁側を向き、毛布の中で携帯をいじる。一応「Hikari's Room」を覗いてみたが、未だ更新はなく、少し苛立ってきた。溜息を吐き、さっき当たりを付けておいた、乙女ゲームをダウンロードする。長く続けていくと料金が発生する場面も出てくるが、ダウンロードと、最初の方のプレイは無料だそうだ。

文明開化の頃の明治時代にタイムスリップした主人公の「私」が、画家、作家、華族など、色々なタイプの美男子と恋に落ちるという物語設定である。メインで恋愛する相手を選べるので、登場人物の欄をじっくり読んで、茗子はメガネで細面の、華族の家の書生キャラクターを指名した。イラストだけれど肌が綺麗で、髪もさらさらで清潔そうで、柔和な笑みを浮かべているのが良いと思った。

ゲームを開始する。「私」の名前は「メイ」にした。茗子の名前の由来は単純で、5月生まれだからだ。三歳上の姉は6月生まれで、潤子という。成り行きで舞踏会に出席することになったメイが、グラス片手に広間を戸惑いながら歩いていると、部屋の片隅の椅子に座って、一人本を読んでいる書生と目が合う、というのが最初のシーンだった。

「次へ」をタップしかけた時、顔がカッと熱くなり、携帯をベッドに叩きつけた。拾い上げて、急いで画面を閉じる。現実から逃れるための妄想のゲームなのに、なぜ現実と同じような場面をなぞらなければいけないのか。

もう今日は寝てしまおう。何からかわからないが、自分の姿を隠したくて、茗子は勢いよく毛布を被り直した。固く目を閉じる。

しばらくして気が付き、毛布から手を伸ばし、枕元の携帯を取った。眩(まぶ)しく光る画面に目を細めながら、乙女ゲームのサイトの閲覧履歴を削除する。

茗子が尚久と出会ったのは、二十七歳の時だ。現在三十七歳だから、ちょうど十年前である。当時茗子は、中国地方で二番目に大きな市にある、中規模の半導体メーカーで営業事務をしていた。隣の市にある実家から、成人祝いに買ってもらった自家用車で通っていた。

父は地元の私立高校の国語教師。母は姉と茗子を産んでからはパート勤めだったが、元は看護師。姉も看護学校を卒業後は総合病院の看護師と、実家は、堅く真面目な家だった。

茗子は人に物を教えるのも、人の世話をするのも苦手だったので、教師や看護師を目指すことはなかったが、自分も家族の皆と同じぐらい、堅い仕事に就かなければならないのだと、中学生の頃には既に思っていた。だから地元の私立大学を卒業後、大きくはないが、地元に根付いた老舗の会社に入れた時は、嬉しいというよりも安心した。

社会人五年目の二十七歳の時、当時付いていた、毎月売上成績トップのエース営業マンから、「今度、同業種の大規模な交流会をやるんだけど、茗ちゃんも来てよ」と声をかけられた。営業マンたちの人脈を広げるために、近隣の色んな会社に声をかけて、ときどき開催しているのだという。

その営業マンと常に売上成績を競っている、当時三十代半ばだった営業の女性からは、「行かなくていいよ。あいつら事務の女の子にお酌させたり、他の会社の男の人の話し相手をさせたり、ホステス扱いする気だから」「なのに女子からも会費取るんだよ、おかしいじゃない」などと止められたが、「そうなんですか」とだけ返事して、茗子は出かけて行った。社交的な性格でもないし、派手なことも苦手なので、決して行きたいわけではなかったが、自身が付いている営業マン、しかも成績トップの人から言われて断れるわけがなかったし、断って空気が悪くなるよりも、一時苦手な場を我慢する方が、茗子にとっては楽だったのだ。

その営業の女性は、茗子は慕っているつもりはないのに、何かにつけて「茗子ちゃんのために言うんだよ」と、助言のようなことをしてくるので、正直煩わしいと思っていた。課長に来客があるからお茶を淹れるように言われて従うと、「お茶汲みは事務の仕事の中に入ってないから。作業の手を止めてまでやらなくていいよ」とか、営業マンに取引先との会食に、若い女性がいた方が場が和むから同席してくれと言われ出向こうとすると、「その案件、茗子ちゃんに関係ないよね。プライベートの時間割いて行くことないよ」などと、やたら目を吊り上げて、強い口調で言ってくる。彼女が男性ばかりの営業部の中で、女性の自分の地位を確立させようと必死になっていることは伝わってきたが、茗子は毎日淡々と与えられた仕事をこなし、多少どうかと思うことがあっても、少し自分が我慢して、周囲と波風を立てずにいられるならそれが最良だと思っていたので、余計なお世話としか思えなかった。

とはいえ営業マンに誘われた交流会では、彼女の言った通り、お酌係と話し相手として、忙しなく働かされた。要領が良くなく口下手な茗子は、「あの人のグラス、空になってるぞ」「茗ちゃん、もっと愛想良くしてよ」などと営業マンに注意されることが多く、同僚の事務女子たちよりも、疲労の色が濃かったように思う。

やがて幾つかのグループに分かれ始めて、それぞれ別のテーブルで盛り上がるようになった頃に、茗子は休憩しようと、そっとトイレに立った。わざと時間をかけて用を足してから宴会場に戻ったが、皆盛り上がっていて、誰も茗子が戻ったことに気が付いていないようだった。

　それなら、と人のいないテーブルの端に座り、こっそりそこに残っていた料理をつまもうと思った時だった。斜め向かいのソファ席で、一人文庫本を読んでいた男性がいて、はたと目が合って驚いた。

「茗子ちゃんだっけ？　こういう場所、苦手そうだよね」

　肩をびくっとさせた茗子を見て、男性はクスクスと笑いながら言った。さっき少し挨拶をした、電子機器会社の営業マンだと気が付いた。彼の前に置かれたグラスが空になっていたので、「あ、どうも。すみません、今」と、慌てて茗子は近くに飲み物がないか探し始めた。しかし男性に、「いいよ」と制された。

「俺、お酌されるの嫌いだから。お酒は自分のペースで飲むのが一番おいしいよね。それに女の子だからって、当然のようにお酌させるのはおかしいと思う」

　何かに、もしくは誰かに怒っているような口調で言う。

「今日も誘われたから一応来てみたけど、どのグループも俺の好きな飲み方じゃなくてね。抜けてもバレなそうだし、一人で本読んでた方がいいなって、今こっちに移動してきたところ」

「あ、そうなんですね」と、とりあえず茗子は相槌を打った。すると男性は満足気な顔になり、「ねえ」と茗子に笑いかけた。

「茗子ちゃんもつまらないんでしょ？　二人で抜けて、別の店で飲み直さない？」

それが尚久との出会いだった。その後、茗子が応じて二人で飲み直したのを機に、尚久は頻繁に茗子に連絡を寄越すようになり、一カ月後には付き合っていた。


茗子より二歳上の尚久は、これまでに茗子が出会ったことのない人種だった。趣味は読書と映画鑑賞で、交流会を抜けて連れて行かれた店もそうだったが、お酒を飲むなら宴会よりも、薄暗くて、寡黙なマスターが一人で経営しているようなバーで一人か二人で飲むのを好む。テレビには出ない、知る人ぞ知るというようなバンドが好きで、博識で政治や社会情勢に詳しく、ニュースや社会問題について、自分の感想や見解を雄弁に語るのが得意。

人数が多いわけではないが、これまで付き合った男性は、デートは話題のテーマパーク、家に遊びに行くとビールを飲みながら一緒にバラエティを見ようというような人たちだったので、尚久の人となりは新鮮で、茗子はすぐに夢中になり、彼と付き合えることを喜ばしく思った。友達や同僚に紹介して、「茗子の彼って、頭良さそうだよね」「趣味もいいし、人とは違うって感じがする」などと言われると、「そうかなあ」と言いながら、内心は鼻が高くなっていた。

尚久は中部地方の出身で、実家は仕出し業を営んでいる。姉と二人きょうだいの長男である尚久に、両親は跡を継いで欲しがっているが、自分の生きる道は自分で決めたいと、中国地方の大学に進学したのを機に、そのまま実家に帰らず就職したと話していた。

結婚したのは、茗子が三十一歳、尚久が三十三歳の時だ。茗子の方から促した。尚久の「人とは違う」ところを自慢にしつつ、一方で茗子は生まれ育った家や環境で培った価値観も捨てきれず、社会通念に則って、三十歳ぐらいまでには結婚したいと思っていた。でも尚久の方から結婚話は出ず、二十九歳の時に「ねえ、私たちってこのまま付き合ってたら、いつかは結婚する？」と聞いてみた。しかしこの時は、「うーん。結婚しないって思ってるわけじゃないけど。みんなそうするものだからするって感じでするのは、性に合わないんだよなあ」と流されてしまった。

あまりせっつくのも結婚願望が強過ぎるかのようで嫌だと思い、しばらくそのままにしていたが、三十歳を過ぎて、同級生や同僚がどんどん結婚していくのを目の当たりにして、もう一度「ねえ、私たちって結婚はしない？　うちの親が最近、どうなの？　ってうるさく聞いてくるんだよね」と言ってみた。既に晩婚化が進んでいると言われている時代ではあったが、地方だからか、少なくとも茗子の周囲では、三十代に入って未婚だと、からかいや自嘲の対象になる空気はまだ十分にあり、その頃の茗子は正直焦っていた。

二度目は流されず、「実は俺の方でも考えていたことがあって」と尚久は腰を据えて、茗子の問いかけに対応してくれた。実家の会社は、お父さんが社長、お母さんが副社長、近年はお姉さんも社員になって、文字通り家族経営をしているのだが、お母さんが最近病気にかかり、すぐにどうこうということではないものの、長生きはできないかもしれないし、少なくともこれまで通り仕事を続けるのは難しそうなので、尚久は帰ってくるよう打診されているという。「実家を継ぐ気はなかったんだけど、特に確執があったわけでもないのに、病気になった親を見捨てるのも人として違うと思うから」と、尚久も受け入れる気になったそうだ。そして、結婚して茗子にも一緒に来てもらえると、ということだった。

地元も実家も離れたことがないので、戸惑いは少なからずあったが、最終的に茗子は了承した。仕事も相変わらず、上司と営業マンの命令と、意識の高い営業女性の助言の間に挟まれて、その都度波風を立てないようにやり過ごすことに力を注ぐ日々で、楽しくも、やりがいを感じることもなかったから、結婚ができるなら、辞めることに抵抗はなかった。

特に子供が好きということもないが、結婚をしたら、次は子供を産むのが道理だと思っていたので、新生活が落ち着いたらパートでも始めて、子供ができたら一旦主婦になればいい、もし望まれるなら、自分も尚久の実家を手伝うのでもいいと考えた。家族も、遠くに引っ越すことを少し淋しがりはしたものの、実際は「うるさく」というほどではなかったが、「付き合ってる人がいるなら、結婚しないの？」と時々聞いてきてはいたので、結婚話がまとまると喜んでくれた。

一ついい意味で予想外だったのは、会社に事情を話して退職希望を出すと、当時の課長が、中部地方にも営業所があるから、退職じゃなく異動してはどうか、推薦状を書いてあげるからと、慰留してくれたことだ。茗子は決して「できる社員」ではなかったと思うが、その自覚がある分、絶対に迷惑だけはかけまいと、サービス残業をしてでも丁寧で正確な仕事を心がけ、十年弱ほぼノーミスでやってきた。そこを評価してくれていたのかと嬉しかったし、子供ができるまでの間にお金は少しでも貯めておくに越したことはないので、ありがたく受け入れた。尚久も賛成してくれた。

引っ越しで住所を移すのと同時にするのが楽だと思い、結婚式や新婚旅行、子作りの時期の計画などは後回しにして、まずは引っ越しを済ませ、尚久の実家のある街で入籍をした。新居は、茗子の両親が頭金としてまとまった金額を支援してくれるというので、ローンを組んでマンションを買わないかと提案したが、尚久が「うーん。ローンとかで人生を縛られるのは、なんだかなあって思うんだよね」と難色を示したので、２ＬＤＫの賃貸マンションに住むことで落ち着いた。茗子の両親には、敷金、礼金と引っ越し費用を用立ててもらった。

急に寒気を感じて身震いをした。ヒュッと喉が鳴るような声も出してしまう。尚久が寝返りを打って、毛布と掛け布団が茗子から外れたのだ。苦笑しながら引っ張り戻す。

あ、とまた声が出て、ベッドからもぞもぞ起き出した。寝室のドアをそっと開け閉めし、足音を立てないようにリビングに向かう。

洗い終えた食器を、キッチンのカウンターに伏せたまま、食器棚にしまうのを忘れていた。茗子は平気なのだが、尚久が洗って伏せた状態の食器を、次の食事の時にそのまま使うのを嫌がるのだ。洗ってあるのだから不衛生ではないし、食器棚から出そうが、カウンターから取ろうが一緒だと言っても、生理的にどうしても嫌らしく、必ず一度食器棚にしまって欲しいという。忘れてカウンターから取ると、酷く不機嫌になることもある。

電気を点けると目が冴えて眠れなくなりそうなので、向かいのマンションの廊下の明かりを頼りに、薄暗がりの中で目を凝らし、茗子は黙々とカウンターから棚へ、食器を移動させた。やり終えた後はぼんやりと、しばらく立ったまま窓の外を眺めた。

向かいのマンションは洋風の造りで、廊下のランタンから、オレンジ色の光が放たれている。防犯のためなのか夜中消えることはなく、街路樹が照らされて、森に月明かりが差しているように見えなくもない。このマンションに住み始めた新婚当初は、よく尚久と二人でこの風景を眺めながら、他愛もない会話をしたものだ。

「この景色、落ち着くなあ。俺たち専用の、ささやかな夜景って感じでいいよね」

「うん。私、キラキラの派手な夜景よりも、これぐらいの方がやさしくて好き」

あの頃、一年後、三年後、五年後と、将来の自分たちの「姿」について、具体的にこうなっているだろうとか、こうなっていたいなどと、詳しく話したり、計画を立てたりしていたわけではない。でも茗子には、何となく思い描く「姿」が確かにあったたし、きっと尚久にもあって、二人のそれはとてもよく似た「姿」のはずだと、根拠もなく信じていた。

窓ガラスに、着古したよれよれのパジャマを着た、現在の茗子の「姿」がぼんやりと映っている。しっかり見つめてしまう前に、くるりと踵（きびす）を返し寝室に戻った。

ベッドでは、まだ尚久が派手な鼾と寝息を立てていた。もう一度、その寝姿を見つめてみようかと迷ったが、止めてさっさとベッドに潜り込む。


翌朝は久々に、定時に出勤した。昨日まではお正月明けの繁忙で、尚久の朝食は作り置きにして、サービス早朝出勤をしていた。定時なので何も得はしていないのだが、何だか贅沢な気分で電車に揺られた。

オフィスの自席に到着し、パソコンを立ち上げている時だった。「磯村さん、おはようございます。ちょっとお話いいですか？」と、背後から声をかけられた。三崎さん、もとい、三崎という名前の「若い女子」だ。

「おはよう。どうしたの？　借りちゃおうか、座って」

妊婦なので、まだ出勤していない隣席の森崎さんの椅子を借り、座るように勧める。三崎さんはお礼を言うでも会釈をするでもなく、ごく自然に腰を下ろした。叱るほどのことでもないが、心の中で苦笑する。

昨日の昼休みも、妊婦なので注意はしなかったけれど、年上で上司の茗子がテーブルの脇に立って喋っている間、彼女は当たり前のように座ったままでいた。後輩とはいえ他部署なので、やはり叱りも注意もしなかったが、一緒にいた経理部の二人の「若い女子」も同様だ。

「話？　なに？」

気を取り直して訊ねる。すると三崎さんは、そこについては遠慮がちに、おずおずといった感じで口を開いた。

「えっとですね、あの、私昨日あの後、午後休で健診だったじゃないですか。あ、あの後って、磯村さんと食堂で話した後って意味です。えっと、それで。あの後会社の入口で課長に会ったんです。課長は外にお昼を食べに行った帰りだったみたいで」

その後、「えっと」と「あの」が多発する、長く要領を得ない説明を三崎さんは続けたが、まとめるとこういうことだった。茗子に引き継ぎマニュアルを作るように言われたことを課長に話すと、課長が、もうすぐ安定期に入るとはいえ、妊娠中なのにこれ以上仕事を増やすのは良くないから、やらなくていい。もし茗子がどうしてもマニュアルが必要だと言うなら、チームの他のメンバーがやるように、と言ったのだという。

話を聞き終えた茗子は、しばし固まった。でも三崎さんが顔を強張らせて、茗子が何か言うのを待っているので、何とか一言、「ええと」と声を絞り出した。それは、あなたがやりたくないから助けて、という空気を出して、課長にそう言わせたの？　それとも「ただ」話したら、課長の方からそう言ったの？　そう訊ねてみたかったが、必死に言葉を呑み込んだ。三崎さんは二十代半ばだったか、後半だったか。知ろうとしていないので正確な年齢はわからないが、いずれにしても、そんなことを言ってしまったら、茗子が「若い女子」をいじめている構図になるのは必至だろう。下手したらハラスメント扱いされるかもしれない。出勤してきた営業マンや、茗子たちと同じ営業事務の面々も、皆自分の仕事の準備をしながら、横目でこちらを窺っている。

「そっか。わかった」

観念して、茗子は告げた。どういう流れだったとしても、課長がそう「言った」のなら、どのみち受け入れるしかない。

「そうだよね。安定期に入るとはいえ、妊娠中に新しいことは無理だよね。昨日は無理言っちゃってごめんね。マニュアル作りは、残る私たちでやるよ。できなかったら、４月に一から新人さんに教えればいいしね」

笑顔を作り、穏やかな口調になることを意識しながら、追加で告げた。すると、「本当ですか？」と、途端に三崎さんは顔を綻ばせた。

舌打ちをしたくなる。これだから「若い女子」は嫌なのだ。一生懸命仕事を教えても、一人前として数えられるようになるまで辛抱強く待っても、結婚や妊娠ですぐに辞めてしまう。産休や育休を取って戻ってくる場合でも、「子供が熱を出して」「子供の風邪がうつって」と、とにかくよく休むようになるから、周りはフォローに奔走させられる。そして彼女たちは、そのことに罪悪感を抱いていないように思える。できません、やれませんと訴えてきて、こちらがフォローを引き受けると、途端に顔を綻ばせ、「じゃあよろしく」と言わんばかりの態度だ。

だから茗子は、妊娠可能年齢の「若い女子」社員は、個別認識しないようにしている。現在進行形で、小さな子供を育てている人も同様だ。年齢も下の名前も覚えないし、仕事上で必要とされる最低限の付き合いはするものの、情は持たず、仲良くもならない。同チームや同課だと仕方なく苗字は呼ぶが、ただの記号のようなものだと思っている。二年、いやもう二年半近く前になるのか。前野さんの産休、育休の補充要員として、ちょうど三崎さんが入ってきた頃から、そうすると決めた。

正解だったと思う。三崎さんも入社当初は、「補充要員ですが、頑張ったら育休の方が帰ってきた後も、残れますか」「派遣ですが、正社員にしてもらえる可能性もありますか」「残らせてもらえるように私、頑張ります。仕事好きなので」などと意気込んでいたのに。この年末の納会で突然、彼氏との間に子供ができた、もう入籍は済ませた、3月で退社したい、と伝えてきた時には、「私、専業主婦に向いてると思いません？」「子供の頃から、いい奥さん、いいお母さんになるのが夢だったんです」と、別人になったかと思うようなことを堂々と口にしていて、こっそり苦笑するしかなかった。

「じゃあすみませんが、皆さんよろしくお願いします。やっぱり今はお腹の赤ちゃんのことを、第一に考えたいので」

少し膨らみかけているお腹をさすりながら、三崎さんがオフィスをぐるっと見回して会釈をした。茗子も便乗して、自身のチームのメンバーたちに視線をやった。しかし、さっきまで皆こちらを窺っていたはずなのに、見事に誰とも目が合わない。「残る私たちでやる」と聞いて、目を逸らしたのだろう。

じゃあ、また茗子だ。茗子がやるのだ。茗子がやるしかないのだ。何故なら三崎さん以外の今のチームの茗子以下は、保育園児が一人いる三十歳前後の女子、保育園児が二人いる三十代前半の女子、小学生の子が二人いる四十代前半の女性、という面々なのだ。全員フレックスや時短等、何らかの育児シフトを利用していて、これ以上仕事は増やせない。もう一人、五十代前半の森崎さんがいて、子供は二人とも成人済み、旦那さんとは若くして死別して現在一人暮らしと、融通の利く環境ではあるが、既に森崎さんは他のメンバーの倍に近い仕事を担当しているし、副リーダーもやってもらっているので、これ以上は酷である。茗子ももちろん目一杯抱えている上に、リーダーとしてのまとめ仕事もあるから余裕はないが、誰かがやらなければいけないのだから仕方がない。茗子がやるしかない。

昨日の夕食時、忙しさについて尚久に呆れ笑いされたのは複雑だったが、確かに、一体いつまでこんな状況が続くのかとは、茗子だって思う。あと何年、あと何人のフォローをし続ければいいのか。いつかサービス残業無しに帰宅できるのが当たり前、という時は来るのか。

地元の本社にいた頃から、結婚退職や産休、育休、育児シフトの人のフォローをすることはもちろんあった。でも結婚して、現在の中部営業所に来てからは、本当に酷い状況だ。異動した時には既に、二人が育休中、一人ももうすぐ産休、半年後に結婚退職予定が一人という、深刻な人手不足だった。今になって、元の課長がこちらに異動を勧めてくれたのは、茗子の能力を買っていたからではなく、人がいないから、誰でもいいから投入したかったのではと思う。

じゃあ、と三崎さんが一回席を立ちかけたが、「あ」と、すぐにまた森崎さんの席に腰を下ろした。

「もう一ついいですか？」

まだ何か？　と言いたいのを堪えて、茗子は頷いて先を促す。

「課長に聞いたんですけど、妊娠休暇っていうのがあるんですよね。私、これまで知らなくて。課長が使っていいって言ったので、日数分、最終出勤日を早めて欲しいんです」

今度は、せり上がってくる言葉を呑み込む必要はなかった。絶句したのだ。妊娠休暇は茗子の会社が独自に設けているもので、妊娠が判明してから産休に入るまで、もしくは退社する日までに十四日間、有休とは別に、有給の休日がもらえる制度だ。細かくルールは定められていないので、有休とくっつけて、退社日を早めるのが禁止なわけではない。

ただ制度の名目は、妊娠中の通院や、悪阻をはじめとする体調不良の際に助けるというものだし、全日使い切る必要もない。存在自体あまり知られていないし、一日も使わない人だっている。寧ろ、ほとんどの人がそもそも使わない。だからそれを利用して退社日を早めるのは、モラルの観点では決して褒められた使い方ではない。だが会社としては、使うと言われたら、ダメだとも言えない。

「そっか。わかった」

つまり茗子は、またこう言うしかなかった。「手続きは総務とやってね」と言い残し、席を立った。早くこの場を離れたい。休憩スペースに避難して、コーヒーでも飲もう。

しかし三崎さんも「はい。ありがとうございます」と立ち上がった時に、我慢できずに訊ねてしまった。

「ねえ。もしかして最近、前野さんに会った？」

え、と三崎さんが足を止める。

「前野さん？　私と入れ替わりだった前野さんですか？　いえ、会ってないですけど……」

ほとんど誰も使わない休暇制度だが、近年目一杯使った人が一人だけいる。上司を使って仕事を断ってくるやり方にも、既視感があった。だから彼女に会って情報を得たのかと思ったが、違うらしい。三崎さんのきょとんとした顔は、嘘を吐いているようには見えない。

「あ、違うんだ。三崎さんと前野さん、引き継ぎの時にけっこう仲良くなってたみたいだから、ママの先輩だし、もしかして妊娠や結婚の報告をするのに会ったのかと思ったんだけど」

「いえ、会ってないです。でも、そうですね。前野さん何でもできる方だし、出産や育児について、色々教えてもらえたら嬉しいかも。連絡先は知ってるんで、メールしてみようかな」

「前野さんの娘さん、またかわいくなってるかなあ。あの子はきっと美少女になるよねえ」

「絶対なるよー。だって前野さんが美人だし。下の子は男の子だっけ？　そっちはイケメン君かな」

さっきまで顔を伏せていたくせに、他のメンバーが会話に参加してきた。

「前野さんに、また遊びに来て欲しいですよね。元気かなあ」

「山下は、前野さんのこと好きだったもんなあ。でもイケメンで弁護士の旦那には、太刀打ちできないだろ」

「旦那さん、弁護士じゃなくて司法書士ですよ、確か。どっちにしてもすごいですけどね」

営業マンたちまで入ってきた。自分で蒔(ま)いた種だけれど、名前を聞くのも嫌な人の話題で盛り上がり始めてしまって、軽いめまいを覚えた。

「開業して成功してるんだよね。もううらやまし過ぎる！」

「あれ、でも磯村さんの旦那さんも、会社やってるんじゃなかったっけ？」

そっと輪から抜け出しかけたところに、話を振られてしまった。しかも尚久の話題でうんざりする。

「いいえ。うちは親が元々やってた会社に入っただけなんで」

「え！　じゃあ社長息子ってこと？」

「磯村さんって旦那さんの話、あまりしないですよね。どんな人なんですか？　私のイメージだと、すごくやさしそうな人って感じ！」

「仲良し夫婦ですか？　お子さんのいないご夫婦って、いつまでも恋人同士って感じがして、いいですよね」

「ええと。どうかなあ」

　めまいだけでなく、動悸までしてきた。「私、コーヒー飲んでくるね」と、その場を離れる。

「逃げないでよー。たまには惚気(のろけ)てよ」

　廊下に出る時、まったく親しいつもりもない歳(とし)の近い営業マンのからかう声が、背中にぶつかった。ゆっくり扉を閉めた後、そのまま思い切り扉を蹴飛ばしてやりたい衝動に駆られた。左胸に手を当て、呼吸を整える。

　休憩スペースでコーヒーを啜ったら、何とかめまいや動悸は治まった。森崎さんがそろそろ出勤してこないかと、エレベーターホールにちらちら目をやる。

　三崎さんの件を、森崎さんにぶちまけたい。きっと「何それ！　信じられない！」と、一緒に怒ってくれるだろう。でも最後には「しょうがないよ。茗ちゃん、一緒に頑張ろう！」と、肩をぽんと叩いて励ましてくれる。

尚久について、やさしそう、夫婦仲が良さそうと言われたことも聞いて欲しい。きっと「あははっ」と豪快に笑った後に、「茗ちゃんの旦那さんは、自分にはやさしいよね」とか、「夫婦仲、悪くはないよね。茗ちゃんが頑張って我慢してるから」など、痛快な嫌味を言ってくれるだろう。

森崎さんは三年前、人手不足で他にやれる人がいないから、仕方なく茗子がリーダーになった頃に入社してきた。当時ちょうど五十歳で、それまではパート勤めと亡くなった旦那さんの保険金で、女手一つで子供二人を育てていたのだという。けれど下の子供も大学に入り、やっと手が離れたので、残りの人生は自分のために生きたい、そのために働きたいと思って、就職活動をしたそうだ。しかし、やはり年齢で門前払いされることが多かったらしく、雇ってもらえたという感謝の思いが強いからか、入社当時から、勤務態度は謙虚そのものだった。若い人に比べて仕事を覚えるのが遅かったり、ケアレスミスが多いという面はどうしてもあったが、その分残業を引き受けてくれたり、育児中のチームメイトのフォローも進んで引き受けてくれたりして、茗子はすぐに好感を持った。

今では一回り以上の歳の差を超えて、社内で唯一の「友達」と呼べる仲である。といっても、さすがに生活スタイルも違うし、共通の趣味があるわけでもないので、昼休みに一緒にランチに行ったり、仕事の合間にこの休憩スペースでコーヒーを飲みながら雑談をしたりするだけなのだが、その僅かな時間が、現在の茗子の生活の、唯一の癒やしなのだ。

「うちの旦那、昨日もさあ」「いやいや、うちの息子もけっこうだよ」などとお互いの家族のグチをこぼしたり、芸能人の結婚や離婚、不倫の話で、無責任に、あえて下品に盛り上がったりすると、一時気分が晴れる。そして何より助けられるのは、チームメイトに営業マン、上司と、社内の人の悪口を共有してくれることだ。謙虚で、人をよく気遣う性格でありながら、一方で明るく元気なおばちゃんでもあるので、一緒に強く怒って、茗子にたっぷり同情してくれた後、「でも大丈夫！」「頑張ろう！」と励ましてくれることに、本当に救われている。現在の茗子は、森崎さんのおかげで毎日を何とか過ごせていると言っても過言ではない。

「茗ちゃん、おはよう！　ごめんね、ギリギリになっちゃった！」

その森崎さんが、ようやくエレベーターホールの角を曲がって現れた。

「おはようございます！　ねえねえ、聞いて！　ちょっと話したいことがあるんです」

「あら、どうしたの。でも私も茗ちゃんに聞いて欲しいことがあるのよ！　だけどもう始業時間だよね。お昼休み、一緒にどう？　まずは採用面接、頑張らなきゃね！」

「そうですよね。じゃあお昼休みにゆっくり話そう！　面接、よろしくお願いします。仕事増やしちゃってごめんね」

課長が同席するように言ったのは、リーダーの茗子だけだったのだが、それでは責任が重いので、茗子が頼んで森崎さんにも来てもらうことになったのだ。

「了解！　私、急いで荷物置いてくるね。茗ちゃん先に行ってて！」

わかった、と手を振って一旦別れた。


面接会場となる会議室の前で待っていると、やがて課長と男性の人事担当がやってきた。さっきの三崎さんの件があるから、茗子は課長の顔をまともに見られなかった。挨拶を交わしているうちに、森崎さんも到着した。「やだ、私が一番最後！　すみません！」と、ぺこぺこ頭を下げる。

約束の時間五分前になり、応募者の女性も到着した。腰を折って挨拶をし合い、では、と全員で会議室に入る。しかしその間、茗子の心中は穏やかではなかった。応募者の女性を凝視してしまう。エージェントから来ていた情報だと、四十三歳だということなのだが、どう見ても三十歳前後にしか思えない。

茗子以外の三人も、同じく不思議に思ったようだ。面接が始まり自己紹介をしてもらった後、「あの、まず確認させてもらいたいことが。ねえ？」と、人事担当が茗子たちの顔を見回した。

「はい。なんでしょうか？」

女性が身を乗り出す。

「エージェントからのデータだと、生年は……」

人事が西暦を口にすると、応募者女性は「え！」と叫んで笑い出した。

「それ、間違ってます。十年ずれていますね。私は」

違う西暦を口にした。茗子と四年違いだった。つまり三十三歳ということになる。

「そうですよね。今日頂いた履歴書はそうなってますもんね。いや、こんなことってあるんですね。データが間違っているなんて」

「私、四十三歳になってたんですか？　いえいえ、三十三歳です。サバは読んでません」

女性の言葉に、三人がどっと笑った。女性も歯を見せて、また「あはは」と笑う。でも茗子は笑えなかった。また動悸が速くなってきた。

育児シフトの希望等がエージェントから来ていなかったから、現在小さい子供はいないと判断した。それで四十三歳だから、既婚か未婚かにかかわらず、今後妊娠する可能性もまずないだろうと安心して、データで課長が気に入ったらしいこの人に、茗子も「いいんじゃないですか」と面接をすることを承諾した。でも三十三歳となると、話がまったく違う。さっき女性が身を乗り出した時に、左手の薬指に光るものを見た。既婚者だと思う。それで現在子供がいないなら、寧ろこの先すぐに妊娠する可能性はかなり高いのではないか。

トラブルで笑いが起こったことで、場が和んだようだ。課長と人事による質疑応答は、話が弾んで楽しそうな空気が漂っていた。でも茗子は上の空で、内容がまったく頭に入ってこなかった。

やがて「では、そろそろ」と人事が締めにかかったが、直後に「あ、そうだ」と茗子の顔を見た。

「磯村さんと森崎さんからも、何か質問はありますか？」

え、と掠れた声が出てしまう。質問はある。「子供を作る予定はありますか？」と聞きたくてたまらない。でも採用面接でそんなことを聞くと、問題になるのかもしれない。悩んだ挙句に結局茗子は、「いえ」と首を振ることしかできなかった。森崎さんも「私は同席させてもらっただけで十分です」と、遠慮していた。

直後、「あの」と女性が手を挙げた。「私の方からも質問があるんですが、いいですか？」

と、茗子たちの顔を見回す。

「ああ、そうですよね。もちろん、どうぞ」

人事が頷くと、女性は軽く会釈をしてから口を開いた。

「私、去年結婚をしまして、年齢的にもそろそろ子供を、と夫と話しているんです。御社では入社してから一年経っているという規定を満たせば、産休、育休制度は使えるでしょうか？　制度としてはあっても、実質的に使うのは難しいという会社も多いと思うので、失礼を承知で聞かせて頂きたいです」

茗子の動悸が更に、急激に、速くなった。再びめまいも感じた。今度は決して軽くない。何かが大きな音を立てて、崩れていくような感覚も覚えた。

「安心してください。うちは使えますよ。実際、現在のチームは育児中の社員が多数います。なあ、磯村さん」

すぐ側にいるはずなのに、課長の声は遥か遠くから響いてくるようだった。

面接を終え、女性を見送った後、再び四人で会議室に入った。予想通り、「すごくいいんじゃないか」と課長は女性を気に入ったようだ。もともと課長が今日の彼女を気に入ったのは、学歴が高く、難しい資格を幾つも保有しているからだった。そこに加えて、明るく積極的な応対だったことが高評価につながったようだ。

「磯村さんはどう思った？」

訊ねられて、茗子は固まった。正直、学歴や資格なんて現場ではまったく求めていない。事務なので、覚えさえすれば誰にでもできる仕事内容だし、明るく積極的というのも、茗子としては特に必要としていない。与えられた仕事を淡々と正確にこなしてくれることが一番重要で、寧ろ積極的な人は苦手だ。

　でも、そんなことよりも何よりも——。子供を作る気満々だった。産休、育休をもちろん使うつもりだった。そこが大問題である。どう思う？　と聞かれるなら、絶対に反対だ。わざわざすぐに休むとわかっている人を入れてどうするのかと思う。

　でもそんなことを言ったら、また問題になるのかもしれない。動悸がどんどん速くなる。さっき話題に出ていただけに、絶対に思い出したくないのに、あの鼻にかかった声と、その声で言われた言葉が甦ってしまう。

「磯村さん今、迷惑って言いましたよね。それ、マタハラだと思います」

返事を待つ課長が、茗子の顔を覗き込んでいる。課長を通して言われたことも甦った。

「猛省を促したい、と」

　息切れがする。しかし意見を言わないと、さっきの女性が採用されてしまう。そうなると、茗子に安息の時は訪れない。それどころか、更なる過酷な日々がやってくることになる。

「他の候補者の方はいらっしゃいますか？　すぐに決めずに、他の方も面接してはどうでしょう」

　課長が「どうして」と首を傾げた。

「彼女に何か問題でも？」

「問題ということはないですけど……。仕事のできそうな方でしたし。でも、すぐにでも妊娠を希望していそうだったのが気になりました。うちのチームは今、他にも育児中の人が多いですし、実際にすぐ出産となった時、彼女のフォローまでできるかどうか……。そうなると、彼女にも申し訳ないですし」

勇気を出して言った。思い付きだったが、彼女にも申し訳ないというのは、いい言い回しだと思った。直後、そうだ、と森崎さんを見た。育児中のメンバーのフォローで多忙を強いられている被害者仲間だ。加勢して欲しい。森崎さんなら、茗子よりも角が立たない言い方で、課長にさっきの彼女ではダメだと訴えてくれそうだ。

目が合うと、森崎さんは茗子ににっこりと笑いかけた。心からホッとしたが、それは束の間だった。次の瞬間、森崎さんの口から発せられたのは、まったく予期せぬ言葉だった。

「いいんじゃないですか、さっきの方。私は大賛成。明るくて仕事ができそうだったし、新しい風が吹きそうですよね」

おお、と課長が嬉しそうな声を出す。茗子は耳を疑った。

「磯村さんは、また育児中の人が増えると、と気にしてるみたいだけど。森崎さんは、そこについては大丈夫だと思う？」

「大丈夫というか、大丈夫になるように、皆で持ちつ持たれつで頑張ればいいんですよね！　実は私も、今後は持たれつの側にもなるから、今日の彼女ともぜひ、一緒に頑張れたらって思うわ」

へっ、と茗子は間抜けな声を出した。「どういうことですか？」と訊ねた声は震えた。胸ももう、ずっとざわざわと震えっ放しだ。

「えへへ、実はね。茗ちゃん、昼休みに話そうと思ってたけど、もう告白しちゃうね。昨日娘から電話があってね。妊娠したんですって。でも娘、仕事はすぐに復帰したいらしいから、無事に生まれたら私もいっぱい育児を手伝わなきゃいけなくて。保育園のお迎えとか……」

「へえ、それはおめでたい！」

「初孫ですか？　よかったですね」

「やあよね、この歳でもうおばあちゃんだって。でも何だかんだ嬉しいわ」

茗子以外の三人が、また話を弾ませ始めた。茗子はそれを、ただぼんやりと眺めることしかできなかった。

同じ部屋にいるはずなのに、自分だけ、分厚い膜が張った殻の中に閉じ込められているように感じた。

帰り道の電車の中で、尚久からメールがあった。仕事の帰りに同級生と会ったから、そのまま飲みに行くことにしたという。

「勝手にしろ」

心の中で呟いただけのつもりだったのに、声に出していたようだ。隣に立っていた茗子と同世代の女性に、ぎょっとした顔をされた。

食欲なんてなかったので、買い物にも寄らず、自身の食事をどうするのかという考えも何もないまま、自宅に飛び込んだ。

靴を脱ぎ捨て、バッグも放り投げ、廊下を歩きながら、ほとんど無意識に携帯で「Hikari's Room」を開いた。まだ更新がされていなかったら、携帯も放り投げてやろうと思ったが、「New」の文字があった。はあっと声にならない声が出て、口許が緩む。

今日はどんな内容だろう。お正月明けで仕事が元のペースに戻った頃に、また子供が熱を出したか。それとも流行りのインフルエンザに家族全員でやられたか。それで会社を休んだか。そして、でもこういう時は仕方ないと、休むことにいつも通り開き直っているか。

今日も目一杯書き込んでやろう。休み明けは体調を崩しやすいなんてことは、わかっていたでしょう。対策はしていたんですか？　インフルエンザの予防はちゃんとしたんですか？　子供を守れないなんて、母親失格ですね。休みのフォローをしてくれた同僚さんには、ちゃんとお礼を言いましたか？　迷惑をかけていることを自覚してくださいね。猛省を促したいです。猛省を促したい。猛省を促したい――。

はやる気持ちを抑えられず、最新記事をタップする指が震えた。何度か失敗してようやく開くと、画面に現れた文章は、予想だにしない内容だった。

『遠くに来ています。つらいことがあり、苦しいです。私も人間ですから、酷いことをされたら傷付きます』

リビングに入っていた茗子は、携帯を持っていない方の手を、ソファの背もたれに置いた。そのまま体重をかけ、摑まるようにする。

もう一度、携帯画面を確認した。

『遠くに来ています。つらいことがあり、苦しいです。私も人間ですから、酷いことをされたら傷付きます』

何度見ても、この短文しかない。後は、空港だと思われる写真が一枚貼られているだけだった。

つらいことがあり、苦しいです。酷いことをされたら傷付きます。

つらいこと、酷いこと、傷付く——。

どくどくどく、と心臓が鳴る。これは、もしかしたら——。

キサラギ、つまり、茗子のコメントのことだろうか。

がこんっと鈍い音がして、体をびくっとさせた。片手でソファに摑まるようにして、しばらくぼんやりしていたのだが、もう片方の手に持っていた携帯を床に落としてしまった。落ち着かなければ、と言い聞かせながら、ゆっくりと携帯を拾い上げる。指を動かし、開きっ放しにしていた、「Hikari's Room」の更新キーをタップする。

『遠くに来ています。つらいことがあり、苦しいです。私も人間ですから、酷いことをされたら傷付きます』

何度見ても、やっと更新された記事は、この短文と空港の写真だけだ。「酷いこと」「傷付きます」の部分が、浮かび上がっているように茗子には見えてしまう。

コメント欄に画面をスクロールする。さっきはまだ記事が更新されてから間もなかったようで、コメントは三件しか付いていなかった。「何があったんですか？　光さん大丈夫ですか？」「月曜の更新がなかったから、チカラ君かオトちゃんが風邪でもひいたのかな？　と思ってたけど、まさか光さんに何かあったなんて！　心配です」「光さん落ち着いて！　次の更新を待ってます」と、いずれもブログ主の光の身を案じるコメントだった。しかし僅かな時間の間に、続々と新しいコメントが付いている。深呼吸をしながら、茗子は新しいコメントを順番に読み進めた。

初めのうちは、「何があったの」「大丈夫ですか」という言葉が並ぶ、先の三件と同じようなものが続いた。しかし、五件目を皮切りに、恐れていたような内容のコメントが並び始めた。

「酷いことされたって、キサラギって人のコメントのことじゃないですか？　あの人、攻撃的で酷いですよね」

「私もそう思ってました！　あの、すぐ『猛省を促したい』って言う人ですよね？　光さんいつも完全スルーして偉いなあって思ってたけど、本当は傷付いてて、ついに限界が来たのでは……」

「絶対そうですよ！　キサラギって人のコメントは、いつも身勝手な言いがかりばかりで、不快でした」

背中がすうっと寒くなる。自分しかいないのに、振り返り、周りをきょろきょろと見回してしまった。

「大体あのキサラギって人、どうしてあんなに光さんのこと目の敵にしてるんでしょうね？　光さんのことが嫌いなら、ブログ見なければいいのに。まさか知り合いとか？　個人的な恨みがあったりして？　だとしたら怖いです」

「違うと思いますよ。ただの読者だけど、自分の生活が充実してないんじゃないですか？　何でも持ってて、何でもできる光さんに嫉妬してるんですよ」

「私もそう思います！　自分が幸せじゃないから、光さんに八つ当たりしてるんじゃないですか？　こんなこと言うのはよくないけど、キサラギさんもさんざん光さんに酷いこと言ってきたんだから、いいですよね。キサラギさん、独身で彼氏もいない、淋しい女なんじゃないかなあ」

「私もそのセンだと思う！　それか無職とか、不妊とか？　離婚しても二人の子供を自分だけでしっかり育てられて、毎日楽しそうにしてる光さんのことが、うらやましくて仕方ないんじゃないですかね」

「つまり、不幸でかわいそうな人なんでしょうね」

違う。違う――。唸るような声が出た。違う。茗子は結婚もしているし、もう十五年も正社員として働いている。妊娠したことだってあるから、不妊でもない。

汚れを手で払うかのように、携帯を手から振り落とした。薄暗がりに、また、がこんっという音が響いた。もう20時を回ったというのに、部屋の電気を点けていなかった。差し込んでいる唯一の光に、無意識に目をやる。

向かいのマンションのオレンジ色の明かりに照らされた窓ガラスに、ひょろりと背の高い痩せた中年女が映っている。顔色が悪く、眉をひそめて、酷く神経質そうだ。そして、何かに苦しんでいるように見える――。

昨日の晩は避けたのに、ついに現在の自分の「姿」を見つめてしまった。茗子は独身ではないし、職もあるし、子供はいないが不妊でもない。それは事実だが、「充実していない」「幸せじゃない」と言われると——。それにも「違う」と言えるだろうか。

生まれ育った町を離れ、尚久と入籍をして、このマンションに住み始めて、自分たちだけの夜景を肩を並べて眺めていた時は、何もかもが上手くいっていると疑いなく信じていた。特別でもないし派手さもないが、これからささやかで幸せな結婚生活が始まるのだと思ったし、それぐらいの方が茗子の性に合う、つまりは自分の未来は明るいのだと、そう思った。

しかし、いざ新生活を始めてみると、綺麗に見えた壁から、ぽろぽろと塗料が剝がれ落ちるかのように、気にかかることが次々と出てきた。

まず、義母は病気だと聞いていたのに、とてもそうは見えなかった。「あちらのお母さんが病気なら、こちらから。引っ越しの手伝いもしたいし」と、入籍の頃に茗子の両親がやってきて、両家で顔合わせの食事会をしたのだが、その時も義母は明るく元気そのもので、その日誰よりもよく喋っていたぐらいだった。

後から母に、「お元気ならそれに越したことないけど、どこがお悪いの？」と聞かれ、そういえば茗子も具体的な病名は聞いていなかったと、後日さりげなく尚久に訊ねてみると、

「最近肩が重いらしくて。朝も起き辛いらしいし、あと体が冷えやすいって」と、歯切れの悪い答えが返ってきた。六十代の女性なら、その程度の日々の不調は当たり前だと思うので、最初に聞いた時との温度の違いに違和感を持った。当初は「そう長くは生きられない」という重い口ぶりだったのに、結婚から六年経った現在も、義母の様子に何ら変わりはない。

次に、家族の方から、帰ってきて会社を手伝うように打診されたと尚久は話していたのだが、それもどうもニュアンスが違うように思えた。新居のマンションは尚久の実家兼会社から徒歩十分の距離なので、新婚当時は特に、招待されて尚久の家族と夕食を共にすることが多かったが、その席で義父が「勝手に出て行って、勝手に帰ってきたんだから、家族といえども甘やかさずに、仕事はちゃんとやってもらうからな」と、義母が「とはいえ、尚久に丸々任せたい仕事って、今ないわよねえ」と、義姉が「経理でもやってもらう？　でも尚久、計算苦手か」などと話すのを聞いた。

以前の電子機器会社では営業マンをしていた尚久だが、「裏ではグチばっかりなのに、得意先にはめちゃくちゃ媚(こび)売って、必死に成績伸ばしてる同僚を見ると、かわいそうになるよ」とか、「結局うちの会社で出世するヤツって、嘘が上手いヤツばっかりでさ。それって会社としてどうかと思うよね」などとよくぼやいていたので、地元に戻るまでの流れは、もしかして尚久が前の会社を辞めたかったのが発端なのではと思わされた。結局尚久は、実家の会社で経理の一部と人事に当たる仕事を受け持つことになったようだが、義母や義姉が話していたように、さほど仕事量がないのか、出勤は朝気まぐれに起きて準備ができたら、帰宅は早い時で17時と、何とも緩い勤務形態になった。これは現在も変わらない。

　更に実家の会社からもらう給料が、結婚前に尚久が茗子に、「実家の社員になれば、これぐらいかな」と話していた額より、二割、いや三割近く安かった。聞いていた額を当てにしてマンションを選んだので、これについては初任給が入った直後にやんわりと追及したが、「最初の三カ月ぐらいは研修扱いなんだと思うよ。どこの会社もそうでしょ」と返された。しかし三カ月経っても、半年経っても、六年経った今も、額はほとんど変わっていない。三カ月後と半年後には、再び、きつい言い方にならないように気を付けながら、ずっとこのままなのかと訊ねてみたが、その都度「何度もお金の話をされるのは、単純に気分が悪いんだけど」と不機嫌になられて、もう触れるのは止めた。茗子が正社員として働いていれば、家賃もその他の生活費も、余裕があるわけではないが、足りないわけでもないので、それで良しとすることにした。

　その他、細かいが弊害が大きいものとしては、大学時代から長らく一人暮らしをしていたにもかかわらず、尚久がまったくと言っていいぐらい、家事ができなかったことだ。付き合っている時、茗子は実家住まいで、尚久は外食やバーに行くのが好きで、外で会うことが多く気付かなかったのだが、一人で食事をする時も、いつも外食や買ってきたもので済ませていたらしい。掃除や洗濯も、必要最低限しかしていなかったようだ。

　できないだけでなくやる気もなく、新婚当初から、なぜか家事はすべて茗子がやるものだと、疑いもなく思っている風だった。一応結婚したという自覚はあるのか、独身時代のように仕事後に一人で飲み歩いたり、外食するのは止めて、真っ直ぐ家には帰ってくるのだが、17時前後に到着して、茗子が帰宅するまで、何もせずにただ待っている。茗子は異動直後から、産休、育休中の同僚のフォローでほぼ毎日残業をしており、通勤時間も一時間近くかかるので、それでは家庭の在り方として、非常に効率が悪い。

　だから、茗子が帰るまでに少しでも家事をしておいてくれないか。茗子も結婚するまで実家住まいで、特に家事能力が高いわけでもないのだし、尚久にもやれるようになって欲しい。そう頼んでみたこともあるが、「仕事が忙しいのは仕方ないから、気にしなくていいよ。待ってるから」と返され、諦めて茗子は、一旦家事のすべてを請け負うことにした。初めて会った時に、「女の子だからって、当然のようにお酌させるのはおかしい」と言っていたし、付き合っている時にもよく、「日本の男尊女卑は深刻だ」「俺たちの世代で何とかしないと」なんて嘯いていたので、色んな観点から疑問は持ったが、強く意見して、新婚早々険悪な空気になるのは嫌だった。子供ができるなどして状況が変われば、きっと考えを改めてくれる、それまでの辛抱だと、その頃は根拠もなく信じていた。

　かくして、茗子だけが異常に忙しい新婚生活が始まったが、人間良くも悪くも適応能力があるのか、三カ月も経つと、疲弊しながらも茗子はその生活に慣れてきた。そこで「そろそろ」と思い、尚久に結婚式はどうする？　新婚旅行は？　と持ちかけてみた。多くの人がそうするように、結婚したのだから、自分たちも当然その二つをするのだと考えていたのだ。しかし、その頃尚久の父方の祖母が入院していて、「こんな時に慶事のイベントは不謹慎だよね」と言われ、一旦保留せざるを得なかった。

　その三カ月後に祖母は亡くなり、茗子は更にそこから半年待ってから、もう一度「ねえ、式はどうする？　旅行は？」と聞いてみた。結婚からもう一年が経っていたから、そろそろしないと不自然だし、今から準備を始めるなら、実行する頃には祖母の喪も明けているだろうという計算があった。しかし尚久に今度は、「え？　まだその話するの？」と溜息を吐かれて、それを機に式と旅行は諦めた。社会通念から外れることを嫌う茗子は、自分たちもするべきだと思い込んでいたが、よく考えたら派手なことも苦手だし、特に旅行好きでもないので、まあいいかと思うことにした。お金が浮いて寧ろよかったじゃないかと、自分に言い聞かせた。

　式と旅行は反対されたが、行く行くは子供が欲しいという点については尚久と思いが一致しており、結婚一年を機に、子作りを解禁した。尚久の給料が予定より安かったことから、茗子は出産しても退職せず、産休、育休を使って、仕事復帰しようと考えるようになっていた。産休、育休の利用条件は入社から一年以上経過していること。茗子は本社時代からの通算になるので、最初から余裕でこれを満たしていたが、人手不足だったのですぐに休むのは職場に迷惑をかけると思い、尚久にも頼んで、一年間は避妊していた。

解禁から二カ月後、めでたく茗子は妊娠した。三十二歳になっていたし、昔から生理痛や生理不順など婦人科のトラブルが多く、自分は妊娠しにくいタイプじゃないかと予想していたので、すぐに授かって驚いた。でも単純に嬉しかったし、誇らしくもあった。尚久も、少し緊張している風はあったものの、食事中に突然「性別っていつわかるんだっけ？」「名前の字画って、やっぱり気にした方がいいのかな」と呟いたりするなど、喜んでいることが窺えた。茗子は、今度こそ自分たちは、ささやかで幸せな結婚生活のスタート地点に立てたのだと、ひそかに安心した。

けれど、妊娠三カ月に入った直後、あっけなく流産してしまった。その日茗子は、家庭の事情で急な退職が決まった営業マンの送別会で、同僚たちと焼肉屋にいた。食事の最中に急に下腹部に刺すような痛みを感じてトイレに行くと、既に出血が始まっていた。持っていたナプキンで応急処置をし、同僚たちには「夫が家で高熱を出してるみたいで」と言い、すぐに店を出た。駅までの道で救急センターがある自宅近くの総合病院に電話をしたら、「今来てもらってもできることはないので、安静にして、明日の朝、かかりつけの産婦人科に行ってください」と言われた。言われた通りに帰宅してすぐ横になったが、一晩中、激しい痛みと出血が続き、初めての妊娠で医療の知識もないけれど、これはきっとダメだろうと予想ができた。

翌朝病院に行くと、やはり流産を宣告された。茗子は一週間仕事を休み、ベッドでひたすら吠えるように泣き続けた。会社には、夫の風邪がうつって高熱が下がらないと伝えた。後にも先にも、茗子が二日以上仕事を休んだのは、この時だけだ。尚久もさすがにこの時は茗子に家事をしろとは言わず、毎日コンビニ弁当を、二つ買って帰ってきた。そして難しい顔をして、慟哭（どうこく）する茗子の背中を、そっと撫で続けた。茗子はこの時、難しい顔をしていたのは、尚久も辛さを堪えているから、そっと茗子を撫でるのは、労（いたわ）ってくれているのだと受け取っていた。

一週間後、茗子は何とかベッドから這い出て、心身を元の生活に還した。幸いと言っていいのか、安定期に入るまではと思い、まだ誰にも、双方の親にさえ、妊娠したことを伝えていなかったので、自分が気を張ってさえいれば、表向きは何もなかったかのように、元通りの生活を送ることができた。焼肉屋の送別会では当然お酒は飲まなかったが、もともと付き合い程度にしか飲まないし、悪阻も既に少しはあったものの、会社では耐えて上手に隠していたので、同僚たちに実は妊娠していたが流産したと、悟られた風もなかった。

けれど尚久との間には、はっきりと変化が生じた。尚久は流産後、茗子の体に触ろうとしなくなった。つまりは、夫婦の行為をしようとしない。初めの頃は体を気遣ってくれているのかと思い、茗子はさりげなく、「生理も再開したし、もうすっかり大丈夫だよ」「お医者さんにも、また妊娠できる体に戻ったって言われたよ」などと話し、また一からやり直せばいい、こちらはそうしたいと思っているとアピールをした。でも尚久は、「ああ、そうなんだ」と呟くだけで、やはり触れようとしない。勇気を出してこちらから誘ってみても、「もう眠い」とか「疲れてるから」などと拒否されてしまう。

三カ月ほど経った頃にしびれを切らし、茗子は「私たちって、また子作りをするってことでいいんだよね？」と訊ねてみた。すると尚久から返ってきた言葉は、予想だにしないものだった。

「いや、その件だけど、ちょっと……。俺はまだそんな気になれないっていうか。茗子は思ったよりも強い、っていうか、繊細さがないんだな。びっくりしてるよ」

「……どういうこと？」

しばらくの後、茗子は唇を震わせながら聞いた。

「いや、だってさ。あんなに、正直こっちが引くほど泣いたのに、ケロッと、もうすっかり大丈夫、なんて。また妊娠するってことは、また流産する可能性もあるってことだよ？　俺は、怖くて今はまだそんな気になれないよ。またあんな風に泣かれたら、どうしていいかわからないし」

この時全身に、電流が流れたかと思うような鋭い衝撃が走ったことを、よく覚えている。茗子は固まっていたが、一度話し出したら火が付いたのか、尚久はその後も喋り続けた。

「それに茗子、まだ俺に一度もちゃんと謝ってくれてないよね。流れちゃった子は、俺の子でもあったのに」

――謝る？　と心の中では訊ねたが、実際に声は出せなかった。代わりに目を丸くすることで、茗子は先を促した。

「あの日、焼肉食べに行ってたよね。どうかと思ったんだよ。妊娠中って体に良い物を食べなきゃいけないんじゃないの？　それなのに焼肉なんて。で、結局あんなことになったし」

その後も声は出せなかった。さっき全身を駆け抜けた電流に、今度は内側から皮膚をじりじりと焼かれるような感覚を覚えた。

その後、どのように会話を終えたのかは、覚えていない。「でも体が辛かったのは茗子だし、まあいいんだけど」とか何とか、尚久が言っていたような気はする。その日をどのように終えたのかも、わからない。ただその日から、茗子の方からも尚久に触れたい、触れて欲しいと思わなくなったのは確かだ。

以降、五年の月日が流れた今も、セックスレスが継続中だ。この先子供をどうするのかということについては、「今はまだそんな気にはなれない」と尚久が言ったのだから、あちらから話し合いなど切り出すべきだと茗子は待っているが、何もないまま現在に至る。

そしてあの日から、茗子は肉が食べられなくなった。口に近付けると、吐き気と震えに襲われるのだ。無理して食べてみたこともあるが、後から吐いてしまったり、胃腸を壊したりしたので、もう食べないと決めた。

食卓に魚しか並ばなくなったことに気付いた尚久から、「どうしたの?」と聞かれた時は、たっぷり含みを持たせて「肉アレルギーになったみたい」と答えた。けれど件（くだん）の会話の日から時間が少し経っていたからか、尚久はただ文字通りに受け取ったようだ。「え?　これまで大丈夫だったのに、急に?　そんなことあるの?　肉全般?」と純粋に驚いた顔をしていた。そして、「でも俺、毎日魚は嫌だよ。アレルギーなら仕方ないけど、俺のおかずは別に肉で作ってくれる?」と付け足した。

思うことは沢山あったが、上手く言葉にできず、茗子は力なく無言で頷いた。今でも我が家の食卓には、肉と魚と、常に二種類のおかずが並んでいる。今ならもう肉も食べられるのかもしれないと思う時もあるが、もともと食への欲もさほどないし、五年間も食べないなら食べないで過ごせたので、また体調を壊すリスクを考えると、別にもういいかと思っている。肉を避けることで周りの人に奇異の視線を向けられることだけは面倒だが、この先もきっと食べないと思う。

尚久は元より、17時に帰宅したあと茗子が帰ってくるまでは、携帯をいじったりテレビを見たりと気ままに過ごしていたが、茗子の流産後はそれが加速した。将来、子供部屋にする予定だったリビング続きの小部屋に、実家のかつての自室から漫画にゲーム、勉強机、本棚と少しずつ物を運び込み、茗子が夕食を作り終えるまで、そこで遊びに興じるようになった。先月、義兄の実家から野菜を沢山もらったからお裾分けだと、義姉が我が家を訪れた際、その小部屋を見て、「やだ。中学生の時のあんたの部屋の再現じゃない」と笑った。小部屋はある意味、予定通り「子供部屋」になったのだ。

最近の尚久はオンラインゲームに夢中で、茗子は一人で楽しむ乙女ゲームしかしないので詳しくはないのだが、いつもパソコンでボイスチャットなるものをしている。ゲーム内でチームを組んでいる仲間と、電話のように話せるのだという。そのチームで尚久はリーダーらしく、チーム内で起こった出来事や厄介事を、まるで仕事で起きたものであるかのように、茗子によく、やれやれという顔をしながらも、どこか楽しそうに語ってくる。昨日のエリィの話の時もそうだったが、茗子の仕事の話と絡めようとしてくることも多いので、もしかして本当にその二つは同等だと思っているのかもしれない。

結婚してからしばらくは、壁から塗料が剝がれ落ちたのを見ても、大丈夫、大したことじゃない、かえって良かったと自身に言い聞かせていた茗子だが、さすがに今はもう気が付いている。尚久は、口だけやたら達者で実体の伴わない、矛盾も多い、自分の思うように物事を運ぶために話を盛る、もしかしたら嘘だって吐く、痛みや苦しみや、腰を上げなければいけないことから逃げる、現実と向き合わない、人生の伴侶とも向き合わない、端的に言ってダメ男だ。

そんな男と二人きりで生きる、自分の現在も未来も、もうささやかで幸せだなんて思えないし、明るさも見出せない。三十七歳の現時点でセックスレスで、解消する見込みもないのだから、きっと茗子はこの先も子供を持つことはない。つまりは尚久と二人きりで生きていくのだろう。

床に落ちた携帯を、睨(にら)みつけるように見つめる。だから「充実していない」「幸せじゃない」という指摘には、確かに茗子は「違う」とは言えない。でも――。

「不幸でかわいそうな人なんでしょうね」

これは違う。「幸せじゃない」が即ち「不幸」というわけではないはずだ。茗子は今、自分の人生を、「こんなものだろう」と捉えている。

森崎さんもいつも言っている。家族に上司、同僚に知人友人のグチをこぼし、「まったくどいつもこいつも腹が立つわあ」「あーあ。何かいいことないかしらねえ」とぼやいた後に、「でもさあ、茗ちゃん。人生ってこんなもんなのよ」と。「百パーセント幸せなんて人、いるわけないしね。みんな辛いことや悩みはあるけど、我慢して踏ん張ってるのよ。私たちも頑張らなきゃ」と。

そう思う。茗子は外見が良いわけでもないし、生まれつき人より優れた能力や、立派な経歴があるわけでもない。だから茗子に与えられる人生は、こんなものなんだろう。

それに世の中には、茗子よりも辛い思いをしている人が沢山いるのだから、贅沢は言っちゃいけない。三年ほど前、高校時代に一番仲の良かったクラスメイトにしつこく誘われて、気が進まないまま里帰りついでに同窓会に出席したが、夫のＤＶで離婚をした人、夫婦で開いた飲食店が失敗して、多額の借金を背負った人、夫に不倫されて離婚した上に、養育費も払ってもらえなくて、三人の子供を抱えて生活苦の人と、同級生やその友人、知人たちの、過酷な話を沢山耳にした。

それに比べたら茗子なんて、まったく「不幸」でも「かわいそう」でもない。仕事ももう何年も産休、育休、育児シフトの同僚たちのフォローで忙しく疲れてはいるが、自分なりのストレス解消法を見出して、何とか日々を過ごせている。森崎さんとグチや芸能人の噂話で盛り上がったり、尚久がボイスチャットなるものにハマってからは、どうせ気が付かないので料理をするふりをして、夕食を買ってきた惣菜で誤魔化したり。寝ている夫の隣で乙女ゲームに勤しんだり、それから——。

　玄関の方でがちゃりと音がした。尚久が帰ってきたのだ。慌てて、電気を点けるためにリビングの入口に走った。

　でも間に合わなかった。尚久が廊下を歩きながら、「あれ？　茗子、いないの？」と喋っている。電気が点くのと、尚久がリビングの扉を開けるのが同時だった。

「わっ！　何だよ、びっくりした。何してるの？　何で真っ暗だったの？」

　怪訝（けげん）な顔で大声を出され、「ごめん。体調が悪くて、寝転がってたら眠っちゃってた」と誤魔化した。再び部屋の真ん中に向かい、携帯をそっと拾い上げる。

「そうなの？　まさかインフルエンザ？　うち来週から受注件数が多いから、うつされると困るんだけど」

「熱はないから、違うと思う。でも今日はもう寝る」

　言い捨てて早足で寝室に向かった。廊下で胃のムカつきを感じて、夕食を食べていないことに気が付いた。でも食欲なんてない。

「寝るの？　風呂は？」

「いい。入らない」

追いかけてきた声に、寝室で服を脱ぎ捨てながら返事する。

「俺は入りたいんだけど」

ああ、そういう意味かと、パジャマを被りながら溜息を吐いた。

「自分で入れて。それぐらいできるでしょ」

声量は抑えたが、冷たく言い放った。寝室のドアを閉めて、ベッドに潜り込み目を閉じる。尚久が不機嫌になるかもしれないが、もう寝てしまうからどうでもいい。

しばらく固く目を閉じていたが、まったく眠りにつけなかった。とりあえず尚久が怒って追いかけてくる風はなく、それについては安心した。扉の向こうから物音が聞こえるので、ぶつぶつ言いながら自分でお風呂の掃除をしているのかもしれない。

枕元に置いた携帯に手を伸ばし、やっぱり引っ込めて、でももう一度伸ばして、と繰り返す。「Hikari's Room」を、見たくないけど、見たい。新しい更新はないか、コメント欄はどうなっているか、確認するのは怖いけれど、やはり見たい。

再び引っ込めた手を、深呼吸をしながらまた伸ばした。「Hikari's Room」を読んでコメントを書き込むのが、日々のストレス解消法の一つだった。でも今日は「Hikari's Room」から多大なストレスを与えられている。

翌朝の満員の通勤電車でも、携帯を取り出し「Hikari's Room」を確認した。更新はないが、コメント数はどんどん増えている。昨夜も投稿していた人が、何度も書き込んだりもしているようだ。

「光さん更新しないですね。心配です。キサラギさんはあんなにしょっちゅうコメントしてたのに、こうなった途端にダンマリで卑怯(ひきょう)です!」

「キサラギって人、今どんな気持ちなんでしょうね。自分のせいで光さんに何かあったら、どう責任を取るつもりなんだろう」

光の失踪はキサラギ、つまり茗子のコメントのせい、というコメントも、昨日より更に増えている。茗子も昨夜は、本当に自分のせいでこうなったのだろうか。光は今どこにいるんだろう。二人の子供はどうしているのか。自分のせいで光や子供たちに何かあったらどうしよう、などと不安で、早い時間からベッドに入ったのに、まともに眠れなかった。

でも一晩が経ち、今は心配する気持ちよりも、苛立ちが強くなっている。光は自由な母親だと思うが、虐待していたわけではないし、一人で出かけたんだとしても、幾ら何でも二人の子供の安全は確保していると思う。それに、傷付いているとはいっても、ブログ内容から窺い知れる気の強さを思うと、「どう責任を取るつもりか」と、誰かに問われるような「何か」は起こさないだろう。少し冷静になって、そう思えたら、だんだんと自分が責められていることに腹が立ってきた。

もし本当に光が茗子のコメントに、失踪するぐらい悩んで傷付いていたなら、反論したり、コメントを削除したりすればよかったじゃないかと思う。光は好意的なコメントにも一切反応しないので、コメント欄を設けてはいるが、返信はしないスタンスなのだろう。それでも、二年も経ってから「酷いことをされた」と言うぐらいなら、茗子のコメントだけにでも、何らかのアクションを起こせばよかったと思う。

それに、茗子だけが責められるのも納得がいかない。光本人は返信しないが、コメントに他の誰かが反応する、いわゆるレスが付くことはままあり、茗子もよく経験した。茗子、すなわちキサラギに付くレスは、多くが「どうしてそんなこと言うんですか」「光さんが嫌いなら、ブログを見なければいいと思います」「またあなたですか。感じ悪い」など批判的なものだったが、少なからず茗子に同調する、時にはコメント内容を称賛するものだってあったのだ。

一番多く同調のレスが付いたのは、光が自身の離婚について語った記事へのコメントだった。離婚したが、世間から「子供がかわいそう」と言われるのには違和感がある。離婚せず仲の良い夫婦を演じても子供は気付くし、その方がかわいそうだ。光がそう語ったのに対し、茗子は、離婚は親のエゴでしかない。子供のために結婚を継続させる義務がある。自身を正当化していて、そんな親に育てられる子供はかわいそうだ、などと書き込んだ。

するると、「キサラギさんは言葉が強くてどうかと思うけど、今回ばかりはキサラギさんが正しいと思います。親の離婚はやっぱりかわいそうですよ」「光さんはお金に余裕があると思うけど、経済的に困窮するシングルマザーの方が多いですよね。そう思うとキサラギさんの言ってる、子供のために結婚を継続させる義務があるっていうのは、間違ってない気がします」「キサラギさんに賛成。私も離婚家庭で育ったけど、未だに親を恨んでます。仮面夫婦でもいいから、せめて私と弟が成人するまで家族でいて欲しかった」など、やんわりと光を非難するレスが相次いだ。

最近では、年末に更新された、クリスマスパーティーの記事へのコメントにも、同調レスが付いた。去年までは家族だけのパーティーでケーキも手作りしたが、今年は自分の友達を沢山呼んで、ケーキもお店で買ったものにしたという内容に、茗子は、子供は下手でも親の手作りの方がよかったはず、パーティーも家族だけでしたかったのでは？　と書いた。

すると、「私もそう思います。味ではなくてママが手作りしたということに、子供は愛情を感じるのでは？」「チカラ君はともかく、オトちゃんにはお店のケーキってまだ早いんじゃないですか？　成分的に心配です。手作りの方がよかったのでは」「親の友達って他人ですからね。これについてはキサラギさんの言う通り、家族だけのパーティーの方が、お子さんたちは楽しかったと思います」などと言う人が、数人現れた。

　もし光の失踪が茗子のせいだというなら、この人たちにも責任の一端があるはずだ。それなのに、なぜ茗子だけが私生活まで好き勝手に想像されて、責められなければならないのか。

「キサラギさんの人となりを想像して、非難する流れが目立ちますね。私もキサラギさんのしたことは許せません。光さんが傷付いたと言っているのが、本当にキサラギさんのコメントのことなら、尚更。でも無意味なことは止めませんか」

　画面をどんどんスクロールしながら、コメントを惰性で読んでいた茗子だが、あるコメントが目に付き、指を止めた。投稿者のハンドルネームはSpringという。「Hikari’s Room」の、ある意味「熱心な読者」になってから、茗子は光が書く本文よりも、いつもコメント欄の方を熟読していた。だから常連投稿者のハンドルネームは大体覚えているが、このSpringなる人物は、これまでに見たことがない。昨夜、突然現れた。そして今、茗子が手を止めたコメントで、もう書き込みをするのは三件目だ。

　最初にSpringが現れたのは、昨夜の1時前後だった。尚久がベッドにやってきたので眠っているふりをしたが、実は茗子の目は冴えていて、尚久が眠ったことを確かめてから、「Hikari's Room」を覗いた時に、一つ目のコメントを見た。

「光さんのブログにずっと励まされてきました。大げさに思われるかもしれないけれど、光さんは私の希望です。何があったのかとても心配です。でも光さんがおかしなことをするわけないと信じて、次の更新を待ちます。きっと皆さん同じ気持ちだと思います」

希望だなんて本当に大げさだ、と思ったから、よく覚えている。そして深夜3時近くなってもまだ眠れず、再び覗いたら、つい二分ほど前に投稿されたばかりの、Springの二件目のコメントが目に入った。どうしてそんな遅い時間まで起きていたのだろう。茗子も起きていたので人のことは言えないが、まさかあちらは、純粋に光を心配して眠れなかったのだろうか。

「心配している気持ちが届くことで、光さんが落ち着かれることを祈って、また投稿します。明日はきっと明るい更新があることを信じて、今日はもう眠ります。光さんが、つらい夜を過ごしていませんように」

文面から相当な光のファンであることが窺えるので、有り得るかもしれない。

「キサラギさんは許せないけど、ここでキサラギさんのことをあれこれ言うのは、キサラギさんがしていたことと同じになってしまうと思うんです。それよりも今は、光さんが無事であること、元気になることをファンの皆で祈りませんか」

Springの三件目のコメントは、そう締められていた。満員電車で、体の自由が利かなくて助かった。気持ち悪い感覚が体の奥の方からせり上がってきて、ともすれば携帯をまた放り投げてしまうところだった。茗子への中傷を止めようと呼びかけているのに、どうしてだろう。中傷、嘲笑しているコメントよりも、不快感が生じた。

雑に携帯のカバーを閉じ、バッグに滑り込ませた。ちょうど会社の最寄り駅に着いたので、流れに身を任せて電車を降りる。ドア付近で茗子を追い抜いた若いサラリーマンが、カバンを太ももにぶつけてきた。鈍い痛みが走る。後ろから来る人に押されたふりをして、サラリーマンの背中を腕で小突いてやった。

オフィスの自席に座った途端に電話が鳴った。まだバッグも置いていなかったので、誰かが出るのを待ったが、営業マン数人に、営業事務の茗子のチームメンバーも何人か出勤しているのに、誰も取ろうとしない。仕方なく取り急ぎバッグを床に置いて、茗子が出る。

「茗ちゃん？　おはよう。ねえねえ、悪いんだけど」

森崎さんからで、娘さんが昨夜から悪阻が酷く寝込んでいるので、看病をしたいから今日は休ませて欲しいという申し出だった。

「切羽詰まってる仕事はないから、フォローは大丈夫。明日以降、全部自分でやるから」

そう言われて、柔らかい口調になることを意識しながら、「わかりました。娘さんお大事に」と言って電話を切った。

今日はフォローは必要なくても、年度末にかけて、この先もこうやって頻繁に休むようなら、そうもいかなくなるだろう。でも茗子は、自分でも不思議だが、さほど怒っても絶望してもいなかった。昨日面接をした、妊娠希望がある三十三歳の女性の入社も決まったし、もうどうとでもなれと諦めの境地なのかもしれない。

「磯村さん、おはようございます。ちょっといいですか」

ぼんやりしていたら、脇から声をかけられた。慌てて「おはよう。どうしたの？」と声がした方に顔を向ける。室井さんという名前の、同僚女子が立っていた。保育園児が二人いて、育児シフト中のチームメンバーである。

「あの、三崎さんが昨日、引き継ぎマニュアル作るのを断ってましたよね。あれ、よかったら私がやりましょうか」

驚いて、「え」と茗子は固まった。

「私、今年は担当の仕事を減らしてもらってるし、早くから年度末の準備を始めたら、無理じゃないと思うので。マニュアルとか作るの、苦手でもないですし」

確かに室井さんは、報告書や指示書を作るのが上手い。ミスが少なく、仕事が速い人でもある。

「え、でも……。いいの？」

思ってもみなかった展開に、頭がすぐに回らなかった。

「はい。ただ……。あの、決してその代わりってわけではないんですけど」

「え？　何？」

3月の最終週の月曜と火曜に、有休を使わせて欲しいと室井さんは言った。4月から上の子が小学校に上がるので、記念に二泊三日の家族旅行をしたいのだという。

「下の子が生まれてから、まだ家族全員で日帰り旅行にも行ったことがないんです。そこの日程なら、何とか夫が休みが取れそうで。週末だともうホテルがいっぱいだと思うので、日、月泊で行きたいんです」

早口に説明をして、室井さんは顔の前で手を合わせた。

「えっと……。いいんじゃない？　それまでに自分の仕事を終わらせてくれるってことなら、問題ないよね」

「はい！　それはもちろん、絶対に終わらせます！　いいですか？　ありがとうございます！」

「うん。じゃあ私、コーヒー飲んでくるね」

軽く会釈をして、茗子は早足でオフィスから出た。休憩スペースに足を踏み入れ、本当は飲みたいわけではなかったのだが、宣言した手前、コーヒーを淹れる。ちゃんと冷まさないままに一口目を啜ってしまって、つっ、と声が出た。

さっきの室井さんの、休みが欲しいと頼んでから、茗子が許可するまでの表情の変化が、脳内で再生される。顔の前で手を合わせていた時は、かなり顔が引きつっていて、茗子が「いいんじゃない」と言うと、一気にほぐれた。茗子にものを頼むのは、それほどまでに緊張することで、許されるのは、激しく安堵（あんど）することなのか。

いつの間にか茗子は、「若い女子」たちにとって、いわゆる「お局様（つぼねさま）」や「怖い先輩」になっているのだろうか。本来なら茗子こそ、怖い先輩や面倒な上司の機嫌を伺って、事を荒立てないように、常に臆していたクチなのに。そんな自分が好きなわけでは決してないが、だからといって、攻撃的でも身勝手でもないのに、怖がられる側になっているなら、不本意だ。

今度はしっかり冷ましてから、二口目のコーヒーを啜った。いつもより苦みを感じて、顔をしかめる。

「あの人、攻撃的で酷いですよね」

「いつも身勝手な言いがかりばかりで、不快でした」

どこからか、突然言葉が降ってきた。「攻撃的」「身勝手」という言葉に、どきりとする。これは、何だっけ。ああ、そうだ。昨日コメント欄で、キサラギに向けられた言葉だ。まさか、そんな——。茗子が攻撃的で、身勝手だなんて。

誰もいないのに、またきょろきょろと周りを見回してから、携帯を取り出す。高速で指を動かして、「Hikari's Room」につなぐ。更新されていてくれ、と祈る。光は、失踪の原因が茗子ではないなら、その旨を書いて、コメント欄でキサラギを責めている人たちを、宥めて欲しい。でも、もし本当に茗子が原因だったら——。新しい記事が投稿されていて、そこに「キサラギさんに傷付けられました」と書いてあったら——。

水色とピンクのトップ画面が表示され始めた。鼓動が急激に速くなっている。「New」の文字が目に入って、叫びそうになる。でも昨日の記事に、まだ「New」の文字が付いているだけだった。新たな投稿はない。

呼吸を整えて、コメント欄は見ないまま、携帯カバーを閉じた。コーヒーに向き直って啜ってから、ハッとしてまた携帯を握った。検索履歴と閲覧履歴を消去する。

帰りの電車の中で、また我慢できずに「Hikari's Room」を覗いた。期待していなかったのだが、更新があり、危うく満員電車で声を上げるところだった。

キサラギについて書かれていたら——と、心臓が脈打ったが、それはなかった。記事の一番上にはまた写真が貼られていて、その下に文章が添えられていた。

『皆さん、心配かけてすみません。私は元気……、いや元気ではないかな。でも無事でいますので、安心してください。チカラとオトは一緒ではないですが、二人が大好きな私の母に預けてあるので、そちらも心配ありません。いつになるかわからないけど、心の整理が付いたら、帰りたいと思います。傷付いてはいますが、やはり遠くはいいですね』

無事でいる、子供たちも心配ない、という言葉に、とりあえずはホッとした。写真は、どこか神社のようだ。しめ縄がやたらと大きい。そうは書かれていないが、ここにいるということだろうか。

数時間前に更新されていたらしく、スクロールしてみると、既にコメントが沢山付いていた。「光さん、一先ず無事でよかったです！」「何があったのかは、まだ語ってくれないのですね。でも無事で安心しました！」「詳しいことはわかりませんが、たまには遠くでゆっくり過ごすのもいいと思います。ずっと心配してたけど、急にうらやましくなってきた！」等々、明るいコメントが目立つ。

幾つ目かのコメントで、「出雲大社」という言葉が現れた。「ここ、出雲大社ですよね。違うかな？」というもので、それを皮切りに、「私もそう思いました！」「行ったことあるから、わかります！　この大きなしめ縄は出雲大社だと思います」「出雲大社かあ。東京からだと確かに、遠く、ですね」などと、もう光の失踪先は、出雲大社で確定だという流れになっていた。

出雲大社、と茗子も思わず小声で、独り言ちた。茗子の地元と同じ、中国地方である。茗子は行ったことはないが、大学時代や、地元で働いていた時に、旅行で行く友達は結構いた。田舎で交通の便が良くないので、同じ地方でもそれなりの時間はかかるのだが、出雲大社は縁結び神社らしく、人気だった。彼氏と行く子もいれば、彼氏が欲しいからと、女同士で行く子たちもいた。地元で結婚して二人の子持ちである姉も、確かまだ付き合っている時代に、義兄と行っていた気がする。カラフルな寒天だったか、何か和菓子のお土産をもらった記憶がうっすらとある。

コメントを一つずつスクロールして読んでいたが、自宅の最寄り駅に着いたので中断した。ショッピングセンターに寄り、いつものように肉と魚の惣菜を一品ずつ買う。

自宅玄関を開けると、ちょうど尚久がトイレから廊下に出てきたところで、慌てて惣菜の入った袋を、背中に隠した。「ただいま」と声をかけたが、無言で投げやりな視線を寄越しただけで、さっさと「子供部屋」に引っ込んでしまった。帰宅時に子供部屋に籠もっているのはいつものことだが、感じの悪い態度が気にかかった。

子供部屋の扉が閉まるのを確認してから、キッチンに立ち、袋から惣菜のパックを取り出した。そこで気が付いた。昨夜、お風呂に入りたいという尚久を、「自分で入れて。それぐらいできるでしょ」とあしらって、先にベッドに入ったのだった。尚久は、それを根に持っているのかもしれない。知っていたが、改めて小さい男だと鼻を鳴らして笑う。

いつものように、鍋をガス台に置いたり、水を流したりと、音で料理をしている演出をしながら、携帯を取り出した。また「Hikari's Room」につなぐ。さすがに新しい記事は投稿されていなかったが、コメントは増えているようだ。さっきの続きから読み進めていくと、例のSpringのものが目に留まった。

「光さん、本当によかったです！　皆さんが言ってるように、今は出雲大社にいるのでしょうか。何があったのかと同じぐらい、光さんがそこに向かった理由が気になります。私の希望である光さんが、傷付いた時にどのように立ち直るのか、とても知りたいです。でも今は、とにかく光さんが無事だったことを喜びながら、おとなしく次の更新を待ちます」

また「希望」だそうだ。一体このSpringなる人物は、どんな人なんだろう。語り口調から女性だとは思うが、何歳ぐらいなのか。どこに住んでいるのか、どんな顔をしているのか。光のどこにそんなに惹かれているのか――。

そろそろかと、レトルトのご飯をレンジにセットし、インスタントの味噌汁用のお湯を沸かした。惣菜をパックからお皿に移そうと蓋を開けていると、不意に「何してるの？」と声がした。肩をびくっとさせる。

尚久がいつの間にか、キッチンの隅に立っていた。しばし茗子の手許を見つめてから、挑戦的な表情で、視線を茗子の顔に移動させる。

「何、それ。おかず、買ってきたの？　もしかして、今までずっと買ったものだった？　料理するふりして騙（だま）してたの？」

淡々とはしているが、低い声で言う。「違うよ」と茗子は反射的に首を振った。

「今日は買ってきたの。ほら、昨日から体調が良くないし、疲れてるから」

「でも」と尚久が茗子に近付き、肉の惣菜を指差した。今日はナスと豚肉のオイスター炒めだ。魚の方は、ナスと鮭のゆず胡椒炒め。

「これ、オイスター味だよね？　前にも食べたことある。おいしくて、料理上手くなったねって褒めたのだよね？」

褒められた記憶はないが、「いいんじゃない」とは確かに言っていた。だからまた買ってきたのだ。はあっ、と尚久は大きな溜息を吐いた。

「茗子、俺はさ。茗子も忙しくて疲れてるだろうし、食事を買ってきたもので済ますことを、怒るつもりはないよ。でも手作りかのように出していて、実はずっと買ってきたものだったなら、怒る権利はあると思う。茗子は俺のことを騙した、俺をバカにしてたってことだよね？」

違う、気に入っていたから同じようなものを買ってきたのだと、あくまで嘘を吐き通すか、認めて「ごめんなさい」と謝ろうか、迷った。でもすぐに、どうして自分が必死に嘘を吐いたり、謝ったりしなければいけないのかと思い直した。茗子よりずっと先に帰っているのに、家事はすべて茗子に任せきりで、自分はその間ゲームに興じているくせに。買ってきたものでも、これまで何の不満もなく食べていたのに、手作りではないと知ったら被害者の顔をするなんて、あまりにも身勝手だ。

「だいたい茗子、何で最近、そんなに疲れてるの。仕事が忙しいのなんて、こっちに来てからずっとだよね」

「ずっとだから疲れてるんだよ。特に最近は、また一人妊娠で辞めることになったし、引き継ぎマニュアルを作ってって言ったら、断られたし……」

「この間、話してたこと？　マニュアル作り、断られたの？　でも、あのマタハラだって騒いだ子だろ？　人が減るのは大変だけど、折り合いが悪い子がもうすぐいなくなると思ったら、寧ろ気楽になれるんじゃないの」

尚久の言葉に、茗子は絵に描いたように、ぱかっと口を開けてしまった。まじまじと尚久を見つめる。この人は、一体何を言っているんだろう。マタハラだと騒いだ子というのは、前野さんのことだろう。他にいない。でも、この間、マニュアル作りを断られた、というのは三崎さんのことだ。もしかして、二人を混同しているのか。いや、まさか。だって前野さんのマタハラ事件は、今から二年以上も前の話だ。でも、その「まさか」かもしれない。今の発言は、二人を混同しているとしか思えない。

尚久がいつも、茗子が仕事でのあれこれを話すのと同じ温度で、オンラインゲームでのあれこれを話してくることに、違和感を抱いていないわけはない。でもこちらも聞いてもらっているからと、茗子はいつも真剣に耳を傾けてあげていた。エリィだとかモリだとか、小学生のあだ名のようなハンドルネームの登場人物たちについても、性別や大体の年齢、尚久との親密度など、ちゃんと把握している。

でも尚久は、二年前の事件と最近の話の区別も、前野さんと三崎さんの区別さえも付いていない。他でもない、あの前野さんなのに。茗子の話なんて、まったく真面目に聞いていなかったのだろう。きっといつも適当に聞き流していたに違いない。

「で？　何で黙ってるんだよ。謝れよ。俺のこと騙してたんだから」

茗子が呆然としていたら、尚久がまた低い声で何か言った。ぼんやりしていて、理解できなかったので、「え？　何？」と茗子は聞き返した。

「謝れって言ってんだよ！　俺のこと騙してたんだろう？　何で俺が茗子に見下されなきゃいけないんだよ！　なあ！」

突如、尚久は声を張り上げた。かなりの音量だったが、不思議と茗子は脅えたりしなかった。その代わり、胸の奥に、青くて冷たい炎が灯ったのを感じた。

そういうことか。長い間ずっと疑問だったことが突然、腑に落ちた。尚久は茗子を見下しているのだ。男尊女卑を非難するのに、なぜ茗子に当然のように家事をやらせるのかと不思議だったが、茗子だからだ。女性を下に見てはいけないが、茗子は自分より「下」だからいいのだ。そして、「下」の茗子に騙されるなんて受け入れられなくて、今こうやって身勝手な怒りで、攻撃的な態度を取ってくる。

青く冷たい炎は、茗子の心身をじわじわと内側から、凍えさせにかかった。この感情はなんだろう。ああ、そうだ。これは、この感じは、怒りに似ている。

「私、明日から出かける」

気が付いたら、そう口にしていた。「はあ？」と今度は尚久が、口を大きく開ける。「何言ってんの？　どこに？」と聞かれ、「実家」と答えた。

「さっき電車で、お姉ちゃんから連絡があったの。お父さんの体調が悪くて、入院するかもしれないんだって。でもお母さんももう歳だし、お姉ちゃんも子供がいるし、私しか面倒見る人がいないから、行く」

大嘘がすらすらと口から出てきた。尚久はこれまで、面倒くさがって茗子の実家とほとんど付き合いがなかったから、茗子を通さず本当かどうか実家に確かめるなんて、できないはずだ。

本当は、出雲へ行く。光を探さなければ。身勝手な怒りで、攻撃的な態度を取られると、人はこんなにも傷付く。茗子は、光にそれをしてしまった。

出雲へ行く。光を、見つけたい。

きゃい一！　と悲鳴のような歓声が聞こえて、亜希ははたと顔を上げた。通路を挟んで二列後ろの席の赤ちゃんが、きゃい一、きゃい一！　と叫んで、抱っこ紐の中で体を伸ばしている。車窓をもっとよく見たいようだ。

「ミユちゃん、電車の中だからね。しーっ、だよ。しーっ」

一歳になるかならないかといったところか。まだ言葉の認知なんてほとんどないだろうに、二十代に見える細身で地味な服装をしたママは、懸命に腕の中の我が子に語りかける。しかし効果はなく、きえーっ！　やぁー！　と、赤ちゃんの声は本当の悲鳴みたいになってきた。

前の方の席に座っているスーツの初老男性が、んんんっ！　とわざとらしい咳払いをして、うんざり顔で母子を振り返った。自分がされたわけではないのに腹が立ち、亜希は口角を上げて笑顔を作り、母子に視線を送った。同じ車両内の乗客は、母子と亜希、初老男性以外には、中年夫婦が一組と、大学生ぐらいの男の子が一人いるだけだ。少しぐらい赤ちゃんが騒いでも、何の問題もないだろう。「うるさくなんてないですよ」「お外が見たいのね。かわいいね」と母子に念を送る。

でも気が付いてもらえず、徐々に口角と顔の向きを元に戻した。途中で何気なく、赤ちゃんが見たがっている車窓に、自分も視線をやってみた。飛び込んできた風景に、ああ、と微かに声を漏らす。

土手の向こうを、二両編成のオレンジ色の電車が、のんびりと走っていた。亜希が今乗っている電車は、特急列車らしい速そうでカッコいい風貌だったが、あちらは小ぶりでかわいらしい。

山とだだっ広い田園に囲まれて、オレンジ色の電車はコトコトとご機嫌に歌っているかのようだ。山の木と木の境目まで見分けられることから、外は空気が澄んでいる、つまり凍えるほどに寒いことが窺えるが、その寒ささえ楽しんでいるように思えた。

きゃーっ！　悲鳴ではない赤ちゃんの声が聞こえて、また母子の方を向いた。ママが諦めたのか、いつの間にか赤ちゃんは抱っこ紐から出されて、窓に張り付かせてもらえていた。目を真ん丸に見開き、小さな手の平で窓をぺちぺち叩いて、だあっ！　きゃあっ！　と嬉しそうな声を出す。

なるほど、電車が見たかったのか。目を細めて赤ちゃんを眺めていたら、やっとママと目が合った。軽く会釈をし合う。

懐かしい感覚が亜希の胸をくすぐった。夫の英治とまだ恋人同士だった頃、結婚したあと英治がまだ今ほど多忙過ぎる日々ではなかった頃。亜希と英治は数カ月に一度ぐらいの頻度で休みとお金をやり繰りし、よく国内旅行をしていた。旅先で見る風景に、「わあ」「おお！」と声を漏らしては、微笑みながら「来てよかったね」と頷き合ったものだ。

亜希は「旅」が好きだった。でも今は、かつての相方が隣におらず一人とはいえ、「旅」に出ているのに、あの頃のように心が躍ってくれない。歌う電車と赤ちゃんの笑顔に癒やされたものの、それは一瞬で、前の席の背もたれに視線を戻した今は、自分の身をすっぽりどこかに隠してしまいたいような、後ろ暗い感情に侵されている。

勢いで飛び出してきたとはいえ、自分の意思でしたことなのに。家を出て以来、親に預けて一維と離れてからは更に、亜希は何か黒くて大きい「もの」に、ぴったりと背後に付かれて、ずっと追いかけられているような感覚に陥っていて、落ち着かない。

以前は移動手段だって旅の楽しみの一部と捉えて、空港や駅、車内も飛行機内も堪能していたが、昨日の夜に一維を抱いて飛び乗った飛行機では、機内サービスの際にスタッフに話しかけられているのに気が付かず、困惑顔をされた。今朝乗った新幹線でも、今のこの特急列車でも、かれこれもう四時間も揺られ続けているというのに、何度か母から送られてきた一維の写真を見て安心したこと以外は、車内でどうやって過ごしていたか、まるで記憶がない。きっと今さっき赤ちゃんが声を上げるまで、ただぼんやりと前の席の背もたれを眺めたり、何ということもなく車内や車窓を見つめるだけだったのだろう。


本当ならば亜希は昨日、再就職への面接を受けているはずだった。当日は安くない利用料を払って、認可外保育園に一維を預ける手配までしていた。けれど前日の夜遅くに、一維が高熱を出した。急激に40度近くまで上がったので、もしやインフルエンザではと動揺しながら、英治と共に、出産した総合病院の救急に一維を連れて行った。

幼い子供がインフルエンザにかかると、熱性けいれんを起こすことがある。稀にそれで障害が残ることも――。これまでにネットで目にしたことのある怖い情報が頭にこびりついて、亜希は一維を抱きながら、タクシーの後部座席で文字通り震えていた。途中で見兼ねた英治が「代わろうか」と、一維を引き取ってくれたほどだ。

　一方で、病院は遠いし、我が家は車を持っていないし、もうこの時間だから仕方がないけれど、帰りもタクシーになるだろう、往復で一体幾らの出費だろうと考えてもいて、自分に嫌気が差した。

「はい、どうも。澤田一維くん、一歳三カ月ですね。ああ、うちで生まれてるんだね。今日は急な高熱、と」

「これぐらいの子はすぐ熱が上がるからねえ。男の子は特に」

　当直の若い男性医師と中年の女性看護師は、どちらも淡々とした機械的な対応で、亜希の焦りとの温度差を感じた。でも「急に熱が上がったので、もしかしてインフルエンザじゃないかと」と涙目で訴えると、検査は実施してくれた。

　結果はすぐに出て、陰性だった。「お正月明けぐらいから、また一段階冷え込んでますからね。まあ風邪でしょう」と診断を受け、解熱剤と抗生物質を処方してもらい、帰宅することになった。

　一先ず安心したのも束の間、診察室を出て廊下で見送られる時に、「お母さん、一維くんインフルの予防接種してないの？　そんなに怖がってるなら、打っておけばよかったのに」と看護師に言われ、戸惑った。

「え。あ、でも。この子、まだ一歳半にもなってないから、受けない方がいいかと……」

「あー、ネットとかで変な情報見ちゃった？　小さい子にインフルの予防接種は危険！　って思い込んでる人、多いんだよね。でも六カ月から受けられるのよ。ネットって間違ってる情報も多いから、あんまり頼りにしないでね」

やれやれという顔で言われて、胸がカッと熱くなった。

「熱が下がったら、うちに受けに来れば？　ああ、でも子供は一カ月ぐらい空けて二回打たなきゃいけないから、もう流行時期終わっちゃうか」

更には笑ってそう付け足され、今度は顔まで熱を帯びた。この看護師の対応は、英治も不快だったようだ。「何なんだよ、何で笑ってるんだよ。大体何でタメロなんだよ、失礼だよなあ」「亜希にしか話しかけないしさ。俺のこと完全無視だったよ。パパは何もできないし、してないでしょ、って思ってるんだよ、きっと」などと、帰りのタクシーで口を尖らせていた。

まったくの同意だったが、一緒に悪口で盛り上がる気力が亜希にはなく、「ねえ」と適当に相槌を打つしかできなかった。「まあ、確かに俺はやれてないんだけどさ」と英治が申し訳なさそうにぼやくのにも、悪いと思いつつフォローもしてあげられなかった。

亜希も看護師の態度には腹を立てていたが、一維にインフルエンザの予防接種を打たせていなかったのは、指摘された通りだったので、複雑だった。六カ月から受けられるという情報は取得していたものの、育児の口コミサイトなどで、「でもまだ一歳の子に打たせるのって、怖くないですか？」「生まれてから一体何個ワクチン受けた？　こんなにワクチンばっかりで、かえって大丈夫なのかなあと思う」「私も必須の以外は受けさせたくないです。親がちゃんと守って、かからせなければいいだけの話」などという意見を読んで、自分にも少なからずそういう気持ちがあったので、流されていた。光さんが去年、一家全員かかったとブログに書いていたから、彼女も子供たちに受けさせていないならと、「今年はまだいいよ」と英治に伝えた上で、あえて受けさせなかったのだ。それを、子供のために正しい判断もできないダメな母親だと責められ、笑われたようで、酷く傷付いていた。

一維は病院に連れて行くためにベッドから抱き上げた時と、検査を嫌がって喚いた時だけ起きていたが、高熱なだけあって、それ以外はずっと昏々と眠っていた。故に帰宅してリンゴジュースに混ぜた解熱剤と抗生物質を飲ませるのが大変だったが、「ごめんね、ごめんね」と揺り起こして、半分しか目が開いていない状態のところに何とかストローをくわえさせ、遂行した。

また眠りにつくのを見守ってから、亜希と英治はやっとリビングのテーブルに体を落ち着けた。

「明日の朝には熱が下がってるといいな。インフルじゃなかったんだから、下がってたら予定通り保育園に預けていいよね。亜希、面接だし。俺が休めたらいいんだけど、ごめん、代わりがどうしても見つからな……」

コップに注いだお茶を分け合って飲みながら、英治がまた申し訳なさそうに言うのを、「いいよ」と亜希は途中で遮った。行きのタクシーではずっと携帯を触っていたし、病院の待合室でも「ちょっとごめん」と電話に出て、廊下の隅でやたらと頭を下げていた。明日休めるように奔走してくれていたのはわかっていた。

「明日の面接は辞退するよ。熱が下がってても保育園はキャンセルしよう。仕事、他の人に決まっちゃうかもしれないけど、仕方ないよね。また派遣会社に探してもらうよ」

「え、でも。熱が下がったらいいんじゃない？　まあ、まだ下がるかわからないけど……」

「下がっても保育園でぶり返したら怖いし、他の子にうつしちゃうかもしれないし。今日40度近くもあるのに明日預けるのも、一維がかわいそうだよね。明日は全部キャンセルにしよう」

母親として、社会人として、正しい判断はそれだと思った。これ以上、「自分はダメな母親だ」なんて思いたくない。さっき一維に薬を飲ませた後、つい携帯で「保育園　熱　いつから登園可」などと検索しそうになったが、ダメだ、自分で決めるのだと、未遂で画面を閉じていた。

「仕事を逃しちゃうのは、ごめん」

「いや、それは仕方ないからいいんだけど。俺が休めないのも悪いし。本当にごめん」

英治は困惑気味だったが、亜希のきっぱりした態度に圧されたのか、それ以上は何も言わなかったので、罪悪感が募った。正直なところ、疲れ果てていて、もう明日面接を受けるなんて無理だという思いもあっての決断だった。

「英治の方こそ仕方ないんだから、謝らなくていいよ。疲れたね。英治、明日も仕事だしもう寝なよ。私は派遣会社に面接キャンセルのメールを送ってから寝るね」

そう告げて、言い方は悪いが英治を追い払った。寝室のドアが閉まるのを確認してからパソコンを立ち上げ、まずは宣言した通り、派遣会社の担当者にメールを送った。終えるとすぐに、「Hikari's Room」へつないだ。

一維が発熱していることに気付いたのとほぼ同時に、光さんがようやく新しい記事を更新してくれていたことを知った。でも「傷付いている」「遠くに来ている」などと書かれていて、その上キサラギなる人物が、二年間もコメント欄で誹謗中傷を繰り返していたことを知り、心配で堪らなかった。一歳の息子が熱を出している脇でどうかとは思ったが、タクシーでの移動中、英治が携帯を触っている時、実は亜希もこっそり、「Hikari's Room」を見ていた。

コメントがどんどん増えるだけで、光さんからの新しい発信はなかったが、じっとしていることができず、待合室で会計待ちをしている際は、英治が電話をしている隙に、コメントの投稿もした。他にコメントしている人たち同様に、亜希もキサラギには思うところがあったが、それ以上に光さんのことが純粋に心配だったので、その思いを綴った。

ハンドルネームはSpringにした。亜希だから秋、春と連想して適当に決めた。この一年で「Hikari's Room」を読まなかった日なんてなかったが、コメントするのは初めてで、かなり緊張した。でも送信ボタンを押し終えた時は、妙な達成感に包まれた。

パソコンでアクセスした時は、もう深夜3時になるところだった。そんな時間なので無理もないが、やはり更新はなかった。でもこのままでは眠れない気がして、亜希は二件目のコメントを書いた。

「心配している気持ちが届くことで、光さんが落ち着かれることを祈って――」

頭上の照明が明る過ぎて煩わしく、二つ点いていただろうかと、途中で見上げた。でも一つだけで、ふうっと大きく息を吐き、亜希はまたコメントに向き直った。

明日はきっと明るい更新があることを信じて、今日はもう眠ります――。

解熱剤が効いたのか、翌朝、一維の熱はすっかり下がっていた。本人は昨夜の出来事なんて知らないと言わんばかりに、起きた瞬間から機嫌が良く、朝食をモリモリ食べた後は、室内だというのにボール遊びを始めた。

亜希はオープン時間になるのを待って、保育園にキャンセルの電話をかけた。出たのは昨日の若い園長で、就職の面接を受けると伝えていたからか、事情を話すと強く同情してくれた。

「じゃあお母さま、面接は受けられないんですか？　それは……。インフルでもないし熱がもう下がっているなら、お力になって差し上げたいですが……。でも昨夜は40度近かったんですもんね。一維くん、預けられるの初めてってことだし、ぶり返した時にママにもパパにも連絡が取れないとなると……」

「ありがとうございます。でも仕方ないので、いいんです。またご縁がありましたら、その時はよろしくお願いします」

気遣いには感謝しながらも、淡々と言って電話を切った。その後はことあるごとに「まんまぁー！」と亜希を呼ぶ一維を「はいはい」と相手しながら午前中を過ごした。片手に携帯を常備し、頻繁に「Hikari's Room」にアクセスし、次の更新を確認することは忘れなかった。

朝のうちは更新はなかったが、キサラギを責め立てるコメントが増えていた。それを見て、少し悩んだ末に亜希は、「無意味なことは止めませんか」というような内容をコメントした。亜希にももちろん怒りの気持ちはあったが、勝手にキサラギの人となりを想像して嘲笑するコメントも目立ったので、そういう空気には嫌悪感を抱いたのだ。

待ち望んでいた「それ」が来たのは、亜希は急いでかき込んで、一維には一口一口丁寧に食べさせた昼食を終え、一息吐いた頃だった。

『皆さん、心配かけてすみません。私は元気……、いや元気ではないかな。でも無事でいますので――』

光さんの新しい投稿があった。大きなしめ縄がある、神社のような場所の写真も添えられていた。亜希が昼食を食べている間に更新されていたのか、既に幾つかコメントも付いていた。

「ここ、出雲大社ですよね。違うかな？」

「行ったことあるから、わかります！　この大きなしめ縄は出雲大社だと思います」

コメントを見て、「出雲大社」と呟いて、すぐに検索をしてみた。出てきた画像と見比べる。間違いなさそうだ。ちょうど一維がまどろみ始めて、ソファに移動させたところだったので、亜希はそのまま、またコメントを打ち込んだ。

送信した頃には、鼓動が速くなっていた。旅は好きだが、亜希も英治も今のところ神社仏閣にはさほど興味はなく、出雲大社に行ったことはない。でも大体の位置はわかる。東京からは確かに「遠く」だが、亜希の実家からなら、さほどではないのでは。近くはないかもしれないが、少なくとも今この家から見て、方向は同じである。

どくん、どくん。更に鼓動が高まったところで、携帯が震えた。びくっとしてしまって、呼吸を整えてから画面を見た。しかし実家の母からで、胸は更に速く打ち始めた。ちょうど今、母の顔を思い浮かべていたところだったのだ。

「もしもし?」

「もしもし?　今日は冷えるわねえ。そっちも?　いっくん起きてる?」

「午前中いっぱい元気に遊んで、今から昼寝に突入するところだよ。ああ、もう寝たかな」

「ふふ、かわいい。お正月に会ったばかりなのに、もういっくんに会えなくて淋しいわ。亜希も、いっくんと一緒にもっとこっちに帰ってきていいのよ、なんてね。英治さんには悪いけど、また就職したらなかなか動けないだろうし、亜希が求職中に来て欲しいわよねって、昨日お父さんとも話してたの。ほら、英治さん休みが少なくて、ずっと一人で育児してて大変だろうし、亜希も少し羽を伸ばした方がいいわよね、ってね」

興奮で声が震えてしまいそうで、亜希は適当に相槌を打つこともできなかった。ついさっき亜希の頭に浮かんだばかりの計画を実行するのに、あまりにも都合よく話が進んでいた。

「そうだね。英治の休みが少ないのは、正直つらい。家事も育児も休みがないしね。……明日からの出雲旅行も、結局私だけ参加できなくて」

声が上ずらないように気を付けながら、計画を実行に移し始めた。

「え？　出雲旅行？」

「そうそう、ほらミカのお祝いの。あれ？　言ってなかったっけ？」

母も名前ぐらいは覚えているだろう、中学時代に仲良しだった同級生を登場させた。彼女、ミカが去年出雲市に住む人と結婚し、式は親族だけで海外で挙げたのでお祝いをしておらず、当時の仲良しグループで、旅行がてら新居を訪ねるのだと説明した。

もちろんその場で思い付いた大嘘だった。去年ミカが結婚したのは本当だが、実際は確か山口の人とで、でも相手が転勤族らしく、このお正月に来た年賀状に、今は仙台に住んでいて妊娠中だと書かれていた。きっとこれからも転々とするのだろうから、いつかまた話題に上っても、出雲にいたこともあるという設定で通せると思い、彼女を選んだ。

「でも英治が休めるように頑張ってくれたんだけど、結局無理でね」

するするとそれらしい嘘が吐ける自分に驚いていた。英治には、疲れたから急だけど実家に帰りたいと言えばいい。普段から亜希にワンオペをさせていることに罪悪感を持っている英治は絶対にダメとは言わない。実家に着いた後に親に一維を預けて、少し羽を伸ばさせてもらおうと、自分一人で出かけたと言っても、怒らないはずだ。

「ええ、そうなの？　いい機会だったのにもったいないわね。ねえ、それ明日からなの？急だけどいっくん預かってあげるのは構わないわよ。明日はお姉ちゃんも来るし、亜希と英治さんが良ければ……」

「え、本当に？　でも明日だからなあ。今日飛行機に乗らないと間に合わないかな」

驚いたふりをしながら、亜希はテーブルに移動してパソコンを開いた。携帯を肩と顎で挟んで、母に適当に話を合わせながら高速で指を動かし、飛行機とホテルを調べ始めた。

母と喋り、指を忙しく動かしながら、心の中ではずっと同じ言葉を唱え続けていた。

出雲に行かなければ。光さんを、見つけたい。出雲に行く。行かなければ。光さんを――。

きゃいー！　とまた赤ちゃんの声がして、再び顔を上げた。

「ほら、もう降りるよ」

ママが赤ちゃんを抱っこ紐に収めようとしている。終点の出雲市駅に着いたのだ。大学生らしき男の子と初老の男性は、前の扉から降りた。真ん中あたりに座っていた中年夫婦は、後ろに向かう。亜希と母子も後ろが近い。

母子は最後にしようと思っているのか、席で中腰のまま止まっていた。亜希はわざとゆっくり身支度をして、視線で「どうぞ」と促した。ママが会釈をして、後ろの扉に向かう。最後にホームに降り立つと、母子がまだ扉のすぐ近くに立っていて、「寒いねえ」とママが赤ちゃんの背中を叩いていた。「寒いですねえ」と、亜希は話しかけてみた。

「かわいいですね、一歳ぐらいですか？　電車が見たかったんだねー。うちの子はもうすぐ一歳四カ月なんです。あ、うちは男の子なんですけど」

「あっ、そうなんですか」

ママが意味ありげな視線を、亜希に寄越した、気がした。

「ええ。あ、今日はあの、出張で、子供は保育園なんです。夜は夫が」

「そうなんですね。この子は来週一歳になるんです」

「わあ、初めての誕生日！　おめでとうございます。一歳過ぎると成長が速くなってびっくりしますよ。って、四カ月早いだけなのに偉そうにすみません」

「いえ。やっぱりそうなんですね。じゃあ、どうも」

いきなり沢山話しかけて、戸惑わせてしまっただろうか。苦笑い気味に去って行かれた。亜希も自分に苦笑し、近くにあった周辺地図の前に移動した。予約してある駅前のビジネスホテルの場所を確認する。

ロータリーに面していて、地図を見るほどでもなかったとわかったが、なかなか最初の一歩を踏み出せない。頭と心がぐちゃぐちゃで、体と上手くくっついておらず、ちゃんと歩けないような気がしている。今自分の中に存在している感情や感覚に、この上ない心地悪さを感じていた。

母と英治に嘘を吐くのに罪悪感は持たなかったし、「旅」の準備を進めている時も迷いはなく、熱い気持ちに突き動かされていた。けれどいざ「旅」に出た途端、後を付けてくる黒い「もの」に脅え始めた。今も何度も後ろを振り返りたくなるぐらいで、まだやっと目的地に着いたところだというのに、亜希はもう自分が旅に出たことを後悔し始めていることに、気が付いている。

黒い「もの」の正体にも、気が付いている。それは誰かの声、世間の声だ。さっきのママにも、子供がいるのにどうして一人で、昼間に大きな荷物で特急列車になんて乗っているのか、と思われた気がしてしまった。子供を置いて一人で旅をしていることを誰かに監視され、責められているような気がして仕方がない。その結果、子供は保育園で出張だなんて、今の自分にとって一番虚しい嘘を吐いた。

亜希は小さな子供のママだって、時には一人で出かけたり、自分の好きなことをしていいと思っている。光さんだって、絶対にそういう意見のはずだ。でもキサラギなんかがそうだろうが、それを贅沢だ、ダメな親だと責める人たちが確実に存在するのを知っていて、だから出産して以来、亜希は今日に限らず、常にそういう声に脅えながら過ごしている。確固たる思いなのに、堂々と胸を張れない自分が厭わしい。

なぜ苦笑されるほど積極的に、さっきのママに話しかけてしまったのか。お正月に両親が一維に会いに来た際にも、同様のことがあった。母が「亜希もずっと一人で育児をしてたら息が詰まるでしょう。今日は私たちがいっくんを見ててあげるから、買い物にでも行ってきなさいよ」と言ってくれて、それに甘えて、一人で数駅先のデパートに出かけた時だ。

産後は一度も着ていなかった細身のニットワンピースに袖を通し、念入りに化粧をして家を出たら、最初は確かに解放感があったし、足取りも軽かった。今回の旅でもそうだが、母がしきりに亜希を育児から解放しようとするのは、やはり自分たちを育てている時、何もかも一人でやってつらかったからなのかと思うと複雑だが、一維をまごうかたなくかわいい、大切だと思っている一方で、身動きの取れなさからどうしても時々一人になりたいと考えてしまうことはあるので、母のこういう申し出はありがたいと、素直に享受していた。

でも電車に揺られているうちに、だんだんと身軽ゆえに落ち着かないと感じるようになった。いつも肩や腰にずっしりとのしかかっている重みがなくて自分の体ではないみたいだし、何か忘れ物をしたと思ってヒヤッとなり、いや何も忘れてなんていないと苦笑することを繰り返した。

そして一人でいる間ずっと、亜希は小さな子供を連れたママを見かけると、やたらと話しかけたい衝動に駆られるという、不思議な現象に見舞われ続けた。普段一維を連れている時は、同じような子連れママと遭遇しても、話しかけられることはあっても、こちらから声をかけたりは決してしない。でもその日は、実行はしなかったものの、かわいいですね、どれぐらいですか？　うちの子は一歳を過ぎたところで、男の子なんです、とママを見かける度に次々と言葉が浮かんできて、喉から出かかった。

さっきも電車の中で同じ衝動に駆られて、今日はついに実行してしまった。そうしたら苦笑して去って行かれた。自分は一体何をしているんだろう。罪悪感で押しつぶされそうになりながら、どうしてこんなところまで来てしまったんだろう。

歩き出せないので、立ったまま、惰性で携帯を取り出した。もはや作業のように指を動かし、「Hikari's Room」につなぐ。更新はない。出雲大社の写真がアップされて以来、新しい情報は手に入れられていない。

乳房にかゆみを感じ、服の上から掻きむしった。でもコートも着ているので、まったく改善されず、周りに人がいないことを確認してから、はあっ！　と叫んだ。それを機にスイッチを入れる。もう「旅」には出てしまったのだから、悩んだって仕方がない。昨日の熱い気持ちを取り戻そう。

　亜希は自分の意思でここ、出雲に来た。光さんを探すためだ。顔も知らない人を探せるのかとか、もう帰ってしまっているかもしれないとか、そもそも本当に光さんはここに来たのかとか、疑問や不安は幾らでもあるが、考えない。今はただ突き進むべきだ。

　光さんを探すのだ。無事を確認して、彼女が傷から立ち直るところに立ち会うのだ。そして、亜希の未来を用意して欲しいと、お願いする。

　バッグを肩にかけ直した。えいっ、と一歩を踏み出す。


　昼を過ぎたばかりなので、まだホテルの部屋には入れなかったが、荷物の預かりとチェックイン手続きはしてもらえた。

「観光ですか？」

　もらったルームカードキーを手持ちのバッグにしまっていたら、フロント係の若い男性ににこやかに聞かれた。

「ええ、まあ。仕事半分、観光半分というか」

　またよくわからない嘘を吐いてしまう。でも今度は、子供について話すのは控えた。

「出雲大社は行かれますか？　良かったらパンフレットがありますよ。あと周辺のグルメガイドなんかも」

「出雲大社は、明日余裕があったら行くかもしれないけど、今日は行かないです。前に行ったことあるので」

出雲に来ておいて、出雲大社に行かないのは不自然なのだろうから、更に嘘を重ねた。光さんは昨日までに既に行っているので、まだ出雲にいるとしても、今日は大社には行かないだろう。帰り時間は同級生たちとの盛り上がり次第でわからないと母には保険をかけているが、ホテルは一泊しか取っていないので、要領よく動きたい。

「どこか、女性一人でも楽しめるようなスポットってないですか？」

フロントの男性が親切そうなので訊ねてみた。亜希も女性一人なので、これは不自然ではないはずだ。

「ああ、それなら焼き物の工房なんかどうですか？　カフェや雑貨屋も併設していて、最近女性に人気なんですよ。県外から買い付けにいらっしゃる人も増えてるそうで」

「焼き物って、食器とか花瓶とかですか？」

「ええ、そうです。パンフレットを……。ああ、すみません、切らしてる。奥にあるので取ってきますね」

男性が席を外した隙に「Hikari's Room」を覗いたが、更新はない。でも焼き物工房はいいセンではないか。光さんはいつもブログで料理好きを自称しているし、インテリアや雑貨に凝っていそうなイメージもある。出雲市駅が出雲観光の拠点のようで、ホテルも駅周辺に集中していた。だから光さんも同じようにどこかのホテルのフロントで、もしかしてまさしくこのホテルに泊まっていて、同じフロントの男性からその工房を紹介された可能性だってある。

「こちらです」と男性が持ってきてくれたパンフレットに、ざっと目を通した。カフェにはランチメニューもあるようだ。

「ありがとうございます。ここ、行ってみますね」

お昼を食べていなかったからちょうどいい。最初の行先が決まった。近くに駅やバス停がなく、タクシーでしか行けないのが少し気にかかったが、旅の間はもうお金については考えないことにする。

パンフレットをバッグに入れようと顔を横に向けた時だった。ロビーを一人で歩く女性が目に入って、亜希は手を止めた。パンツスーツで長い髪を一つにまとめている。中肉中背で人目を引く美人というわけではないが、姿勢が良くきりりとした印象だ。年齢は亜希と同じぐらいか、少し上か。四十歳の光さんから外れていない。どくんと心臓が波打った。

「お客様?」

フロントの男性の声で我に返った。いつまでも去らないので不審がられたのだろう。

「えーっと、私ってもらったルームキー……。あ、バッグにありました。すみません、失礼します」

誤魔化してそそくさとフロントから離れた。立ち止まって携帯を触っている女性を視界の端に捉えたまま、一旦ホテルを出る。平静を装ったつもりだが、入れ違いに中に入ってきた男性とぶつかりそうになった。

タクシー乗り場から少し距離を取った場所に立ち、携帯を触るふりをして、ガラス越しにホテルのロビーを窺った。亜希とぶつかりそうになった男性が、スーツの女性と腰を折り挨拶し合っている。やがて二人は何やら会話をした後、ロビー脇の「STAFF ONLY」と書かれた扉の中に消えて行った。

肩から力が抜ける。ホテルの従業員だったらしい。そういえば胸に名札があった気がするし、そもそも光さんはプライベートで来ているのに、スーツなのもおかしい。

そう簡単に見つかるわけはないと実感した。でも突き進むのだ。

気を取り直して、先頭に停まっていたタクシーに、亜希は颯爽と乗り込んだ。

観光地のタクシーなので、運転手が話しかけてくるタイプなら煩わしいと心配だったが、行先を聞いた後は、ラジオを点けたきり無言でいてくれて、助かった。

観光地といえど寒い時期だし平日だからか、目的地までの往来はまばらだった。それでも時々、四十歳前後と思われる女性の姿は見かけて、亜希はその都度窓から凝視した。でも皆、ママチャリを漕いでいたり、スーパーの袋を提げていたり、老人の介助をしていたりで、地元の人だと思われた。観光客らしき該当年齢の女性も見かけたが、家族連れ、カップル、数人グループで、やはり皆光さんではないと判断した。

目的地の施設は山間の広い土地を均して、工房、カフェ、雑貨屋を詰め込んだという印象だった。カフェも雑貨屋も、外装もガラス越しに見える内装もオシャレで、首都圏のお店と遜色がない。でも木造で中が広いからか、周囲の自然とも上手く調和していた。

まずカフェに入る。道中と比べて、それなりの数の人がいた。席に着く時も注文を決める時も、運ばれてきた料理を食べる時も、亜希は忙しなく視線を動かして光さんかもしれない人を探した。でも亜希以外に、一人で来ている女性は見当たらなかった。

光さんではないので身構えはしなかったが、ホール、厨房問わず、スタッフには四十歳前後の女性が数人いた。皆てきぱきと、時に同僚同士で声をかけ合い、笑い合いながら楽しそうに仕事をしている。その眩しさに、亜希は複雑な思いを抱いた。

亜希の地元は九州の大都市のすぐ近くなので、ここよりずっと都会なのだが、それでも亜希は地元でずっと閉塞感を抱いていて、もっと明るく自由に生きたいと、東京に出てきた。でも現在それが実現できているとは言い難く、地元に残っていたら自分は今頃どんな人生を送っていたのだろう、もしかして、そちらの方が自分に合っていたのだろうかと、考えずにはいられなかった。

セットで付いていたコーヒーをそそくさと体に流し込んだ後は、工房に併設の焼き物売り場に向かった。一歩足を踏み入れた途端、ああ、と声が漏れた。深い青や碧の焼き物たちが、味のある木製の棚に並べられている。繊細で上品な絵付けがされているものが多く、誇り高い佇まいだった。亜希は焼き物にはまったく詳しくないが、美しいもの、かわいらしいものへの憧れは強い。しばし、ただただ見とれて満たされた。

一呼吸吐いてから、売り場内を回り始めた。商品を眺めるふりをしながら、もちろん実際の視線はお客たちに向ける。カフェほどではないが、こちらもなかなかの盛況ぶりだ。

「帰りの電車で揺れて壊れたら、怖いわ。やっぱり宅配にしましょう」

「そうだな。今日はそうするか」

すれ違った老夫婦が、そんな会話を交わしていた。県外から買い付けに来る人もいるというのは、本当のようだ。

半分ほど歩いたところで、奥まったところに出っ張り状になった部屋があることに気が付いた。「絵付け体験」という札がかかっている。近付いて、何気なく中を覗いた次の瞬間、今度は全身が脈打ったようになり、亜希は固まった。

女性が一人、木の机に着いていた。筆を手にして、青いお茶碗らしき焼き物に、白で絵付けをしている。茨の蔓(つる)のような複雑な模様が、するすると青地に載せられていっている。まだ途中だが、丁寧で美しい仕上がりになりそうだ。

女性は、亜希が昔から憧れているが、値段が高いのでまだ一つも商品を手に入れたことがない北欧ブランドの、有名な柄のスカーフを三角巾にして髪をまとめていた。色白で、化粧っ気はないが目鼻立ちがくっきりしていて、端的に言って美人である。座っていてもバランスのいい体型なのがわかるし、筆先を見つめる目の強さからは、知的さ、聡明さが見て取れる。亜希と同じく三十代半ばぐらいに見えるが、賢く明るくセンスも良い人は、もちろん若々しいはずだ——。

何かに傷付いて一人旅に出た光さんが、ホテルのフロントで工房を紹介されて、立ち寄った。作品に魅了され、絵付け体験コーナーを見つけ挑戦する。センスの良さ、器用さから、その仕上がりは一級で——。

亜希の頭の中で、かちゃかちゃと音を立てて、物語ができあがっていく。間違いないと思えた。絵付けが終わったら、声をかけなければ。

何て話しかけたらいいだろう。こんにちは。お一人ですか？　私もです。この工房、素敵ですね。絵付け体験されたんですか。わあ、お上手！　まずはこんな感じだろうか。

胸に手を当て、脈打つ体を鎮めながら、亜希はじっとその時を待った。

やがて女性が顔を上げ、筆を置いた。今だ、と出っ張り部屋に向かって足を踏み出す。

「できたの？　わあ、すごい！　上手上手！　いいじゃなーい！」

突然声が響いて、亜希は浮かせかけた足を反射的に引っ込めてしまった。絵付け女性の脇に、ずいっと他の女性が立った。机の脇の方に居たらしい。奥は暗がりだし、亜希の場所からは死角になっていて、もう一人いることに気が付いていなかった。

「見ていい？　わあ、いい！　いい！　これお金取れるよー。売り物にしたら？」

現れた女性は馴れ馴れしい様子で、絵付け女性の手から茶碗をひょいと取った。ショートボブで丸顔。歳の頃は四十代後半だろうか。背が低くふくよかなのと相俟って、「図々しいおばさん」という印象を持った。ワインレッド色のニットワンピースと、腕にかけたベージュのコートは上質そうだが、素敵に着こなせているとは言い難い。

「ほんとに上手！　あ、プロに上手って失礼かな」

無駄に声が大きく、化粧も濃い。さっきまで絵付け女性が作り出していた静謐（せいひつ）な空気を壊されたようで、亜希は現れた女性に大いに萎えた。

「いえ、私はプロではないので。この体験コーナーのお手伝いをしてるだけで」

しかも絵付け女性は、この工房のスタッフらしい。光さんではなかった。強く期待して長い時間待ったのに、突如裏切られたような気持ちになった。

「でも完全なる素人じゃないでしょ？　だってこれ、東京の最新オシャレ店でも売れると思うよ」

「東京の美大出身で、あっちの陶器を扱う会社でデザイナーをしてたことはあるんですけど……」

「やっぱり！　えー、何でこんな田舎に引っ込んじゃったの？」

二人は亜希に気付いていないようなので、その場で一度、堂々と溜息を吐いた。踵を返す。

「あの、手本は見せましたので、次はお客様がどうぞ絵付けを……」

「え？　私はやらないよ。服や爪が汚れたら困るもん」

「え、そうなんですか？」

二人の声がだんだん遠ざかるが、亜希の足取りは当然重い。乱れた心を整えるために、適当なところで足を止めて、またしばらく陳列棚の焼き物をぼんやりと眺めた。

マットな白と青の、ツートンのマグカップが目に入った。小さいサイズもあるから、英治と亜希、一維でお揃いで買っていこうか。陶器なので一維が使えるようになるのは何年も先だが、先に英治と亜希で使っておいて、いつか、実はいっくんにも同じ物を買ってあったんだよと、取り出して驚かせるのはどうだろう。

マグカップの脇には、平の大皿や取り皿が並んでいる。一維を預かってくれたから、こちらは両親や姉にお礼に買っていこうか。姉が大皿で、両親には取り皿をペアで——。お皿の値札が見えなくて、手を伸ばしこちらに向けた。「えっ」と掠れた声が出る。亜希が何となく想定した値段の三倍はする。大皿とマグカップの値段も確認したが、同様だった。

きちんとした窯(かま)で焼いた陶器は、こんなにも高いのか。旅の間はお金は気にしないと決めたが、それは交通費や宿泊費についてで、自分の楽しみのために使うお金は別だ。全部は無理だから、亜希たちの分は諦めるしかない。それか逆に、両親や姉には帰りに駅前で銘菓でも買って、自分たちのマグカップだけ買うか。でもそれだけでも、かなりの思い切った買い物になる。じゃあ、いっそ全部諦めるか。でもせっかく来たのに、それも淋しい。このまま光さんが見つからなかった場合、自分はこのためにここに来たんだと思える何かが欲しいし——。

亜希はきっと、逡巡して手を伸ばしたり、また引っ込めたりを繰り返していたのだろう。ある時、手の甲に感触があり、「すみません」と咄嗟(とっさ)に叫んだ。

「あ、すみません」

女性の声と被った。平皿に手を伸ばしかけていた女性と、手の甲同士が触れ合ったようだ。

「ごめんなさい」と女性が慌てて手を引っ込める。

「いえ、どうぞ」と亜希がマグカップ側に一歩体を移動させると、女性は遠慮がちに会釈をして、またお皿に手を伸ばした。亜希が両親にと思った取り皿だった。そして値札を確認して、亜希と同じように、えっと声を漏らした。

「思ったより、高いですよね」

親近感を覚えて、亜希は女性に声をかけてみた。

「え、あ、ええ。びっくりしちゃいました」

女性が苦笑いしながら、上体を起こす。目が合って、亜希も愛想笑いをした。そこでまた体が固まった。

女性はひょろりと背が高く、黒い髪を肩に垂らしていた。黒いニットにグレーのプリーツスカート姿で、腕にかけたコートもバッグも黒い。顔のパーツはすべて小ぶりで、化粧も薄く、全体的に地味である。しかし、何となく眉間や顎の辺りに力が入っているような気がして、しっかり者だという印象を受けた。年齢はちょうど四十歳ぐらいに見える。

遠慮がちな反応も含めて、亜希が抱いている光さんのイメージからは、かなり離れている。でも年齢は合致するし、何より光さんは傷付いて、ここ出雲に来ているのだ。亜希が一年抱き続けたイメージよりも、地味で強張った印象を醸し出していても、おかしくはない気がする。もしかして、この人が――。

もっと何か話しかけてみようかと、頭を働かせかけた。その時、何か違和感を覚えた気がする。

「あ、すみません」

女性がまた謝った。でも今度は亜希にではない。二人の後ろを通り抜けたおばあさんのバッグが、女性に当たったようだ。

「あら、ごめんなさいねえ。こちらこそ」

「いえ。では」

女性はおばあさん、亜希と順番にそそくさと会釈をし、早足でその場から立ち去った。

「待って！」と亜希は声をかけたかったが、おばあさんがまだすぐ近くにいて、できなかった。

やがて背の高い女性は、売り場の外に消えてしまった。おばあさんが離れてから亜希も外に出たが、もう彼女の姿は見えなかった。

その後は雑貨屋も覗いてから、またタクシーに乗って、フロントの男性にもらった観光パンフレットを頼りに、出雲大社以外の周辺の神社などを見て回った。

　大社以外にも、たくさん神社仏閣があり驚いた。当たり前だが、その場所場所に書かれていた説明をざっと読んだところ、どこも歴史も存在の意味も深いようで、きちんと勉強した上で接すれば、きっととても興味深いものなのだろうと感じた。でも日が傾くにつれてどんどん焦りを覚え始めた亜希には、十分に味わうだけの余裕がなかった。

　どの場所でも神社そのものよりも、行き交う人々の方に注目していた。けれど工房を出て以来、一人で行動する四十歳前後の女性には、一度も巡り合えなかった。

　途中のタクシーの中で、出雲大社から遠くない場所にワイナリーがあることに気付き、光さんはワイン好きだったと色めき立った。でも時既に遅く、もう閉館時間が迫っていたので諦めざるを得なかった。

　日もとっぷり暮れた頃にホテルに戻ってきて、部屋の椅子に座り、はあーっと疲れを一気に吐き出した。「Hikari's Room」には携帯の充電が危なくなるぐらい、何度も何度もアクセスしているが、更新はまったくない。体をだらんとさせる。このままでは明日、何も収穫がないまま帰路に就くことになりそうだ。母には延泊の可能性も示唆してきたものの、亜希にもうそんな体力と気力は残されていない。

　それならと、気合で体を起こした。今日はまだ諦めてはいけない。グルメガイドに手を伸ばす。隠れ家的なオシャレなお店や、郷土料理を出す老舗など、光さんが夕食に選びそうなお店をピックアップし、どんどん携帯にブックマークしていく。

頬に何か振動を感じて、顔を上げた。テーブルの上に置かれた携帯がメッセージを受信したようだ。母からで、夕食もお風呂もご機嫌で終えて、一維が無事に寝付いたという連絡だった。天使と見紛う寝顔写真も添付されている。

微笑み、心の底から安堵した後、はっとなった。一維が寝付いたということは——。携帯で時間を確認すると、20時半になるところだった。いつの間にかテーブルに突っ伏して眠ってしまっていたらしい。

「あーっ、もうっ！」

自分が嫌になって、わざと大きな声を出した。小さな町なのでやはり夜が早いようで、さっきピックアップしたお店はどこも、20時か20時半にラストオーダーだった。グルメガイドにまた手を伸ばす。

駅前エリアには東京にもあるチェーンの居酒屋が数店あり、それらは夜遅くまでやっているらしい。でも光さんがそういうお店で、一人で飲むとは考えにくい。亜希の夕食のために行ってもいいが、偏見は良くないと思いつつも、女性一人なのを面白がられて、地元の男の人たちに声をかけられたりしても面倒だ。そうなるとコンビニで済ますしかないのだが、何も収穫がないまま明日には帰る可能性がどんどん高くなっていることを思うと、食事までコンビニではあまりにも虚しい。

結論は出ないまま、とにもかくにもコートを羽織り、バッグを持って部屋を出た。1階でエレベーターの扉が開くと、ロビー奥の、ホテル内の小料理屋の看板が目に入った。「よかったらうちの店も利用してくださいね。地酒と地ビールの種類が多いですし、板前がベテランなので、味も保証できますよ」とフロントの男性が言っていた気がする。近付いて、外から店内を窺った。L字形のカウンターに数席しかない小ぶりの店で、見たところ今は客はいないようだ。

「いらっしゃいませ。よかったらどうぞ」

カウンターから、五十代と思われる男性の板前が声をかけてきた。物腰柔らかだし、気も良さそうだ。入ってみることにする。

「一人です」

「はい。お好きな席にどうぞ」

L字の縦ラインの、てっぺんの席に着いた。メニューに「おすすめ」と書かれていた、地ビールと白ネギの天ぷら、のどぐろの刺身をまず注文した。

姿勢を崩したところで、L字の横ラインの右端の席に、客がいることに気が付いた。見覚えのある姿に、危うく声を上げそうになる。工房の絵付け体験室で見た、あの図々しいふくよかな女性だ。同じホテルに泊まっていたのか。外からはその席は死角になっていたので、気が付かなかった。何故毎度、亜希の死角に潜んでいるのかと苦笑する。

「はい、どうぞ」とビールと料理二皿が、同時にカウンターに置かれた。「どうも」と控えめな声で板前にお礼を言う。

ビールジョッキを持ち上げ、最初の一口をくいっと喉に流し込んだ。心地よい苦みが通り抜けて、快感に声が出そうになる。続いてのどぐろの刺身と白ネギの天ぷらを、一口ずつ口に入れる。のどぐろはよく締まっていて、白ネギはさくっとした歯触りがよく、どちらも疲れた体にじんわりと染みた。おいしいだけに残念だが、ふくよか女性をそっと盗み見て、亜希はこの一杯と二皿をたいらげたら、店を出ようと決意した。後はコンビニでまかなうしかない。

ふくよか女性の前にも、飲みさしのビールジョッキが一つと、小皿が二つ置かれている。連れはいないようだ。今は携帯を触っていて亜希を気にかけている風はないが、絵付け体験室での一部始終を思うと、何かの拍子でぐいぐい話しかけてきそうな気がする。そういう空気になる前に、退散してしまおう。

「どうぞ。いらっしゃいませ」

板前が亜希の背後に向かって、声をかけた。

「一人なんですが……」

「はーい。お好きな席にどうぞ」

お客がもう一人入ってきたのだ。目線をやって、今度は「あ」と声を出した。工房で会話を交わした、長身の女性だ。あちらも気付いて、「あ」と遠慮がちな会釈を寄越す。

「こちらに泊まってるんですか？　ご一緒しませんか？」と、亜希は長身女性に話しかけようかと逡巡した。今のところこの人が光さんの最有力候補なので、交流したい。でもふくよか女性は一切無視した状態で、長身女性とだけ触れ合うなんて、器用なことができるだろうか。

迷って実行できずにいたら、長身女性はL字の横ラインの方に向かってしまった。ふくよか女性から一つ空けた席に座る。亜希とまったく同じラインナップで注文をした。

亜希はビール、のどぐろ、白ネギの天ぷらと順番に口に入れながら、さりげなく横ラインを観察した。ふくよか女性が携帯を置き、「ビールもう一杯同じのと、ハタハタの一夜干し」と板前に注文する。「はいよ」と返事するのとほぼ同時に、板前は長身女性の前にビールと小皿二つを置いた。

「どうも」と長身女性が頭を下げたが、すぐに、あっ、と言って立ち上がった。ふくよか女性との間の席に置いたコートが、落ちたようだ。拾い上げてまた隣の席に置き、座り直す。その途中で長身女性は、カウンターで視線を止めた。ふくよか女性の携帯を見ているようである。

しばらく眺めた後、長身女性は前に向き直りビールを飲んで、箸を取った。が、数口食べた後、「あの」と思い切った感じでふくよか女性に声をかけた。亜希はちらちらと二人を窺うのを、止められなくなっている。

「え、私？　はい？」

「あの、失礼かもしれないですけど……。それ、ダウンロードするんですか？」

ふくよか女性の携帯を指す。

「え？　何？」

ふくよか女性が戸惑いながら、携帯を持ち上げた。

「ああ、これ！　あはは、そうなの。一人で来てるからヒマで、今日の夜寝る前にやろうかなあって思ってた。えー何？　知ってるの？」

絵付け女性の時と同様に、馴れ馴れしい口調でふくよか女性は長身女性に語りかけた。

「それ、課金のさせ方が酷いですよ。私も一年ぐらい前にやったんですけど、最初は普通なんですよ。でも途中から、一アクションごとにとにかく課金、課金で。気になったから検索したら、悪質だってネットでは有名で、炎上してました」

「えー、そうなの？　やだー、危ない！　引っかかるところだった！　ありがとう！」

ふくよか女性が豪快に笑う。何の話かと亜希は耳を澄まし、ふくよか女性の携帯に目を凝らす。でも画面までは見えない。板前も同じように、手を動かしながら耳を澄まし、ちらちらと視線もやっている気がする。

「ねえねえ、こっち系詳しいの？　じゃあこれは？　こっちと迷ってたんだけど」

ふくよか女性が携帯をいじって、画面を長身女性に向ける。

「あー、やったことあります。これは悪質ではないですよ。まあまあ面白かったかな」

「お気に入りの子、いた？」

「えっと、図書館司書の……」

「ちょっと待って。あ、この子？」

ふくよか女性がまた携帯を触る。次に画面を長身女性に向けた時に、やっと亜希の席からも、僅かにだが見えた。少女漫画風の、若い男の子のイラストが大写しになっていた。

顔の向きを二人とは逆、壁に向けて、亜希はこっそり溜息を吐き捨てた。いわゆる乙女ゲームだと思う。イケメンが自分に次々告白してくるという、亜希が生理的に苦手な俗っぽいものだ。

ビール、のどぐろ、白ネギの天ぷらと、どんどん口に入れる。やはり早く出よう。もうあの長身女性にも用はない。光さんが乙女ゲームに詳しいわけがない。

「ねえねえ、お礼に私一品ごちそうするからさ、一緒に飲まない？　カキフライ好き？」

「え？　好きですけど……。いいんですか？」

「カキフライ食べたいけど、一皿五粒だっていうから、一人だと多いなあと思ってたの。一緒に食べて。ねえねえ、カキフライね」

「はいよ。どうも」

「ねえ、そっちの彼女も一人よね？　良かったら一緒にどう？」

急に声をかけられて、亜希は飲んでいたビールにむせ返るところだった。すっかり二人で盛り上がっているので、もう自分のところには来ないだろうと、油断しきっていた。

「え、いえ私は……」

「いいね。三人で食べるなら、カキフライ六粒にサービスするよ」

「本当？　やった！　ほら、ねえ来て」

「俺も長いこと出雲で板前やってるけど、女性一人旅が三人揃うなんてのは初めてだなあ。いいねえ」

板前がにこにこ笑い、ふくよか女性は大げさな仕種で手招きをする。長身女性は戸惑い気味だったが、じっと亜希を見て、拒否はしていないように見えた。

仕方なく亜希は席を立った。断ったら変な空気になりそうだ。カキフライだけ食べたら、「明日早いので」などと言って席を立とう。

ふくよか女性が「ほら、詰めて」と長身女性を自分の隣に座らせた。コートは壁のハンガーにかけるようにと、きびきび指示を出す。亜希は長身女性が座っていた席に着かされた。亜希のジョッキや小皿は、板前が移動させてくれた。

「あ、間に彼女に入ってもらえばよかったか。ごめんごめん。でもまあいいよね」

たんっと音がして、カウンターにグラスビールが三つ置かれた。

「はいよ、俺からのサービス。出会いに乾杯しな。カキフライはもうちょっと待ってな」

板前がにやりと笑う。さっき飲んだのとは別の地ビールだという。

「やだー、やさしーい！　ありがとう。じゃあカンパーイ！」

ふくよか女性に仕切られて、しぶしぶとグラスを合わせた。

板前サービスのグラスビールは柑橘系で文句なしにおいしく、せめてそのことに亜希は救われた。

「二人とも、一人旅なの？」

それぞれ数口飲んだ後、ふくよか女性がまた大げさに首を傾げて、亜希と長身女性を覗き込み、訊ねた。

もう酔っているのだろうか。頰が紅潮している。その顔を見ていたら、四十代後半かと思っていたが、もう少し若いのかもしれないと思えた。化粧は濃いが赤い頰の上でも崩れていないし、目許や口許にも皺がない。どころか、丸顔だからかもしれないが、ハリがあった。

「私は、仕事半分、観光半分といったところです」

長身女性が答える気配がないので、仕方なく亜希が口を開いた。

「あ、私もです」

「そうなんだー、すごい！　私もなの。私はね、最初は出雲大社に行きたくて、完全なプライベートだったんだけど、途中から仕事に燃えてきてね。あ、名前聞いていい？　私はミツコ。年齢は言わなくていいよね」

ふくよか女性改めミツコさんは、ケラケラと笑う。しばし沈黙が流れた。

「ハルカです」

また長身女性が答えないので、亜希が先に返事をする。「Hikari's Room」へのコメントを、Springというハンドルネームで書いたので、そこから連想した。本名を告げる気はまったくなかった。

「ヤヨイです」

「ハルカさんとヤヨイさんね。あ、カキフライ来た。ほらほら、熱いうちに食べよう」

口も手も忙しく動かしながら、ミツコさんは、手際よくカキフライを二粒ずつ取り分ける。

「レモンとタルタルソースはここに置いておくから、セルフね」

図々しい感じはまだ否めないが、気は利くようだ。良くも悪くも、人の懐に入り込むのが上手い。

三人並んでふうふうし、各々レモンやタルタルソースを好みでかけ、口に運び、がぶっといった。

「ああ」「おいしい」「生き返るね」

声が三つ被る。

「板前さん、ありがとう！　おいしい！」

ミツコさんがカウンターに向かって叫ぶ。声の大きさに苦笑したが、亜希も感謝の気持ちはあったので、「おいしいです」と続けた。長身女性改めヤヨイさんも、「ありがとうございます」と頭を下げている。

「二人の仕事半分、観光半分ってのはどういうことなの？　私はね、大失恋してね。出雲大社は縁結びの神様だっていうから、失恋のことなんてすっかり忘れられるぐらい、新しい良い出会いをください！　ってお祈りに来たの。なんだけど……。あつっ！」

話の途中で二粒目のカキフライをかじって、ミツコさんは口をさすった。グラスビールをぐいっと流し込む。

「失恋、ですか？」

亜希はその間にグラスを取って呟いた。ヤヨイさんが頷きながら亜希を見る。二人で首を傾げた。きっと同じことを考えている。目の前にいる「おばさん」感のある女性と、「失恋」という言葉が上手く結びつかない。

「そうなの！　酷い男でさあ！　でもめちゃくちゃカッコ良くて大好きだったのよ！　聞いてくれる？　あ、料理追加しようか。これとか、これとかどう？」

ミツコさんはまた忙しなく、とんとんとメニューを順番に指差した。

「あ、私お肉料理はちょっと」と、ヤヨイさんが慌てる。

「あ、でもお二人が食べるなら、注文はどうぞしてください」

「そう？　ハルカさんは？　好き嫌いある？」

「好き嫌いは特にないですけど……」

「じゃあ頼んじゃおう！　これとこれお願い。ヤヨイさん、足りなかったら好きなの頼んでね」

好き嫌いは特にないですけど、明日早いのでそろそろ私は帰ります、と言いたかった。でもそんな隙は与えられず、ミツコさんは注文をしてしまった。板前に悪いので、もう少しだけ付き合うことにする。お酒も料理もおいしいので、やはり足りない分をコンビニにするのは癪だという思いもあった。

「で、何だっけ。そうそう失恋の話！　聞いて！　あのねえ」

ビールをぐいっと飲み、たんっとグラスをカウンターに置くと、それがスタートの合図だったかのように、ミツコさんは早口に饒舌に語り出した。亜希やヤヨイさんを一緒に飲もうと誘ったのは、最初から自分の話を聞いて欲しかっただけなのではと思わされる勢いだった。でもこちらのことをあれこれ聞かれるよりはマシなので、亜希はしばし耳を傾けた。

ミツコさんの話はこうだった。「めちゃくちゃカッコ良くて大好きだったけど酷い男」は、ジャンというらしい。ロンドン在住のフランス人で、ルーツはスペイン系。黒人ではないが白人でもなく、色が浅黒くて細マッチョだという。

出会いはSNSだった。ミツコさんのアカウントに、日本が大好きで、いつか日本で暮らすために日本語を勉強中だというジャンから、「あなたの投稿は素敵ですね。友達になってください」というメッセージが来たそうだ。すぐに二人は仲良くなり、毎日メッセージを交わすようになった。テレビ電話もするようになり、二カ月後には「愛してる」「あなたがいない未来なんて考えられない」と語り合う仲になった。

話を聞いている間、やたらとヤヨイさんと目が合った。その度に二人で眉をひそめた。おそらく、というか間違いなく、同じことを考えていると思う。

ジャンは当初、一年後に渡日することを目標にしていると話していたが、「ミツコと出会えたから早く行きたい」と、この2月に来ることになった。ミツコさんは、渡日後の彼の住居や、職探しを手伝い始めていた。しかしクリスマスの頃に、「パリに住んでいる母親が倒れて、大きな手術をすることになった」と連絡が入った。手術には同居している妹が付き添うので、ジャンのスケジュールに影響はないが、渡日費用がすべて手術費に消えたという。そして「渡日したらすぐに仕事を始めて返すから、ミツコ、当面のお金を用立ててくれないか」とジャンは言った。

またヤヨイさんと目が合う。二人でミツコさんを横目で見つめた。彼女の話を止めたいが、まったく止まってくれる気配がない。

「でも私、ごめんって断ったの。私バツイチで、二人の子供を一人で育ててるのね。元夫から養育費はもらってるんだけど、夫、私と離婚してから転職して、その会社の業績がイマイチなのよ。ボーナス時期は養育費も多いんだけど、この冬はボーナスが少なかったらしくて、いつもと同じ額にしてあげたの。だからその頃、あまりお金を使いたくなかったのね。でもそう言ったらジャンが、じゃあ僕を愛してるって言ったのは嘘だったんだね、愛してるなら出せるはずだ、って怒っちゃって」

亜希は白ネギの天ぷらの最後の一つを口に入れた。すっかり冷めて、味がしなくなっている。ヤヨイさんはグラスビールを口に含んだ。でも舐めただけに見える。板前は追加注文した料理を、てきぱきと作っている。けれど意識は、完全にミツコさんの方に行っているように見えた。

「私、じゃあ半分だけならって言ったのよ。でもジャン、今度は、君の愛は半分だけなんだ、もういいって」

「あの、ちょっと待って」

我慢できなくなって、亜希は口を挟んだ。ヤヨイさんが亜希を応援するかのように、小刻みに頷く。

「もしかして、払ったんですか、お金。それ、詐欺ですよね」

思い切って言うと、「私もそう思います」と、ヤヨイさんが後に続いた。

少し前に高校の同級生たちがチャットで話題にしていた。生徒会長だった同級生女子が、ロマンス詐欺に引っかかった、と。外国人がＳＮＳで話しかけてきて、日本人は口にしないような熱い言葉で口説き、最後はお金を騙し取ろうとするとか。

ニュースでも見たことがある。ジャンの手口は典型的なケースだと思う。キャリアがあり小金を持っていそうな、中年以上の人が狙われやすいという。

「そうなのよ！　すごい！　二人ともどうしてわかるの？」

ミツコさんが大きな声を出した。目を丸くしている。ぶっ！　と奇妙な音が、厨房から響いた。「おっと」と板前が慌ててティッシュを取って洟をかんだが、誤魔化したことが丸わかりだ。噴き出したのだろう。

「私どうしていいかわからなくなっちゃって、長年の親友に相談したの。そしたらその親友がね、あんたそれヤバイよ、って。その親友の会社に、あんまり大きな声では言えないんだけど、すごく腕のいいSEがいてね。本当はアクセスしちゃいけないようなサイトに、そのSEがアクセスして調べてくれたの。そしたらジャンって偽名で、似たようなことをあちこちで繰り返してたみたいで」

ジャンがミツコさんに、ここに振り込んで欲しいと指定した口座を調べたら、警察もマークしている、詐欺疑いがある口座リストに入っていたことから発覚したという。

ミツコさんに向けていた顔を動かして、亜希はこっそり隣の席に置いていたバッグを手繰り寄せた。携帯を取り出し、「Hikari’s Room」にアクセスする。視界の端に、隣のヤヨイさんもカウンター下で携帯を触っているのが見えた。

板前は噴き出していたが、亜希は笑えなかった。それどころか、話を聞き終えた今、大いに萎えていて気分が悪い。「Hikari's Room」も更新されておらず、さっき部屋でしたように大声で叫びたくなる。

こんなに苦労して、お金と時間を沢山使って遠くまで来て、一体自分は何をさせられているのか。光さんは見つからないし、新しい手掛かりもない中、どうして見ず知らずの、しかも苦手なタイプの人の、情けない話を延々と聞かされなければいけないのか。

携帯をバッグに戻して、箸に手を伸ばした。その途中でまた、「Hikari's Room」のトップ画面を見た気がして、手を止める。

今した動作を、巻き戻してみる。やはり途中で、淡いブルーとピンクを見た。携帯はしまったのに、どうして。

ヤヨイさんが触っている携帯の画面に表示されているのだと理解するまでに、しばらく時間がかかった。気が付いた後も、ヤヨイさんの携帯を凝視して、固まっていた。

「それは大変だったなあ。それで出雲大社に、新しい縁結びのお願いに来たってわけね」

「そうなの！　でもね、途中から仕事に燃えてきて、今はもうそんなことはどうでも……」

固まったまま、「あの、それ」と亜希はヤヨイさんに話しかけた。「え？」と顔を上げたヤヨイさんが、亜希が携帯を覗いていることに気が付いて、肩をびくっとさせ画面を閉じる。

「待って。あの、それって」

バッグから携帯を取り出し、亜希はヤヨイさんに画面を見せた。「Hikari's Room」につないだままになっている。

「え！　何で……」

「同じですよね。どうして……」

二人で携帯を持ったまま、固まった。どくん、どくんと心臓が鳴る。混乱していた。どういうことだろう。やはりこの人が、光さんなんだろうか。

既視感を覚えた。工房でもこの人と、こうやって長い間見つめ合っていた気がする。そうだ。あの時、違和感を抱いたのだ。光さんかと思って、亜希はじっと彼女を観察してしまったのに、彼女は訝(いぶか)しんだ風がなかった。というか、彼女の方も、亜希をじっと観察していたように思う。どうして。

「ヤヨイさん、もしかして」

「あの、ハルカさん」

声が重なる。

「え、何？　ねえ二人とも聞いてる？」

そこに三つ目の声が降ってきた。

「なになに？　何見てるのー？」

ミツコさんが中腰になって、亜希とヤヨイさんの携帯を覗き込んできた。そして「えっ！」とまた大きな声を出す。

「え、何で？　何で二人ともそのブログ見てるの？　それ、私のブログだけど」

亜希とヤヨイさんは、かなりの勢いで同時にミツコさんを見上げた。

「なになに、怖いんだけど。何なのよ」

声が出ない。無言のまま強く見つめることで、「今何て？」と訊ねた。ヤヨイさんも同じく、強い目でミツコさんを眺めている。

伝わったのか、「え、だから」とミツコさんがまた口を開いた。

「そのブログ、私の」

亜希は今日、何度体が波打ったり、固まったりするのを経験しただろう。でも今は、これまでのそれとはまったく違う。

体の中で、凄まじい勢いで何かが波打ち、駆け回っている。対して体の外側は、杭（くい）で壁に打ち付けられたように動かない。心は乱れ千切れそうで、頭の中は体とはまた違う形で、何かが渦巻いているような気がする。

「Hikari's Room」を見て、目の前の丸顔の、頬を赤らめて完全に酔っぱらっている、口の端にカキフライの衣のカスを付けている「おばさん」が、「私のブログ」と言った。

その衝撃に体の内も外も、頭も心も混乱し、それぞれが違う行動を取っているようだ。

どれも、自分のそれではないように思える。


きゃー！　と悲鳴のような歓声が聞こえて、茗子ははたと、固まっていた体を動かした。

「すごいすごい！　出雲大社、ご利益あり過ぎ！　ねえねえ早く返信しなよ！」

「待って待って！　まさかあっちから来るなんて思ってなかったから、何て送ればいいかわからないよ！」

姿は見えないが、店の外から若い女子たちの興奮した声が聞こえてくる。縁結び祈願に出雲大社に来たら、意中の相手の方から連絡が来てびっくり、といったところだろうか。

「一回部屋でゆっくり考えてから送りたい！　ねえ手伝ってよ」

「いいよ。でも……」

エレベーターに乗ったのか、やがて女子たちの声は聞こえなくなった。それを機に茗子は、今自分の置かれている状況の方に意識を戻した。

ホテル内の小料理屋で居合わせた、ミツコさんとハルカさんという女性二人と飲んでいる。茗子が「Hikari's Room」を見ていたら、ハルカさんも同じく「Hikari's Room」につないでいて、二人で驚いていたところに、ミツコさんが「そのブログ、私の」と言った。

さっきは体を動かしたといっても、手に持っていた携帯をそっとカウンターに置いただけだった。でも今度は思い切って上半身を動かして、ミツコさんに向けていた顔を、ハルカさんの方に向け変えてみる。さっきまでミツコさんが独壇場で喋っていた時、茗子よりハルカさんの方が積極的に相槌を打ったり、次につながる反応をしてくれていた。だから今も期待したい――。

が、無理そうだ。ハルカさんは電池が切れたかのように固まっていた。目を見開いて、口を半開きにし、呆然といった様子でミツコさんを見つめている。力が抜けているのか、手に持った携帯がぐらぐら揺れているが、それにも気付いていないようだ。

「あの」と、仕方なく茗子が口を開く。

「このブログが、ミツコさんの？　ってことは、ミツコさんが光、さん、なんですか？」

危うくいつも心の中でしているように、呼び捨てにするところだった。

「うん、そう」

グラスを持ち上げながら、あっさりとミツコさんは頷く。

「どういうこと？　もしかして二人とも、私のブログ読んでくれてるの？　えー、それってすごくない？　確かに最近アクセス数もコメント数も増えて、適当に始めただけのブログなのに私も出世したなあなんて思ってたんだけど、読者の人と偶然遭遇するなんて！　しかも二人同時に！　奇跡じゃない？」

前のめりになりながら、ミツコさんは歯を見せて笑った。前歯の隙間に何か葉っぱらしきものが、唇の端にはカキフライのカスが付いているのが目に入って、茗子は慌てて視線を逸らした。

「あれ？　違う？　私、酔ってて勘違いしてる？　飲みながら私、ブログやってるんだって話したのかな？」

「いえ、してないです」

「そう？　じゃあやっぱり奇跡？」

「偶然ですよね。でもあの……。本当に光さん？　だってお名前、ミツコさんって」

「一般人だもん。本名でブログやらないでしょ。光はブログの名前。本名はミツコ」

「ああ、そうなんですね」

嘘を吐いているようには見えない。嘘を吐く理由だってないだろう。ということは、本当にこの丸顔で声の大きな、おばさんと形容したいような様子の女性が、あの光らしい。

次の反応に困って、こっそりとハルカさんを盗み見た。彼女はまだ同じ状態のまま固まっていた。よほどミツコさんが光だったということが衝撃だったのだろう。

気持ちはわかる。茗子だって衝撃を受けて、大いに動揺している。だってずっとハルカさんが光なのかもしれないと怯(おび)えていたのに、まさかのまったく油断し切っていた、ミツコさんの方が光だなんて。想像だにしない状況に置かれて、どうしていいかわからない。


昨日の夜、尚久と激しいケンカをして、茗子は「私、明日から出かける」と宣言した。だから有言実行で、今日は朝早くから家を出て、新幹線に飛び乗った。職場には電話で、尚久に言ったのと同じように、実家の父が倒れて面倒を見に行くので、休ませてくれと伝えた。

実家のある町の駅で新幹線を降りて、しかし実際には実家には行かず、特急列車に乗り換えて出雲市にやってきた。最近はやってもやっても終わらない仕事量に加えて、三崎さんが妊娠休暇を取りたいと言い出したり、森崎さんが孫が生まれるから、これからは私も休むことが増えると宣言したり、採用面接に来た女性が三十代前半の既婚者で、これから妊娠する気満々だったりと、心を乱されることも多かったから、自分で思っていた以上に疲れていたのだろう。約六時間の道のりだったが、新幹線も特急列車もほぼ熟睡して過ごして、多少体が痛くなったものの、長いとはまったく思わなかった。

実家の最寄り駅で特急列車を待っている間に予約したこのホテルに着いたのは、昼過ぎだった。部屋にはまだ入れなかったが、チェックインだけ済ませ、荷物を預けた。その際に、最近よくやっている乙女ゲームに出てくるキャラクターと少し似ている、若くて愛想のいいフロントマンに「出雲大社に行くんですか？」と聞かれた。

「いえ。明日時間があったら行くかもしれないけど、今日は行かないです。前にも行ったことあるので」

本当は行ったことはないが、そう答えたのは、光は昨日もう行っているので、今日は出雲大社にはいないだろうと思ったからだ。代わりに、「どこか他に、女性一人でも楽しめるようなところ、ないですか」とフロントマンに訊ねた。

「それなら、焼き物の工房なんてどうですか。カフェや雑貨屋も併設されてて、最近人気なんですよ。県外から買い付けに来る人もいるんです」

他に当てもなかったので、すぐにそこに行こうと決めた。「これ、どうぞ。あ、最後だ。補充しなきゃ」と後半は独り言を言いながらフロントマンが差し出したパンフレットを持って、ホテル前からタクシーに乗り込んだ。

初老男性のタクシー運転手は最初、「ご旅行ですか？　仕事かな」「出雲は初めて？」などと話しかけてきたが、茗子が「いえ」とか「ええ、まあ」とか無愛想で具体的でない返事しかせずにいたら、すぐに話しかけてこなくなった。

　ぼんやりと車窓を眺めて、四十歳前後の女性一人の姿を見かけると、その度に光ではないかと緊張して怯えた。光を探しているのにどうして怯えるのかと、自分に苦笑した。その頃にはもう茗子は、勢いで旅に出たけれど、自分が後悔し始めていることに気が付いていた。身勝手な怒りで、ブログで誹謗中傷を繰り返すという攻撃的な言動を取ってしまったので、出雲に行って光を探さなければと思ってやってきたが、冷静に考えると、見つかったとしてどうするというのだ。謝罪をするのか。受け入れられたとして、その後どうするのか。「じゃあ、これで」とのこのこ帰るのか。

　気持ちが定まらないまま工房に着いてしまったので、まずはカフェに入ってランチを食べた。会社の若い女子たちがはしゃぎそうなオシャレな見た目の料理で、店員は茗子と同じ歳ぐらいの女性が多く、皆一様に明るく楽しそうに働いていた。きっと主婦のパートで、静かな田舎町の中では自慢できる職場で、鼻高々なんだろうなどと、意地悪なことを考えてしまった。

　カフェの印象はそれぐらいで、料理の味は覚えていない。ランチ中に女性一人客と出くわすことはなかったが、光に会ったらどうしようという不安は重く体にのしかかっていて、終始ぼんやりしていた。

その後は焼き物の売り場に移動した。普段のブログ内容から、光は料理やインテリアにこだわっているイメージがあるので、ここには本当にいるかもしれないと緊張した。でも、ここまで来たのに行かないのはおかしいと、よくわからない理屈を自分に言い聞かせて中に入った。

陳列されていた食器や花瓶は、焼き物にもインテリアにも興味がないし、まったく詳しくもない茗子にも、純粋に「綺麗だ」と思わせるものだった。誰に見張られているわけでもないのに、「私は焼き物が好きで県外から見に来た」という風を装って、棚に目をやりながら売り場内をゆっくり歩き回っている間は、しばし穏やかでいられたように思う。

やがて茗子は売り場の奥の、出っ張った部屋の前で足を止めた。「絵付け体験」と書かれた札がかかっていて、中で女性が一人、筆を手にして、今しも絵付けを始めようとしているのが目に留まったのだ。

体が強張り、その女性から目が離せなくなった。年齢は茗子と同じぐらいだろうか。つまり四十歳でもおかしくない。色が白く、きりっとした顔立ちの美人だった。茗子が二年間「Hikari's Room」を読み続けて、勝手に抱いていた光のイメージにかなり近い。茗子はこの手の「体験」に挑戦したことは一度もないが、ブログから光は積極的で怖いもの知らずなことが窺えるので、彼女なら飛び付くのではないか——。

もしかして、本当に光を見つけてしまったかもしれない。そう思って、どうしていいかわからなくなり、その場を立ち去ろうとした時だった。女性の脇の暗がりに、もう一人女性が立っていることに気が付いた。

「わー、楽しみ楽しみ！　ねえねえ、どんな柄にするの？」

その女性が絵付け女性に話しかけた。やたらと響く声で、手をぱちぱち叩いて、動作も派手で大きかった。服やバッグは高級そうだが、言動が完全におばさんだと、茗子はその場で苦笑した。

「そうですね。まあ手本なので、スタンダードに蔓とか……」

「いいねいいね！　ねえ、ここに勤めて長いの？」

二人の会話で、絵付け女性は工房のスタッフだということがわかった。拍子抜けして、すぐにその場から離れた。光ではないとわかったのなら安心してもいいはずなのに、どこかで物足りないという思いが芽生えているのに気付き、茗子は自身の矛盾に混乱した。そこに職場から電話がかかってきて、その場から逃げるようにして対応した。

近くにあった裏口らしき扉から外に出て、しばらく吹きっ曝(さら)しの砂利敷きの駐車場で話をした。震えるほどの寒さだったが、空気が澄んでいるからか、実際はそれなりの距離があるのだろう山々が、すぐ眼前に感じられて、ここで過ごした時間も悪いものではなかった。

売り場に戻ると、今度は絵付け体験部屋の前の、さっき茗子が立っていた辺りに、別の女性が一人立っているのが目に留まった。斜め後ろからの角度で顔は見えなかったが、熱心に部屋の中を覗き込んでいるようだった。

茗子の体がまた強張った。今度こそ本当に光に遭遇したかもしれない。茗子より遅れて通りかかって、絵付け体験をしてみようかと考えているのではないか——。

女性が勢いよく振り返ったので、危うく声を上げるところだった。体験部屋には入らず、女性は売り場内を歩き出した。茗子は平静を装って、目の前の棚に視線をやったが集中できず、女性の姿を目で追った。追いながら彼女から逃げるように、少しずつ出入口の方に近付いた。

が、やがて女性と同じ列で向かい合いながら歩く状態になってしまった。すれ違うのを避けるため、茗子は適当なところで足を止めて、体全体を棚に向けた。演出のために、そこにあった小ぶりの取り皿に手を伸ばした。

手の甲に何やら感触があった。いつの間にか女性がすぐ隣で立ち止まっていて、茗子と同じお皿に手を伸ばして、触れ合ったのだ。「すみません」「あ、すみません」と女性と茗子の声が被った。本当は飛び上がらんばかりに焦っていたが、何とか声は普通の音量にできた。

「ごめんなさい」と茗子は手を引っ込めたが、女性が少し体を離して、「いえ、どうぞ」と、にこやかに言ってくれた。仕方なく会釈をして、知る必要もないのに取り皿の値札を確認した。何となく想定していた値段の三倍はして、欲しかったわけでもないのに、えっ、と、素で声を漏らしてしまった。

「思ったより、高いですよね」

女性がまた微笑みながら話しかけてきた。

「え、あ、ええ。びっくりしちゃいました」

値段にか、女性に話しかけられたことにかと苦笑し焦りながらも、率直な思いを茗子は口にした。すぐにでもその場から立ち去りたい衝動に駆られていたが、一方で女性をちゃんと観察したいとも思った。上体を起こすと女性と目が合って、それを機に優先されたのは、後者の思いだった。

女性は中肉中背で、黒くストレートの髪を肩の辺りで揺らしていた。化粧はしているようだが、派手ではない。明るい水色のニットに、焦げ茶色のロングキュロットを穿いていた。腕にかけたコートはベージュで、バッグもほぼ同じ色。バッグがやたらと大きいのが気になったが、ナイロン製なのか重くはなさそうだった。

顔のパーツがどれも小作りで、いわゆる童顔と言われそうな顔立ちだった。そのせいで年齢が推察しにくい。二十代ではないだろうが、行っていても三十代半ばで、四十歳には見えなかった。しかしあまり肌に潤いがなく、どことなく疲れた印象も漂っていたことから、絶対に四十歳ではない、ということもないようにも思えた。

特徴のないカジュアルなファッションであることからも、茗子が抱いていた光のイメージと一致しているとは言い難かった。けれど絵付け体験に興味があるらしいこと、疲れていそうなのに、物怖(ものお)じせずにこやかに茗子に話しかけてきたことを思うと、やはり光なのかもしれないとも思った。

しばらく観察した後に、違和感を覚えた。気付けばそれなりの時間、茗子は彼女を見つめていた気がするのに、女性が訝しんでいる風がない。というか、彼女の方も茗子をじっと見つめている気がする。

下着にじんわりと汗が滲んだのを感じた。やはりこの人が光で、茗子が「キサラギ」であることがバレたのでは——。

背中に小さな衝撃があった。後ろを通ったおばあさんのバッグが当たったのだと理解すると同時に、「あ、すみません」と謝った。

「あら、ごめんなさいねえ。こちらこそ」

「いえ。では」

立ち去るきっかけをくれたおばあさんに感謝の会釈をして、女性にも同じ動作をし、茗子は早足でその場から立ち去った。

急いで売り場の外に出て、施設の前の路肩に停まっていたタクシーに飛び乗った。「どちらまで?」と中年男性の運転手に聞かれたが、息が切れていて、返事をするまでに少し時間がかかった。


運転手には結局、フロントマンにもらった観光地図を見て、最初に目に入った適当な神社に行ってくれと伝えた。目的地に着いてお金を払おうとしたら、「神社巡りですか? 最近は女性でも好きな人、多いですよね。他も回るなら良かったらまた乗せて行きますよ。待ってましょうか?」と運転手に言われた。清潔感もあり、さほど話しかけてもこない運転手だったので、お願いすることにした。

けれど実際には茗子は神社には何ら興味がないし、出不精なので旅行慣れもしていない。そのため行く先々の神社で特に何かを感じることもなく、タクシーを乗り降りする度に、自分は一体寒い中、一人で何をしているんだろうと、煩わしさと虚しさを感じた。

でも工房の後は行く当てがなかったので、時間が潰せたのは良かった。ただ、神社で人影に気付く度に、さっきの女性かと身構えてしまうのは辛かった。あの女性じゃなくても、四十歳前後の女性を見ると、この人が光なのかもしれないと体が強張った。しかし日が暮れるまでの間に、あの女性にも、他に一人でいる女性にも出くわすことはなかった。見かけた四十歳前後の女性は、皆グループかカップルの一人だった。

夕方になって、「もう暗いのでホテルにお願いします」と運転手に告げて帰路に就いた。ずっと光の影に怯えているのに、タクシーに乗り込む度に「Hikari's Room」の更新がないか確認することは怠らなかった。更新は一度もされることはなく、光がすぐ側にいると知ることがなくて良かったとホッとする一方で、情報がなくて困ると、更新がないことに苛立ちもして、何より矛盾を抱える自分に腹が立った。ホテルの近くまで来てから、観光地図で出雲大社の近くにワイナリーがあったと知って、光はお酒好きだから、こちらが本命だったかもしれないと、悔やんだりもした。

ホテルの部屋に入った途端に、携帯がメッセージを立て続けに受信した。尚久、職場の森崎さん、実家の母からだった。尚久と森崎さんからのメッセージは、何度も文面を読んで思考をめぐらせたが、返信はとりあえず保留することにした。

母からのメッセージは、もしや尚久が「実家の父が倒れた」という設定について何か話したのではと慌てたが、姉の上の子供、茗子の甥っ子がもうすぐ小学校を卒業するので、式で着る服を買ってあげたという他愛無いもので、その服を着た甥っ子の写真も添えられていた。他愛無いと言っても、「ところで茗子は子供はまだなのか」「もう三十七歳で、結婚して六年も経つのにどうしてできないのか」と、文字では書かれていない言葉が読み取れるので、そこは煩わしいのだが、気付かないふりをして、「玲央（れお）、似合ってるよ。いよいよ中学生かあ、早いね」と、当たり障りのない返信をした。生意気で茗子にも懐かない子なので、実際はどんな服を着ようが、中学生になろうが別に思うことはないのだが、母とのメッセージでの会話は、いつもこういった具合だ。

その後はテレビを点けて、夕方のニュースやらバラエティ番組やらを、見るともなしにぼうっと眺めた。少しウトウトしたりもして、気が付いた時には20時半を回っていた。

夕食を食べなければと部屋を出たが、疲れていてお店を調べたりする気力もなく、「コンビニでいいか」と呟きながら、エレベーターに乗った。しかしエレベーターを降りると、ロビー奥のホテル内の小料理屋の看板が目に入って、何故かそちらに足を向けてしまった。お酒は嫌いではないが、一人で飲む習慣も趣味もないのに、どうしてだったのだろう。

仕事を急に休んでしまったとか、尚久とはこれからどうしようかとか、自分は光を見つけたいのか、見つけたくないのか、もし見つけたらどうするつもりなのかとか、どれも決して楽しくはない、色んな思いを抱えてはいる。でも、それでも今は「旅」には違いないのだから、いつもと違うことをしてみるのもいいんじゃないか。もしかしたら、そんな風に思ったのかもしれない。

「どうぞ。いらっしゃいませ」

「一人なんですが……」

「はーい。お好きな席にどうぞ」

板前の感じが良かったのでホッとしながら入店した。でもすぐに、緊張を強いられる事態になった。あの工房の童顔女性が隅の席で飲んでいて、「あ」と茗子に気が付き会釈を寄越してきたのだ。

茗子も「あ」と会釈を返したが、また下着に汗が滲んだ。童顔女性が声をかけてきそうな雰囲気があったので、退店しようか迷ったが、板前に悪いし、理由も思い付かなかったので、彼女から遠い席に向かった。

と、そちらの隅でも、「あ」と思う人が一人で飲んでいた。絵付け体験部屋で見た、あの「おばさん」だ。でももし交流するようなことになるなら、こちらのおばさんの方が気が楽だと、茗子はおばさんから一つ空けた席に座った。

しかし、以前に茗子が引っかかった悪質な乙女ゲームを、おばさんが携帯で表示していたので指摘してあげたことから、最終的に童顔女性も一緒に三人で飲むことになってしまった。童顔女性が隣に座ってから、茗子の心拍数は上がりっぱなしで、会話の中で適当に相槌を打ったりすることさえ、上手くできていたか自信がない。

童顔女性は「ハルカ」と名乗ったので、それなら光ではないのかもしれないとも思ったが、本名でブログをやっているとも限らないし、やがて始まったミツコさんの失恋話、というか、実質的には詐欺に引っかかりそうになった話を、ハルカさんがずっと難しい顔で不快そうに聞いていたことから、やはり光の可能性は捨てきれないと、緊張は続いた。彼女はミツコさんと茗子が乙女ゲームの話をしていた時も、同じように不快そうな表情を遠くの席からでもわかるぐらい露骨に浮かべていて、自身の生活が充実していて、自分に自信がある人は、乙女ゲームやネットでの恋愛を軽蔑していそうなイメージがあるから、光なんてまさしくそうだろうと疑っていた。

それなのに何故、茗子はハルカさんの隣で「Hikari's Room」につなぐなんて、迂闊なことをしてしまったのか。ずっと彼女が光なのではと怯えていたというのに。ミツコさんの話の区切りが付いた頃に、ハルカさんが携帯を触り出したのでつられたというのはあるが、それにしても。緊張のせいで酔いが回っていたからか、それとも本人には悪いが、ミツコさんの詐欺に引っかかりかけた話が、正直面白かったから気が緩んだのか——。

ハルカさんに気付かれ、携帯に同じく「Hikari's Room」のトップ画面が表示されているのを見せられて、ああもうダメだと思った。やっぱりハルカさんが光で、きっと茗子がキサラギだということもバレたのだと、頭が真っ白になった。だからその後、ハルカさんと少し言葉を交わした気がするが、自分が何て言ったのかよく覚えていない。「ハルカさん、もしかして」などと口走った気もするが、どうしてなのか。やはりここまで来たのだから、この人が光かどうか確かめて、私はキサラギですと告白して、謝罪をするつもりだったのか。

しかし、そこにミツコさんが、「そのブログ、私の」と割り込んできた。そして今確認した感じでは、本当のようだ。ハルカさんじゃなくて、ミツコさんが光だった。じゃあハルカさんは誰なのか。どうして彼女も「Hikari's Room」を見ているのか。

そして――。これからどうしたらいいのか。


微かな音の後に、「おっと」という板前の声が響いて、我に返った。料理の盛り付けの過程で菜箸を落としたらしい。拾い上げて、水道の蛇口を捻る。

茗子はそれを機に、またハルカさんを盗み見た。でも携帯をカウンターに置いてはいたものの、表情は固まったままで、まだ頼りにはならなそうだった。

「あ、もしかして」

仕方なく、また茗子が口を開いた。

「ミツコさんって、光に子って書くんですか？　だからブログの名前が光さん？」

さして重要だとも思わなかったが、沈黙が怖いので、適当に思い付いたことを口走った。

　けれどミツコさんは、「え」と真顔になり、茗子から顔を逸らし、カウンター上の取り皿を眺めて口をつぐんでしまった。

「え、あの……。違うんですか？」

「ミツコは、三重県の三に、三重県の津市の津に、子供の子」

　ぼそぼそと言う。

「あ、そうなんですか」

「今、古いって思ったでしょ！　演歌歌手みたいって思ったでしょ！」

　急に声を大きくして、勢いよくまた顔を向けられた。驚いて茗子は上体を反らした。

「お、思ってませんよ」

「いいや、絶対思ったね。悪かったわね、まだ光の子だったら良かったなってずっと思ってたから、ブログは光にしたのよ。ヤヨイさんは、3月の弥生でしょ？　同じ古い名前でも、そっちは綺麗でいいよね」

　ヤヨイは思い付きで口にした偽名なので、反応に困る。

「私、三人姉妹の末っ子なの。でもね、一番上はイチカっていうの。漢数字の一に、中華の方の華(はな)で。二番目はフタバ。二に葉っぱ。別に古くないでしょ？　おかしくない？　何で一番下の私を一番古くするのよ！」

ブッと破裂音がした。「おっと」と板前がそそくさとティッシュを取って洟をかんでいる。でもまた「ふり」だ。詐欺話の時にも、この人は噴き出して笑ったのを、そうやって誤魔化していた。茗子もつられて、ハンカチで鼻と口を押さえる。

「私、今四十歳なんだけどね。あ、年齢言っちゃった。でもいいか、二人ともブログ読んでくれてるんだもんね。ヤヨイさんは幾つ？」

「三十七です」

「じゃあそんなに変わらないから、わかるでしょ？　私たちの時代でも、三津子はもう古かったよねえ？　私クラスのバカ男子共に、演歌ってあだ名付けられてさあ、まったく」

「えっと……。確かに同級生にはいなかったかなあ、三津子さんは」

「でしょ？」とミツコ改め、三津子さんが鼻息を荒くしたところで、茗子の肩の脇で何かが動く気配を感じた。

「今、四十歳なんですね」

ハルカさんがずいっと顔を前に出し、低く絞り出したような声で、三津子さんに話しかけた。

「西暦で何年生まれですか？　昭和では？」

三津子さんと目が合った。ハルカさんの空気が穏やかでないからだろうが、困惑した表情を浮かべている。それでも三津子さんは、少しの間の後、西暦と和暦の両方で、生まれ年をハルカさんに伝えた。

「じゃあ本当に四十歳ですね。チカラ君とオトちゃんは？　実在するんですか？」

尋問するかのような口調で、ハルカさんは更に訊ねた。

「するよ。あの子たちも本名じゃないけどね。チカラは、力にカナっていう字で力哉っていうの。オトは楽器の琴に音で、琴音」

「へえ、素敵な名前ですね」

空気を和らげたくて、茗子はお愛想を言った。

「ありがとう。古くて綺麗な名前の方で、いいでしょ。光、力、音にしたかったんだよね。まあ私は実際は光じゃないし、友達には元夫が仲間外れじゃない、って言われるんだけどね。元夫はケンイチっていって、子供たちとは全然関係ない名前で……」

「じゃあ」とハルカさんが、まだ喋っている三津子さんの声に被せて、口を開いた。

「本当に三津子さんが、光さんなんですね」

また絞り出すように言い、ふうっと大きく息を吐く。溜息というより、自身を落ち着かせようとしているように見えた。

「だから、そうだって。何？　ハルカさん私が光じゃないって疑ってるの？　何で？　子供たちが実在って……」

「アキです」

また声を被せる。「え？」「ん？」と、茗子と三津子さんは、また顔を見合わせた。

「私、ハルカじゃなくてアキっていいます。すみません、旅先で少し交流するだけだからと思って、嘘の名前を言いました。亜細亜のアに、希望のキで亜希。姉は友達のトモに理科のリで、友理。兄は平和のワに親孝行のコウで、和孝。きょうだいの名前に特につながりはありません。三十五歳です。夫と、もうすぐ一歳四カ月の息子がいます」

思い詰めた表情で、亜希さんは早口で一気にという感じで語った。また三津子さんと目が合う。片眉が上がって肩を竦めて、「どうしよう」と言っているように見えた。しかし茗子は助けられない。自分も偽名なので、居た堪れなくなっていた。

「そうなんだ。どうして嘘を言ったかはよくわからないけど、亜希さんっていうのね、わかった。三十五歳なんだ、若いね。じゃあ亜希ちゃんって呼んでいい？　お子さん一歳四カ月かあ。かわいい時だけど、大変な時でもあるね」

やがて三津子さんは、茗子を挟んでハルカ改め、亜希さんに話しかけた。

「そうなんです。最近特に荒れることが多くて。でも光さんが前に書かれてたイヤイヤ期の解説から考えると、まだイヤイヤ期ではないと思うんですけど。理不尽って感じじゃないので」

やたらと大きなバッグの謎が解けた。あれはマザーズバッグだったのか。でもそれなら、その一歳四カ月だという子供は今、どこにいるんだろう。誰が見ているのか。

「そうなんだ。本当にブログ読んでくれてるんだね、ありがとう。でも、ねえ、何で私が本当に光かって疑ったの？」

「ええと、それは。私、一年ぐらい前から『Hikari's Room』のファンで。本当に好きで、毎日何回も読んでて。それで、一年の間に勝手に光さんってこういう感じの人かな？って抱いてたイメージがあったんですけど。その、お会いしたら三津子さんは、そのイメージとは違ったというか」

「そうなの？ えー、私どんなイメージ持たれてたんだろう？」

茗子を間に挟んだまま、二人は会話を繰り広げる。亜希さんは状況を受け入れたのか、だいぶ落ち着いたようだ。もう声は低くなく、元の柔らかいトーンに戻っている。一方で茗子は気まずさを抱えたままだった。

「それは……。ヤヨイさんはどうですか？ ヤヨイさんも『Hikari's Room』の読者なんですよね？」

急に振られて、驚いてグラスに伸ばしかけていた手を引っ込めてしまった。少し迷った後、

「ごめんなさい」と頭を下げる。今度は三津子さんと亜希さんが、茗子を間に挟んだまま、「ん？」「え？」と顔を見合わせた。

「私もヤヨイは嘘の名前なんです。すみません。本当は茗子っていいます。草カンムリに名前のメイに、子供のコ。5月生まれなので。姉は6月生まれで、潤うって書いて潤子です。三十七歳は本当です。夫と二人暮らしです」

告白して、もう一回頭を下げた。二人がまた見つめ合っているのを気配で感じる。

「わかった。茗子ちゃんね。あ、茗子ちゃんでいいよね？」

三津子さんが言う。「はい」と頷いたところで、「はいよ」と声がして、カウンターに料理が数皿とんとんっと置かれた。

「もう出していいか？　とっくにできてたんだけど、取り込んでるみたいだったから、出せずにいた。でもタイミングがわからないから、もう出しちゃうな。温め直したけど、味は落ちてないはず」

板前が言って、取り皿も新しいものを配ってくれた。

「やだあ、追加注文したんだったね。忘れてた。ありがとう！」

「気を遣わせてすみません。ありがとうございます」

三津子さんは板前に笑いかけて、亜希さんはお辞儀をする。茗子も慌てて会釈をした後、

「あ、取り分けますよ、私」と取り皿を集めた。こういうことは得意ではないが、「告白」をして気恥ずかしかったので、誤魔化したかった。

「あら、ありがとう。で、何だっけ。そうそう私ってイメージ違ったの？　茗子ちゃんはどんな風に思ってた？」

「え、私ですか？」と料理を取り分けながら、亜希さんを見た。最初にイメージの話をしたのは彼女なのに。でも亜希さんは、グラスを口に付けたところで、茗子の視線に気が付いてくれなかった。仕方なく、「ええと」と話し出す。

「お一人でお子さん二人を育ててて、お仕事も精力的にされてて、完璧な女性っていうか。すごくしっかりしてて、近寄り難い方なのかなあと。あ、でも文章が明るいし、明るくて活発な方とも思ってたんですけど。その、きっとお綺麗で何でもできて、雲の上の人なんだろうなあと」

しどろもどろになってしまう。でも「そのイメージと違った」という話なのだから、これではしっかりしていなくて、完璧なんかじゃなくて、近寄りやすくて、そして「お綺麗」でもない――と言っていることにならないだろうか。そして、今かなり頑張ってポジティブな言葉に変換したが、実際はいつもブログを読みながら茗子は光のことを、経済的に余裕があるのと、仕事ができることから持っている自信を、堂々と放っている気取った美人で、でも社交的で冗談も言うし自嘲もするから、誰からも嫌われない強かな女性なんだろうと、想像していた。

「えー、そうなんだー。ありがとう。って喜んでいいのかな。でも私、見ての通りまったく完璧なんかじゃないよ！　明るいとか活発とかは、まあまあ言われるけどね」

でも三津子さんはさして気を悪くした風はなく、ケラケラと笑って、満足そうにビールを飲んだ。胸を撫で下ろして、茗子は取り分けた料理を二人に配った。

亜希さんが「ありがとうございます」と受け取った後、またふうっと息を吐いた。そして改まった感じで、「でも」と呟く。

「私もヤヨイさん、じゃなかった、茗子さんと同じ感じをイメージしてました。でも、それはいいんです。こっちが勝手に想像してただけだから。ただ、光さん、三津子さん？　どっちがいいですか？　なんていうか、すごくお元気ですよね。それにびっくりしました」

「ん？　どっちでもいいよ。でも二人とも本名教えてくれたし、私も三津子って呼んでもらった方がいいのかな。元気でびっくりってのは、どういうこと？　元気じゃダメなの？」

「だってつらいことが、とか、苦しい、傷付いた、って書いてたから、心配してたんです。私、更新がなくなった時から本当に心配で。やっと更新されたと思ったらあの内容だし、あの日に初めてコメントもして。それだけじゃ足りなくて、追いかけてまで来たのに」

え、と茗子は声を上げそうになった。まさか亜希さんも、光を探しに来ていたのか。

「え！　亜希ちゃん、私のこと追いかけてここに来たの？　私が出雲大社の写真を載せたから？　でも仕事半分なんでしょう？」

「ごめんなさい、それも嘘です。私今、専業主婦なので。子供は今日は実家に預けて……」

「あっ！」と茗子は今度こそ声を上げた。「Hikari's Room」のファン、本当に好き、あの日に初めてコメントをした。偽名はハルカ、本名は亜希——。もしかしたら。

「亜希さんって、もしかしてSpringさん？　光さんがやっと更新してから、立て続けにコメントしてた方？」

「え、はい。そうです。何でわかるんですか？」

戸惑った表情で茗子をまじまじと見ながらも、亜希さんはこくんと頷いた。

なるほど、あのSpringなら、三津子さんが光だと知って長らく固まっていたのも、本当かどうか確かめるために詰問するようになっていたのも、理解ができる。さっき自分でも言っていたし、コメントの内容からも、相当な光のファンであることが窺えた。きっと彼女も、さっき茗子が語ったようなイメージを光に抱いていて、でも茗子とは逆で、故に疎むのではなく、憧れ、心酔していたのだろう。それなのに乙女ゲームをして、結婚詐欺に引っかかって、食べたもののカスが歯に挟まっていたり、自分の名前が演歌歌手みたいだと嘆いたりしている人が「私が光です」と現れたから、すぐには受け入れられなかったのだ。

「えー、亜希ちゃん、コメントもしてくれてるの？　でもごめん、最近は全然コメント読めてないんだ。もともと自分の思うことを書き留めておきたいだけのブログで、コメントをもらっても返信しないって決めてたの。特に最近は閲覧数もコメント数も増えて……」

「それはいいんです。私もネットのコメント読むのって苦手で、ずっと光さんの文章だけ読んでたので。コメントしたのも、本当にここ最近だけで……」

二人が会話を進める中、茗子は上の空で、すとんと腑に落ちた感じを噛みしめていた。

そうか、亜希さんはSpringだったのか。そうなると、今は本当に、一体なんて不思議な状況なのだろう。あの光とSpringに囲まれて、縁も所縁もない土地で飲んでいるなんて。

光のことは二年間も憎み続けたし、Springにも良い印象は持たなかった。コメント欄で、キサラギ、すなわち茗子を責めるのは止めようと呼びかけていたが、それが何故かかえって癇に障ったのだ。

「でも本当に心配してたんですよ。私だけじゃないと思います。光さんが『酷いことをされた』って書いてから、コメント欄でもみんな『キサラギさんの書き込みのことじゃないか』って……」

亜希さんの発した言葉に、体に電流が走ったようになった。ついにキサラギが話題に上ってしまった。

「ああ、キサラギさんね！　さすがにその人のことはわかる！　二年ぐらい前から、きついこと書いてくる人だよね？」

「そうです。『猛省を促したい』って書く人。私、光さんがいなくなってから初めて知ったんですけど、二年も被害に遭ってたんですね」

どくん、どくんと心臓が鳴る。二人にも音が聞こえてしまうのではと思うほど、激しい。

「被害っていうほどのことなのか、わからないけどね」

「でも、かなり攻撃的ですよね。茗子さんも知ってます？　茗子さんはコメントしてるんですか？」

亜希さんに顔を覗き込まれて、茗子は「え？」とかなり大きな声を出した上に、箸を落としてしまった。亜希さんが驚いたのか、肩をびくっとさせる。その後、「どうしたんですか？」と聞かれた。

「茗子さん？　すごい汗ですよ」

自分でも、もう下着の中だけじゃなく、額や首にも汗が噴き出しているのがわかった。それでも何とか切り抜けようと、必死に頭を働かせ始めた時だった。「え？　あ！」と、今度は亜希さんが大きな声を出した。

「茗子さん……。５月生まれで茗子さん？　お姉さんは６月生まれで潤子さん。弥生って３月ですよね。え、もしかして茗子さん、キサラギ……さん？」

「はっ？」と三津子さんも茗子を見る。

「ええ、いやいや、まさか。亜希ちゃん何言ってるの。茗子ちゃんがキサラギさんなわけないでしょ。だってキサラギさんなら私のこと嫌いなのに、どうして追いかけて来るのよ。あ、でも茗子ちゃんは仕事で来たんだっけ。え、じゃあ有り得るの？　いや、でも……」

「そうですよね、まさか」

二人がお互いと茗子と、頻繁に視線を動かしながら喋る中、茗子はさっきまでの亜希さんよろしく、固まっていたと思う。何か言わなければと思うのに、電池が切れたように思考が停止してしまっている。

どうして本名を名乗ってしまったんだろう。しかも姉の名前と由来まで語り、ヒントを与えてしまった。亜希さんが本名だけでなく、きょうだいの名前や家族構成まで語ったから、自分もしなければいけないと思ってしまったのだ。自分で思っている以上に、酔いが回っているのかもしれない。

否定しなければ。自分はキサラギではないと、早く言わなければ。亜希さんと同じように、自分もファンで光さんを追いかけて来たとか、仕事でたまたま出雲に来たから、少し気にしていたとか、適当なことを言えば誤魔化せるはずだ。

だって、茗子がキサラギである証拠なんてどこにもない。そうだ、何故か工房で亜希さんを光かと疑った時から、相手に自分がキサラギだと気付かれたのではと怯えていたが、そんなことがあるはずないのだ。この世でキサラギが茗子だと知っているのは、茗子自身、ただ一人だけだ。出雲に来ていることも書き込んだりしていないし、家族や職場にだって、本当の行先は教えていない。

だから絶対にバレるはずはない。否定して演技をすれば、茗子は「キサラギ」ではなくなれる。それなのに、何故自分は今、それをしないのか——。

「茗子さん、まさか本当にキサラギさんなの？　もしかして、光さんを傷付けたと思って、心配して追いかけて来たとか？」

亜希さんの言葉に、ああ、そうか、と宙を仰いだ。茗子は心配して光を探しに、ここに来たのだったか。傷付けたから、謝らなければいけないと思ったのだったか。だから否定をしないのか。否定どころか、今こそ自分がキサラギだと名乗るべきなのか——。

「えー、そうなの？　びっくり！　でも、もしそうでも大丈夫だよー」

三津子さんが、茗子を見る。

「キサラギさんのコメントは、確かに気分は良くなかったけどさ。さっきも言ったけど、もうずっとコメントは読んでないんだって。だから、傷付いてもないよ」

　どくん！　と、これまでより一層激しく、心臓が波打った。今、三津子さんは、いや光は、何と言った——。読んでない、傷付いてもない——。

「そうなんですか？　じゃあ傷付いたって、キサラギさんのコメントのことじゃないんですか？」

「違うって。さっき話したでしょ。ジャンのことよ！」

　どくん！　どくん！　心臓の打ち方が更に激しくなった。踏ん張っていないと、振動で椅子から転げ落ちてしまいそうだ。

「え、そっちなんですか？　本当に？　ちょっと待って。みんなあんなに心配したのに！　本当にロマンス詐欺の方？　そんな理由で失踪したんですか？」

「え、そっちこそ待ってよ！　失踪ってそんな大げさな話になってたの？　それに、そんな理由って、ちょっと亜希ちゃん酷くない？　私は本気で……」

　茗子は左胸に手を当てながら、すうっと大きく息を吸った。そして、「私のせいじゃないんですか」と吐き出す。

　二人はヒートアップしていたが、茗子の声はよく響いたようだ。二人同時に、勢いよくこちらに顔を向けた。共に驚いた表情をしている。

「私は、キサラギです」

きっぱりと、茗子は言い放った。

え、と二人が同時に、掠れた声を漏らした気がする。

「光さんは、私のコメントに傷付いて、失踪したんじゃないんですか？」

三津子さんを見つめる。

「え、だから違うって……」

「どうして！」

かなり大きな声が出た。板前も、もう誤魔化すことなく、しっかりと茗子を見つめている。

カウンターの大皿を自分の方に引き寄せて、茗子は箸を取った。全部は分け切れなかったので、まだお皿に料理が残っている。

「私の言葉で、傷付いてて欲しかったのに！」

叫んでから箸を伸ばし、取り皿を経由せずに、料理をそのまま口に放り込んだ。出汁(だし)がじんわりと口に広がる。次はビールを流し込んだ。少しぬるくなっているが、「おいしい」と感じた。

もう一口、料理、ビール。ああ、おいしい。思い切り吐き出したから、おいしい。

やっとわかった。茗子はやはり、怯えながらも、光を見つけたかったのだ。でも謝罪したいからじゃない。光が茗子の言葉に傷付いたということを、確かめたかったのだ。

かばってくれているのにSpringに苛立ったのは、止めてなんて欲しくなかったからだ。コメント欄で犯人にされて動揺もしたが、一方で皆が言うように、光を傷付けたのは、茗子であって欲しかった。皆でもっと、キサラギ、茗子のせいだと騒いでくれてもよかった。

光に、茗子の言葉や叫びが、届いていて欲しかった。だって茗子の周りの人には誰にも、それは届いていないから。

「でも、あなたにも届いていなかったんですね」

呟いて、また料理を口に放り込む。

「あなたも、尚久や前野さんと同じ」

おいしいのに、涙が出てしまう。

「ナオヒサって？」と三津子さんが、おそるおそるといった感じで、茗子に訊ねた。

「夫です」と短く答えて、茗子は残りのビールをぐいっと飲み干す。

グラスを置くと、今度は亜希さんが「マエノさんって？」と、遠慮がちに聞いてきた。

手の甲で口許を拭って、ふうっと息を吐いてから、茗子はゆっくり口を開いた。

「前野さんは、私を『Hikari's Room』に出会わせた人です」

前野さんは、茗子を「Hikari's Room」に出会わせた人で、茗子が職場の妊娠可能年齢の女子たちを個別認識せず、「若い女子」としてしか見なくなったきっかけを作った、若い女子だ。

既に退職しているが、かつての同僚で、茗子より五歳下。茗子が尚久と結婚して、今の支店に異動してきた時に、営業事務の同チームになった。二十代、三十代の女性のみで構成されているチームで、当時の彼女は二十六歳。まだ独身で、実家住まいをしていた。

「はじめまして。よろしくお願いします。磯村さん、本社から来たんですってねー。すごい！」

「新婚さんなんですかあ？　いいですね！　旦那さん、どんな人ですか？」

初対面時は、前野さんの方から明るく話しかけてきてくれた。少し鼻にかかった声に、大げさではない程度に伸びる語尾。茗子の地元のテレビ局の人気女子アナにどことなく似ている、たれ目のかわいらしい顔立ち。その日は清潔感のある白いブラウスに、淡い黄色のフレアスカートというファッションで、これはきっと男性社員にモテるだろうと思ったら、正解だったようだ。「営業の男の子たちは、新しい案件を取ってきたら、担当事務にまず前野さんを希望するのよ」とか、「慰労会でも、みんな必ず前野さんの隣に座りたがるしね」と、二人目の妊娠を機に退職して今はもういないが、当時のチームリーダーだった先輩女性社員が、聞いてもいないのに教えてくれた。

そういう子は茗子みたいな地味な同性には興味がないだろうから、きっと彼女とは仕事上のみの付き合いになるだろうと思っていたのに。「磯村さん、良かったら一緒にランチ行きませんか？」「今日の帰り、予定ありますか？　お茶でも飲んで行きませんか？」などと、異動当初から何故か前野さんの方からよく声をかけてくれて、応じているうちに親しくなっていた。当時、同チームの女性で妊娠中でも育児中でもないのが、前野さんと茗子だけだったからと解釈していたが、これまでの人生で仲良くなることのなかった華やかなタイプの子が、自分に声をかけてくれることは単純に嬉しいとも思っていた。

しかし彼女との付き合いには、徐々に綻びが生じ始めた。茗子が少しずつ、彼女の言動に違和感を抱くようになったのだ。例えば、「今日は駅前の洋食店にランチに行きませんか？　今週はサービスでデザートが付くんですって」と誘われて、「ごめん、今日は私、お弁当持ってるんだ」と断った時は、「え、でも今日金曜だから最終日なんですよ。じゃあデザートサービス受けられなくて損するじゃないですか。一人でランチは有り得ないし」と、責めるように言われた。

携帯画面を見せられて、「これ、私がいつも買ってるサイトなんですけど、磯村さんもアカウント作りませんか？　そうしたら、私にも磯村さんにもポイントが付くんですよ」と、スキンケアブランドのオンラインショップの会員登録を勧められた時は、「ごめん、私スキンケアはドラッグストアので十分だから」と遠慮したら、「じゃあ私にもポイント付かなくて、損しちゃうんですけど」と不快そうにされた。

どうやら前野さんは、物事をすべて損得勘定で計っているようだった。仕事で、彼女担当の売上伝票を目にする機会があった際、途中の小計が記入漏れになっていることに気付き、やんわりと教えてあげたら、「本当だ。でもこれ、一回このまま送ってみます。それで何も言われなかったら、今度からここの伝票は小計書かなくてよくなって、得ですよね！」と嬉々として言われて、閉口したこともあった。

その後、本当に彼女は記入漏れのまま、その伝票を取引先に送信した。そして先方からクレームの電話が入り、担当の営業マンが平謝りする事態になった。でも前野さんは「ダメだったかあ」と肩を竦め、「山下さん、ごめんなさあい」と、いつもより強めに語尾を上げて、営業マンに一言謝るだけで済ませていた。

それでもしばらくは、違和感を抱いて、時に苦笑しながらも、茗子は前野さんとの付き合いを続けていた。けれど流産を経験してから数カ月後に、決定的な出来事があった。

前野さんが毎月必ず、多い時は二日も生理休暇を取るのが前々から気になっていて、ある時、余計なお世話かもしれないと思いつつも助言してみたのだ。

「ねえ、生理痛がそんなに酷いの？　それか月経過多？　私の姉が前野さんの歳ぐらいの時にね、生理痛が酷いけど昔からだと思ってそのままにしてたら、月経過多もどんどん酷くなっちゃって。病院に行ったら卵巣腫瘍ができてて、即手術になって大変だったの。前野さんも、一度婦人科に行ってみたら？」

茗子の流産については、結局は原因もわからなかったし、前野さんにも話してはいなかったが、流産して以降、月経トラブルに敏感になっていて、他人のそれも気になってしまったのだ。

前野さんはきょとんとした顔で茗子の話を聞いていたが、やがて「あはは」と笑い出した。

「磯村さん、心配してくれてたんですか？　やさしいー。でも大丈夫ですよ。私、生理トラブルは昔からないので」

「え。じゃあ、どうして休んでるの？」と今度は茗子がきょとんとした。すると前野さんは一切悪びれない様子で、それどころか少し得意気に、こう言い放った。

「だって生理休暇があるんだから、使わないと損じゃないですか」

茗子の胸が、カッと熱くなった。前野さんが生理休暇で休む度に、彼女の仕事のフォローをしていたのは茗子だった。本人にも、チームの他の誰かにも頼まれたわけではない。でも誰かがやらなければいけないし、他のメンバーは皆、妊娠中、育児中で無理だと思ったから、茗子が自分で引き受けていた。前野さんはいつも休み明けに、「磯村さん、やってくれたんですね。ありがとうございます！」と一言言うだけで、正直、たまにはお礼に奢（おご）ってくれてもとか、余裕のある時に茗子の仕事を手伝ってくれてもと、思わないではなかったが、年下の子にそんなことを言うのは人間が小さいと思い、控えていた。

でも、まさかズル休みだったとは。しかもフォローしていた茗子に、悪びれずに告白するなんて。彼女のデリカシーの無さに絶句し、その日から茗子は前野さんを避け出した。これまでのようにランチやお茶に誘われてもすべて断り、何か話しかけられても、適当な返事しかせず、短めに話を切り上げるようにした。流産後で、尚久との仲も日に日に悪くなっていく最中だったので、不信感や怒りを抱いた相手と、上手に付き合う余裕がなかったのだ。

デリカシーは無いのに鈍くはないのか、前野さんは、すぐに茗子が避けていることに気が付いたようだ。向こうからも、誘ったり話しかけたりしてこなくなり、二人の間には厚い壁ができあがった。茗子は挨拶や、仕事上で必要な会話はこれまで通りにしていたが、彼女の方はもっと露骨で、挨拶は無視、仕事上での会話も無言で頷くだけか、あちらから話しかけてくる時は、目を見ずに必要最低限の言葉しか発しないという状態になった。

だからチームメイトや営業マンたちも、二人がそういう状態になったことには、当然気が付いていたと思う。でもきっとチームメイトたちは妊娠中、育児中で他人のことを気にかける暇がなく、営業マンたちは女性同士の揉め事に巻き込まれたくなかったのだろう。表だって何か言ってくる人は皆無のまま、その状況が常態化した。

　異動から二年が経った頃だった。


　茗子と仲違いしてから半年ほど経った頃、ある日の朝礼で前野さんは、結婚すると発表した。相手は業界最大手の事務所勤務の、同い年の司法書士で、友人の紹介で知り合い、付き合って一年ほどだという。

　一年前なら茗子はまだ前野さんと親しくしていたが、当時の彼氏は三歳上の、外資系の商社マンだったはずだ。でも茗子が「外資なんてカッコいいね」などと言うと、いつも「でも外資って完全能力主義だから、突然クビになることもあるんですって。彼、イマイチ向上心が無いから将来が心配」とぼやいていたから、きっと結婚相手として損をしない、もしくは得をする相手に、しれっと乗り替えたんだろうと想像した。彼氏がいながら、「友達に誘われちゃったから」と、頻繁に合コンに出向いていたことも知っている。

　結婚式は新婚旅行も兼ねて、慶弔休暇とその年の有休を目一杯使って、海外の南の島で挙げたそうだ。帰国後チームメイトには、一律でお土産に香水と口紅が配られた。さすがに茗子の分もあったが、色んなお店で値段を見比べて、少しでも損をしないようにとまとめ買いしたんだろうと思うと白けて、次に実家に帰った時にどちらも姉にあげた。

結婚から更に半年ほど経って、前野さんは今度は妊娠を発表した。ある日の早朝会議の後、「すみませんが女性だけ残ってくれませんか」と言い、男性社員が皆出て行ったのを見届けてから、少し恥ずかしそうにしながら「実は……」と語った。まだ判明したばかりなのだが、既に悪阻があるので女性には伝えておきたかった。でも男性には安定期になるまで隠しておいて欲しい、ということだった。

その少し前に茗子はチームリーダーになっていたので、立場上真っ先に「おめでとう」と言った。けれど、露骨に「女性だけ残ってください」なんて、小学校の時に女子だけ体育館に集められて、月経についての教育を受けた時のような、何とも言えない気持ち悪さを感じた。

翌朝出勤すると、めずらしく前野さんの方から「磯村さん、ちょっといいですか」と話しかけてきて、二人で会議室に移動した。「社則を昨日読み直したんですけど、妊娠休暇っていうのがあるんですね。使いたいので、仕事の配分やスケジュールを組み直してもらえませんか」と言う。茗子も初めて聞く存在だったが、調べてみたら確かにあった。妊娠が判明してから産休に入るまで、もしくは退社する日まで、通常のものにプラスして、十四日間の有休が与えられるというものだった。

　前野さんは、数カ月先までこの日に休みたいという希望をリスト化してきていたので、茗子は総務に相談に行った。社則を読む限り、あらかじめ休む日を決めて使うものではなく、妊娠による体調不良や、健診などで通院する際に使うものだと思えたのだ。けれど当時の総務の責任者は、能力ではなくて年功序列で管理職になった典型の、やる気のない男性社員で、「うーん、磯村さんの言う使い方が正しいとは思うんだけど、あらかじめ日付を決めて休むのがダメとも書いてないし、何せこれまで使った人がいないからなあ。現場の判断に任せるよ」と、茗子に丸投げしてきた。

　禁止ではないなら断れないと、茗子は前野さんの希望を受け入れて、仕事量と配分の調整をした。他のメンバーに悪いので、前野さんが休む分のフォローはすべて自分に回した。茗子自身は流産以降、一切妊娠の兆しがない、というか、妊娠する行為が再開される兆しが一切なかったし、リーダーになったのは自分より年上のチームメイトが皆、妊娠か育児を理由に退職したからだったので、思うことは沢山あったが、仕方がなかった。

　以降、前野さんは頻繁に仕事を休むようになった。妊娠休暇日以外にも有休を取り、それ以外でも朝に電話をかけてきて、「悪阻が酷くて」「今日は貧血気味で」と病欠を重ねた。彼女が休んだ分のフォローはすべて茗子に回り、残業が増え、総務から注意を受けて、でも仕事が終わらないのでサービス残業をするようになり、疲労が溜まった。尚久からも、帰りが遅いから夕食が遅い、風呂の準備が遅いと、文句を言われるようになった。

安定期に入ったら病欠が減るかと期待したが、「私、出産直前まで悪阻があるタイプなのかもしれません」と、変わらず頻繁に休み続けた。寧ろ、営業マンたちにも妊娠を伝えたので、彼らが「前野さん大丈夫？　気分悪いなら無理せず早退したら？」などと気を遣い、本人も「いいんですか？　じゃあ」と実行するので、より会社にいないことが多くなった。一週間のうち、一日か二日しか出勤しないことも、めずらしくなくなっていった。

限界を感じて、茗子はある時、周りに人がいないタイミングを見計らい、「ちょっといい？」と前野さんに話しかけた。

「前野さん最近、病欠が多いよね。妊娠中だからそれは仕方ないし、構わないのよ。だけど病欠した分は、妊娠休暇を日数分返上して、相殺してくれないかな？」

生理休暇を使ってズル休みしていた前科があるので、悪阻や貧血だって本当かどうか怪しいと思っていたが、さすがにそれを言うのは控えた。しかし、病欠をした翌日が妊娠休暇日だったら、当然のようにその日も休み、更に翌日に出勤した際に、「昨日は旦那とイタリアンのコースを食べて来たの」などと楽しそうに同僚たちに話したりして、茗子を大いに萎えさせていたので、せめてそういったことだけでも改めさせたかった。

けれど前野さんは首を縦には振らなかった。それどころか、いつもの鼻にかかった、語尾が上がる話し方ではなく、やたらと滑舌が良く、毅然とした口調で、茗子にこう言い放った。

「妊娠休暇を使うの、私が初めてなんですよね。日本には、休むための制度があるけど使うのは悪っていう、良くない風潮があると思うんです。私はこれから妊娠する人たちのためにも、自分が使うことでそういう空気を払拭したいと思ってるんです。だから、妊娠休暇は返上しません」

しばらくの間、茗子はその場で無言で固まってしまった。やがて外に出ていたチームメイトや営業マンたちが戻ってきたので、「そう。わかった」とだけ早口に言って、彼女から離れた。この時も、もちろん思うことは沢山あった、と思う。でも自分の心を守るため、あえて自分の思いを掘り下げはしなかった。

その代わり茗子は翌日、前野さんの仕事のフォローについて、自分ルールを取り決めた。病欠の日のフォローはするが、妊娠休暇日の分はしないという、シンプルなものだ。あらかじめ休むことがわかっている妊娠休暇日の仕事については、前野さん本人が前もって進めておけるはずだということに、今更気が付いたのだ。そしてそれは、社会人として当たり前のことだと思えた。

翌週、早速そのルールを適用した。月曜と火曜に前野さんは妊娠休暇を取っており、水曜と木曜を病欠したのだ。月火は週末と組み合わせて、夫と台湾旅行をしていたらしいと、小耳に挟んだ。きっと茗子に妊娠休暇の希望を出してきた時から、安定期に入るこの頃に旅行に行こうと決めていたのだろう。茗子は水木は前野さん宛てのメール対応や、伝票もできるだけ進めてあげたが、月火は自分の仕事にのみ精を出した。

金曜日、前野さんは「昨日、一昨日はすみませんでした」と何食わぬ顔で出勤したが、デスクの上の伝票を手にして、え、と声を漏らした。これまでと比べて進んでいなくて、驚いているようだった。当然やってもらえると思っているのも、よく考えたらおかしな話だと思いながら、茗子は「ああ、それ」と声をかけた。

「昨日と一昨日はお腹が張って辛いってことだったから、できるだけ進めておいた。でも月曜と火曜はやってない。妊娠休暇で前から休むことがわかってたんだから、自分で準備できたよね」

淡々と言い、自分の書類に向き直って、もう一言付け加えた。

「そこ、期限にうるさいところだから、遅れずにやってね」

前野さんは、しばらく黙って茗子を見ていたようだったが、やがてふうっと息を吐き、腰を下ろした。

次の瞬間、こんな言葉が聞こえた。独り言の音量だったが、茗子は聞き逃さなかった。

「あーあ。こんなことなら、昨日と一昨日休まなきゃよかった」

茗子の胸が、生理休暇はズル休みだと宣言された時同様、いや、その時の何倍も熱くなった。気が付いたら立ち上がり、「ちょっといい？　話があるの」と彼女に声をかけていた。

前野さんは「何ですか？」としれっとしていたが、会議室に誘導すると、お腹を抱えながらついてきた。

「態度を改めてくれない？」

会議室で向き合って、茗子は前野さんに率直な思いをぶつけた。

「どういうことですか？」

前野さんはしれっとしたまま言った。

「前にも言ったけど、妊娠中だから体調不良で休むのは仕方ない。フォローもできる限りしようと思ってる。でも、もっと感謝とか、申し訳ないって気持ちを持って欲しい」

「申し訳ない、ですか」

前野さんが怯（ひる）まないので、苛立って茗子は「そう！」と少し声を大きくした。

「さっき昨日と一昨日、休まなければよかったって言ったよね？　つまり頑張れば来られたってことでしょう？　そういうこと言うと、フォローする側のモチベーションが下がるって思わない？　フォローする側だって余裕があるわけじゃないんだから」

無表情のまま、前野さんは茗子をただ見つめていた。茗子は、はあっと息を吐いた。

「妊娠中だって育児中だって、この会社の一員ってことには変わりないよね？　だったら、少しは迷惑をかけてるって自覚を持ってもらわないと……」

「迷惑、ですか」と、前野さんが茗子の言葉を遮った。さっきまでの無表情と違い、目に力が入っていた。

「磯村さん今、迷惑って言いましたよね。それ、マタハラだと思います。私が妊娠してることが、迷惑ってことですよね。酷い」

え、と茗子は掠れた声を漏らした。突然入ってきた強い言葉に驚いて、思考が停止した。

「深く傷付きました。今のは見過ごせません。私、課長に訴えます」

てきぱきと言い、前野さんは妊婦とは思えない機敏な動きで踵を返し、足早に会議室から出て行った。

何が起こったのかわからず、茗子はその場に一人佇んでいた。

一体どれぐらいの時間、会議室で一人で呆然としていたのだろう。やがて体が震え、動悸も感じ始めた。マタハラだと言われた。課長に訴えると言われた。茗子は何か、処分をされてしまうのだろうか。

その一年ほど前に、経理部の四十代の男性社員が、部下の二十代女子から、「慰労会でお酌を強要された。セクハラだ」と訴えられ、降格と異動処分を受けるという事件があった。茗子は関わったことのない人だが、結局その男性社員は、異動後数カ月で居づらくなって退職したらしい。茗子も同じようなことになってしまうのか。今からでも前野さんを追いかけて、謝った方がいいだろうか。

どうしていいかわからないまま、おそるおそるオフィスに戻った。前野さんがいなくなっていて、五十代の男性課長が、茗子を見つけて「磯村さん、いい？」と声をかけてきた。さっき後にしたばかりの会議室にまた、今度は課長と一緒に向かった。

「前野さんから全部聞いた。本人はショックが大きいようだったから、今日は早退させた」

「磯村さんの真面目で丁寧な仕事ぶりは評価してる。でも『迷惑』は完全にマタハラだ。かばえない」と伝えられ、「すみませんでした！」と茗子はただただ頭を下げた。

「チームリーダーになってから、ずっと人手不足で忙しくて。前野さんについ強い言い方をしてしまいました」

「今後このようなことがないよう、反省して善処します」

「受け入れてもらえるのであれば、前野さんに直接謝罪させてください」

ひたすらに腰を折り、首がもげるほど何度も頭を下げ続けた。

「わかった。まずはこちらから前野さんに伝えて、相談する。じゃあ一旦仕事に戻ってくれ」

そう言われ、素直に従った。どうなるか気が気じゃなかったし、同僚たちは知っているのかという不安もあり、仕事になんて集中できるわけもなかったが、ここでミスをしたら目も当てられないので、踏ん張った。

午後になり、また課長に呼ばれ、再度会議室に向かった。「前野さんが謝罪を受け入れてくれた。直接はもういいし、これ以上事を荒立てるつもりもないそうだ」と伝えられ、「ありがとうございました！」と叫んだ。

「うん、良かったな。そうだ、前野さんから伝言だ」

「なんでしょうか」

「磯村さんもリーダー業務で忙しいと思うので、今回は赦(ゆる)します。ただ、猛省を促したい、と」

「はい。ありがとうございます。もちろん反省しています」

また何度も頭を下げてからオフィスに戻り、終業までまた踏ん張って仕事をした。帰りの満員電車でも、その日はいつも以上に、文字通り踏ん張った。

普段は電車で肉、魚のそれぞれの夕食の献立を考えて、駅前のショッピングセンター内のスーパーで食材を買っていたが、その日は献立がまとまらなくて、地下の惣菜売り場で適当なものを買った。買ったものであることを隠すつもりはなかったが、ぼんやりと配膳をして、そのまま食べ始めて、途中で尚久に「今日のおかず、いつものよりいいんじゃない」と言われて、ハッとなった。でも褒められたので買ったものだと言い出しにくく、そのまま自分が作ったふりをした。それ以来、買った惣菜を作ったふりをして出すのが常態化した。

「何かあった？　今日ずっと難しい顔してるけど」

食べ終わる頃に尚久にそう指摘され、焦った。何もないよ、と言うつもりで口を開いたが、実際に出てきた言葉は「実は今日」だった。その頃はもう尚久との信頼関係はとっくに壊れていたが、藁にもすがりたい思いだったし、様子がおかしいことに気付いてくれて、少なからず嬉しかったのだと思う。

そのまま勢いで、茗子は前野さんとの間にあったことを聞いてもらった。元カレと結婚相手の付き合っていた時期が被っていたことや、ズル休みを堂々宣言されたことなど、これまでのこともすべて話した。尚久は、元より時事問題や身の回りであった出来事に、ああだこうだと感想を述べるのが好きなので、かなり長くなったが煩わしがることなく、茗子の話に最後まで耳を傾けてくれた。そして聞き終えると、「大概だな、その女子」と言って、鼻をふっと鳴らした。

「最低限のやるべきこともやらずに、文句だけ言うヤツの典型だな。茗子が強いことを言いたくなった気持ちもわかるよ」

「本当に？　そう思う？」と、茗子はつい前のめりになった。

「うん。でも『迷惑』は確かにマタハラだし、絶対にダメだよ。上司がそれを訴えられたらかばえないって言ったのは正しい」

「う、うん。それはわかってる。反省もしてる。ちゃんと謝罪もしたし。だけど、私、何て言うか、マタハラって言われて、すごくショックだったんだよね」

深呼吸をして、茗子は自分の気持ちを整理した。

「課長が今日、私は真面目で仕事が丁寧って言ってくれたの。自分で言うのもなんだけど、そこは自信があるんだ。私、子供の頃から、人に迷惑をかけないことと、悪いことをしないことをモットーに生きてきた、みたいなところがあって。なのに今日、マタハラって言われて……。ハラスメントって、いじめとか、嫌がらせって意味でしょう。いじめをした人間だって言われたようなもので、これまでの自分や、人生そのものを否定されたような気がして、本当にショックで」

「そりゃ嫌な気分だよな、わかるよ。茗子は真面目だと俺も思うし。でももう解決したんだろ？　これ以上事は荒立てない、って。良かったじゃん」

「うん、うん。それは本当に良かったけど」

　そこで何となく話は終了した。しかし、その夜ベッドに入っても、茗子はなかなか寝付くことができなかった。乙女ゲームでもしようかと携帯を触ったが集中できず、もう寝なければと何度も何度も寝返りを打った。

「猛省を促したい、と」

　課長を通して伝えられた前野さんの言葉が、まどろむ度に脳裏に浮かんで、その度にまた目が冴えてしまった。やがてそれは課長の声ではなく、前野さん本人の声で、脳内で再生されるようになった。

　猛省を促したい。猛省を促したい。猛省を促したい——。

　堪らなくなって、携帯を摑んでベッドから這い出て、リビングに飛び込んだ。尚久を起こしてしまわない程度の音量で、うわあああっ！　と叫んだ。

　どうして茗子が「猛省を促したい」なんて言われなければならないのか。処分は絶対に嫌だったので、避けるためにとにかくひたすら謝りはしたが、納得がいかない。言葉選びは間違えたかもしれないが、総合的に考えたら、自分が悪いとは思えなかった。

　ソファにどすんと音を立てて座り、携帯で検索サイトにつないで、「妊娠中」「仕事のフォロー」「迷惑」「マタハラ」など、思い付く単語をどんどん打ち込み、タップした。

「妊娠中の同僚の仕事のフォローが辛い」というようなテーマで話し合っている、匿名の書き込みサイトが上位に沢山上がってきたが、もっと専門家のような人が、茗子のようなケースはマタハラではないと教えてくれるようなサイトを求めていたので、どんどん下にスクロールした。

「Hikari's Room」という匿名書き込みサイトではなさそうなタイトルを見つけて、タップしてみた。表示されていくトップ画面の水色とピンクが、疲弊している茗子の目には、煩わしい眩しさだったことを、よく覚えている。

そのサイトは個人の育児ブログで、しかも茗子が求めていたのとは、真逆の内容だった。茗子が検索した単語でヒットした記事は、ブログ主の光という女性が、二人目の子の育休が明けて、仕事復帰したという内容だった。

『オトの育休が明けて、今週から晴れて職場に復帰しました！　皆さんご存じのように、子供たちのことは大好きだけど、家で家事と育児のみするのは性質的に向いていない私。やっと仕事ができる！　と意気揚々と出社したのですが、早速モヤモヤする出来事がありました。上司に復帰の挨拶に行くと、「二人の育児と仕事の両立は大変だけど、周りに迷惑をかけないように頑張ってね」なんて言われたんです。迷惑？　育児しながら仕事をすることを迷惑って言われたようで、ショックでした。というか、復帰早々揉めたくないのであえて何も言わなかったけど、これってマタハラじゃないですかね？』

前半部分を読み終えただけで、茗子の胸はもう、炎が灯ったように熱くなっていた。呼吸を整えながら、後半を読み進めた。

『チカラの時もそうでしたが、子供って保育園に入ると、とりあえず色んな菌を一通りもらってくるんですよね。だから、これから私はオトの発熱などで急に休まざるを得なくて、同僚たちに助けてもらう状況が続出すると思います。そうやって妊娠中や育児中に、周りから助けてもらって仕事をすることを「迷惑」と言われてしまうと、私のような図太い人以外は、萎縮しちゃうと思うんですよ。迷惑をかけるわけにはいかないからと、泣く泣く退職しちゃう人が出る。一人そうやって退職すると、次の人も「私だけ迷惑かけるわけにいかないから」と続いてしまう。そうやって、最悪の悪循環が生まれます。そもそも有休をはじめ日本には、休むための制度があるけど使うのは悪、という良くない風潮がありますよね』

茗子の体が、何かに打たれたかのように、びくん！　と跳ねた。

『かく言う私の会社も、恥ずかしながら二度目の育休から復帰するのは、なんと私が初めてなんです！　これまでの先輩ママたちは、そういう良くない空気に萎縮しちゃって、皆二人目を産むと退職しちゃったんです。だから私はこれから妊娠する後輩たちのためにも、二人育児と仕事の両立を、絶対に成功させなければなりません！　私が成功させることで、育休を使うことや、周りに助けてもらって、育児をしながら仕事をするのは迷惑、という空気を払拭することが、当面の私の目標です！』

最後まで読み終えた時には、茗子の胸の炎はかなりの高温になっていた。

どこかで聞いたことのあるような文言が、散らばっていた。前野さんは、このブログを読んでいたのではないかと疑った。彼女が妊娠を発表する少し前に書かれた記事だったので、有り得ないことではない。前野さんのことだから、妊娠したことで使える休みはすべて使ってやろうと企んでいたはずだ。そして何か言われた時のために、弁明に使えそうな、この手の記事を読みあさったのではないかと想像した。

怒りでだんだん息も荒くなってきていたが、茗子は当たりを付けて、「Hikari's Room」の他の記事も幾つか読んだ。しかし読めば読むほど、胸の炎がどんどん熱くなるだけだった。

例えばブログ主の光が、夫に家事と育児を託して数日間の出張に行ったという記事では、こんなことが書かれていた。

『帰ってきたら、すごく沢山の人に、家事も育児もするなんて、旦那さんすごいね！偉いね！と言われて違和感を覚え、憂うつになりました。だって女性はいつも、家事も育児もやって当然と言われ、共働きの場合は更に仕事もして、できなかったら非難されるのに。いいなあ、私も自分の子供の面倒を見て、自分の家のことをしただけで、「すごい！」「偉い！」って言われたい』

身内を褒めてもらったのに「違和感」や「憂うつ」だなんて、ひねくれていると思った。実際に家事や育児をしない、できない男性の方が圧倒的多数なのだから、周囲の人が「偉い」「すごい」と言うのは、何らおかしなことではないのではないか。

一人目の子に続いて二人目の子も認可保育園に入れず、仕方なく認可外保育園に入れたという記事の時は、こうだった。

『我が家の場所は、日本一とも言われる保育園激戦区なので覚悟はしていたものの、やはりショックというか、腹立たしいです。少子化が深刻で、このままでは国が破綻するということは、ずっと前から言われていました。それなのにどうして、安心して子供を産んで、快適に育てられる社会環境が、いつまでも整わないのだろうと思います』

激戦区だとわかっていたなら、引っ越すなり何なり、対応の方法はあったのではないか。尚久が前野さんについて言ったように、最低限のやるべきこともやらず、文句だけ言っているように思えた。

子供を産んだら何かを諦めなければならないなんておかしい、というようなことも書かれていたが、これには正気を疑った。何かを得たのに、何も失わずにいられると思っているなんて、図々しいにも程がある。それに、認可と認可外の違いが茗子にはよくわからないが、ブログ主の光は結局二人の子供を、認可外保育園に入れて仕事復帰もしているようなので、何も諦めてはいないではないか。

　読めば読むほど、ブログ主の光への怒りの炎は激しく燃え盛った。更に茗子を腹立たせたのは、この光に、一定数の熱い支持者がいることだった。

「光さん、よくぞ言ってくれました！」

「ああ、私の言いたいことを、上手に言葉にしてくれて感謝です！」

「光さんのブログを読むと、明日からまた頑張ろうって思えます！」

　どの記事にも、そんな称賛コメントが少なくない数で付いていて、茗子を暗澹たる気持ちにさせた。今の茗子の、息苦しくて出口が見えない環境を作ったのは、この光や、称賛コメントを書いているような人たちだと、強く思った。

　画面を最初に見た「迷惑と言われるのはマタハラ」の記事に戻して、一度大きく深呼吸をした。その後、指を微かに震わせながら、コメント投稿のキーをタップした。そして茗子は、勢いよく文章を書き連ねた。

「上司が言いたかったのは、育児中のあなたが仕事復帰することで負担が増える同僚がいるから、その人たちへの感謝の気持ちを忘れないようにとか、同僚たちへの負担を最小限で抑えるために、あなたも努力を怠らないように、ってことじゃないですか？　当たり前のことだし、上司に言われなくても、自分から宣言しなければいけなかったと思いますよ。

そんな社会人として当たり前のこともわからずに、マタハラだ！　と騒ぐなんて、私にはあなたがクレーマーとしか思えません。迷惑をかけて当然って思っているんですか？

　あなたは二人の子供を得た上で、社会的立場や給料まで失いたくないと思っているようだけど、あなたの仕事を助けるために、何かを失う人がこれから出てくることについては、どう思っていますか？　あなたのせいで残業ばかりになって、結婚しようと思っていた人と別れてしまう人とか、自分も子供が欲しいけれど、これ以上誰かが休むと職場が回らないと遠慮して、子供が産めない年齢になってしまう人とか、きっとこれまでもいたと思います」

　思いのままに書いて、投稿キーをタップした。すると、「名前を記入してください」とメッセージが出た。一瞬躊躇(ためら)って、投稿を止めようかと思ったが、何か強い感情にかき立てられて、名前欄をタップした。

　しばし考えた末に、「キサラギ」と入力した。最初はよく乙女ゲームで使っている「メイ」にしようかと思ったのだが、本名の一部を使うことに抵抗があった。5月生まれで茗子、メイだから、他の月にちなんだ名前と考えて、最初に浮かんだ如月、キサラギにした。

　再度、投稿キーをタップしようと指を動かしかけたが、直前で思い付いて、コメントの編集キーに変えた。そして、最後に一文付け加えた。「猛省を促したいです」と。

　その後に、今度こそ勢いよく投稿キーを押した。今度は「投稿を受け付けました」というメッセージが出た。

ふうっと息を吐き、体をソファに深く沈めた。これまでにあまり感じたことのない、達成感のようなものに、心身がじんわりと包まれた。

これが、茗子と「Hikari's Room」の出会いだった。


長い話を終えて、茗子はあの日と同じように、ふうっと大きく息を吐いた。かなり酔いが回っているのだろうか。足はちゃんと椅子のステップに着けているのに、自分の体がまるで水面にぷかぷかと浮かんでいるような、不思議な感覚に襲われている。

落ち着かない一方で、どこか心地よくもあった。このままぷかぷかと揺蕩って、どこか知らない場所に流されてしまいたいとさえ思う。

しかし両脇には三津子さんと亜希さんがいるので、意識を飛ばすわけにもいかない。もう一度、今度は小さく息を吐き、間を持たせようとビールジョッキに手を伸ばした。二人はずっと黙って茗子の話を聞いていて、話し終えた今も、まだ無言のままだ。

ジョッキは空になっていた。もう一杯頼もうかと、視線を上げた時だった。とん、と目の前に水の入ったコップが置かれた。

「しばらく酒は休憩して、水飲んだ方がいいよ。だいぶ酔いが回ってるみたいだから」

板前が茗子を見つめて、低い声で言う。急に叫んだり、延々と一人で語ったりしたことを咎められたのかと焦ったが、眼差しから怒りのようなものは感じられない。

「ありがとうございます」

小声で言い、コップに手を伸ばした。一口流し込む。沢山喋ったから、口も喉も渇いていたようだ。伝っていく水の冷たさに、体がしゃんとした。

「ねえ、聞いていい？」

茗子がコップを置くのを合図にしたかのように、右脇から三津子さんが話しかけてきた。彼女の方に少し顔を向けて、こくんと頷く。

「さっき茗子ちゃん、自分の声が私に届いてないって言ったでしょう。前野さんや夫さんと同じ、って」

夫さん、という妙な言い回しが気にはなったが、茗子はまた頷いた。

「今の話を聞いて、前野さんに届かなかったっていうのはよくわかったけど、夫さんには、どうして？　夫さん、前野さんにマタハラで訴えるって言われた時、話聞いてくれたんでしょ？　届いてるように思えるけど」

声は出さなかったが、その疑問に同意するというように、左脇で亜希さんが首を上下させた。

「私もその時は、そう思いました」

茗子は呟いた。

「私、夫ともう何年も上手くいってないんです。あ、夫の方はそうは思ってないかもしれないけど。そのことについて話すとまた長くなるから省略しますけど、前野さんにマタハラって言われた日は私も、夫が私の様子がおかしいことに気付いてくれたし、話も聞いてくれたから、嬉しかったし、助けられたって思いました。ああ、やっぱり夫婦なんだなあって思った。でも」

説明しているうちに、胸がぎりぎりと痛くなってきた。水をもう一口飲む。やはり自分は、昨夜の尚久とのやり取りに、深く傷付いたのだと自覚する。

「昨日の夜、夫とケンカしたんですよね。その時に、うちの部署で今妊娠してる若い女の子の話をしたんですけど。夫、その子と前野さんを混同してたんです。前野さんとのマタハラの件なんて、もう二年以上も前のことなのに。前野さんなんて、もうとっくに辞めてるのに」

えっ、と左脇から息が抜けたような声がした。

「前野さん、辞めたんですか？」

亜希さんが目を丸くして、茗子の顔を覗き込む。今度は茗子が、声を出さず首を上下させた。何故そんなに驚くのかと思いながらも、再び前野さんについて話し出す。

マタハラだと騒いで、茗子を謝罪せざるを得ない状況に追い込んだものの、彼女に、あなたの勤務態度を良く思っていないということを、伝えることはできた。だから、この先はもしかしたら、少しは改善してくれるかもしれない。マタハラ事件の直後、茗子は僅かながら、前野さんにそう期待をかけていた。

しかし、甘かった。前野さんは事件以前と何ら変わらず、涼しい顔で妊娠休暇も有休も目一杯使い、病欠も重ねた。茗子はまた何か言われるのが嫌で、作ったばかりの自分ルールを早々に取り消し、黙々と彼女が休んだ日の仕事のフォローを、一人で引き受けた。

やがて妊娠八カ月を迎え、前野さんは産休に入った。彼女の産休、育休中の補充要員として、「今妊娠してる若い女の子」の三崎さんが派遣社員でやってきていたが、前野さんの休みが多いので引き継ぎもろくにできなかったことと、三崎さんは現在でもあまり仕事ができるとは言い辛く、即戦力にならなかったのとで、茗子は更に忙しくなり、身を粉にして働かなければいけなくなった。それでも前野さんがいなくなったことで、少なくとも精神的にはこちらの方が楽だと思えた。

前野さんは12月に出産したので、次の4月からの復帰は無理で、一度育休を延長して、翌年の4月から復帰すると言っていた。けれどその4月の直前に、「保育園に受からなかったから」と、育休の上限である出産から二年経つ次の12月まで、再度の延長申請をしてきた。

しかし茗子はその頃、同じチームで二人の子持ちである室井さんと、人事課のやはり子持ちの女性社員が、前野さんについて話すのを聞いてしまった。

「ねえ、前野さん育休延長なんだって?」

「うん、そう。保育園に受からなかったんだって」

「ふーん。……本当かな?」

「あー、やっぱりそう思う? 私もちょっと怪しいなって思ってるんだよね」

食堂で、その日の定食は確かA、Bどちらも肉料理で、茗子はどちらかを肉無しで盛ってもらい、いつも通り隅の方の席でこそこそ食べていた。そこに室井さんと人事の女性がやってきて、茗子に気付かず斜め後ろ辺りの席に座り、話を始めた。茗子は身を潜めたまま、二人の会話に耳を澄ました。

二人が言うには、最近は保育園不足問題がニュースで盛んに取り上げられるが、あれにはかなり地域差があるらしい。少なくとも茗子たちの街では、共働きなのにどこにも入れないなんてことは、まずないそうだ。

「育休延長するために、わざと倍率の高い園だけに申し込んで、落ちたっていう人いるらしいよね。前野さん、それじゃないの? 元々よく休む子でしょ」

「実は私も、それかな、って思った。でも証拠もないのに、何も言えないじゃない」

ちょうど茗子が食べ終える頃に、二人の会話は別の話題に移行したので、そのままそっと席を立った。思うことがないわけではなかった。でも前野さんと関わってまたトラブルになるのは御免なので、何も聞かなかったことにした。

それから二、三カ月経った頃、まったく同じシチュエーションで、今度は若手の営業マンたちが、前野さんについて話しているのを聞いた。

「前野さんが戻ってくるまで長いな。淋しいよな」

「山下は連絡取ったりしてないの？　前野さん、元気にしてる？」

外見と愛想が良いからだと思うが、前野さんが気に入っていて、弟のようにかわいがっていた最年少の山下君が、他の営業マンに質問されていた。

「取りますよ。お子さんの写真とか、よく送ってくれます」

山下君はそう返事をした後、「でも、ここだけの話ですけど」と、少し声を小さくした。

「前野さん、多分このまま戻ってこないと思いますよ」

「えっ、何で？」

二人目も欲しくて、二歳差がいいから、育休中にまた妊娠して、そのまま二人目の産休に入ることを計画しているらしい、と山下君は語った。更に、大手事務所勤めの司法書士の夫が独立する計画があり、将来的にはそちらの仕事を手伝いたいから、すぐに軌道に乗れば復帰しないまま退職するつもりだと、前野さんが話していたという。

「なんだよー、じゃあもう会えないのかな」

「うらやましいよなー、旦那」

彼らの話題も、すぐに他のことに移行したので、室井さんたちの時と同様に、茗子はそのまま席を立った。営業マンたちが、前野さんが戻ってこないことを嘆く一方、復帰するつもりがないのに、おそらく保険のために育休を取っていること、更には延長もしたことについては、誰一人何も言わない、ということも含めて、またもや思うことは色々とあった。

でもその時も、何も聞かなかったことにした。何も聞かなかったことにしようと、努めた。

そして、育休明けが近付いた、去年の秋の初め頃。前野さんは、片手でもうすぐ二歳になるという、目のぱっちりした女の子の手を引き、もう片方の手で膨らみかけたお腹を支えながら、職場に退職の挨拶にやってきた。

「実は夫が独立することになったんです。これまでの事務所での顧客さん、皆ついてきてくれるそうで、すぐに忙しくなると思うから、私も手伝わなきゃいけなくなって」

「もうすぐ二人目も生まれるし、どのみちこちらに復帰するのは、もう無理そうで」

「皆さん、これまで本当にお世話になりました。私これからは、内助の功に徹しますね」

まったく悪びれる風はなく、相変わらずの鼻にかかった声で挨拶をして、にこにこしながら去って行った。

手土産に菓子折を置いていった。茗子がいつも帰り道に惣菜を買うショッピングセンターのギフトコーナーでも売られている、包装紙は華やかだが、安価なものだ。三崎さんが全員にそれを配って、茗子は「少し余ったので、磯村さん、もう一つどうぞ。旦那さんと食べてくださいね」と、二個もらった。

「ありがとう」と受け取ったそれを、茗子はバッグに滑り込ませて、帰り道で乗り換えの駅のホームのゴミ箱に、勢いよく二つとも投げ捨てた。

それ以来、前野さんとは一切会っていない。関わっていない。


再びの前野さんについての話を終えると、左脇で亜希さんが溜息を吐いた。

「そうなんですね。前野さん、辞めてたんですね」

そして、嚙みしめるように言う。さっきからやたらと、前野さんが退職したことに反応している。

「それで、前野さんの補充要員だった派遣の子を正社員にしようかって話にもなったんですけど、その子も妊娠して、退職することになって。代わりに、この間面接があって、正社員で別の女性が入ることになりました。でもその人、三十三歳で結婚してて、そろそろ子供も考えてるって、産休や育休について色々聞いてきたから、きっとどうせまたすぐ辞めるか、育休に入るんだろうなと思います」

補足して、茗子も溜息を吐いた。

「そういう流れを、いつも夫には夕食の時なんかに話してたんです。前野さんが辞めたって話した時は、夫、最後までそんな風だったか、やれやれ、みたいなこと言ってました。なのに昨日、前野さんと今妊娠中の子の区別が付いてなかった」

やれやれはこっちだと思いながら、コップに手を伸ばす。「なるほど。そういうことね」と今度は右脇から三津子さんの声がした。「そうなんです」という意味で、茗子は頷いた。

惰性で水を一口、二口と飲む。グチをこぼさせてもらって少しすっきりしたが、この後はきっと「でも、それぐらい、よくある話じゃない」とか、「男なんてみんなそんなもんよ」という流れになるんだろうと推測した。夫が妻の話をちゃんと聞いていない、というのは、きっと本当によくあることなのだと思う。寧ろ、それがスタンダードなぐらいかもしれない。

既婚、子持ちのチームメイトたちも、いつもそういうグチで盛り上がっている。

「うちの旦那、何度言っても子供の保育園の組の名前や、担任の先生の名前を覚えないのよね。今日ひまわりでね、とか話すと、は？　ひまわりって何？　って言うの。一体何回教えたよ、って思う」

「わかる！　うちも昨日、同じようなことでケンカしたよ。帰り道でナオコさんに会ったよって話したら、ナオコさんって誰だっけ？　って言われて。最近一番仲良しのママ友だってば！　先週うちに来てたでしょ、あなたも喋ってたでしょ！　って」

などと。夫に先立たれた森崎さんも、未だに生前の夫のグチをよくこぼす。森崎さんは長らくルミエールという名前の市民コーラスグループに入っているのだが、茗子と「この間の日曜日、ルミエールでね」「ああ、活動の日だったんですか」というような会話になると、「茗ちゃんは覚えててくれるから、いいわー。お父さんなんて、毎回、何だ、それ？　でね。ああ、もういいわ、大した話じゃないから、って、いつもなってたわよ」という流れになるのが定番だ。そして、そういう会話は大体、「どこも同じだね」「男の人って、そんなもんよね」と、締めくくられることが多い。

「そうかあ、それはつらかったね。声が届いてない、って言いたくなるのわかるわ」

三津子さんの声がした。驚いて、茗子は手にしていたコップを、危うく落っことすところだった。「え？……え？」と、コップの安全を確保してから、三津子さんの顔を見た。彼女は、じっと茗子を見つめていた。眉間に少し皺を寄せている。――もしかして、同情してくれているのだろうか。

「それは哀しいですよね。だって茗子さん、さっき前野さんにマタハラって言われて、これまでの人生を否定されたような気がした、って言ってたのに。それぐらいショックな出来事だったのに、夫がちゃんと覚えてくれてなかったなんて。それこそ、これまで一緒に過ごした時間を否定されたみたいな気分ですよね」

今度は亜希さんの声がした。また耳を疑うような内容で、「え」と茗子は彼女の顔を、まじまじと見た。亜希さんは、三津子さんと同じように、難しい顔をして茗子を見つめてくれていた。――これは、心を寄せてくれている、ということでいいのだろうか。

どういうことだろう。どうしてこの人たちは、「よくある話だ」「そんなもんよ」などと流さないのか。どうして、まるで自分も辛いと言わんばかりの表情を浮かべて、労るように茗子を見つめてくれるのか。

胸が締め付けられている気がする。でも、さっき昨日の尚久とのやり取りを話し出した時に感じた痛みとは、まったく違う。実はずっとそこにあった傷が、これまで誰にも手当てされなかったけれど、初めて撫でてもらえて、嬉しくて疼いているような――。そんな感じがした。

「私の元夫も、そういうところあって嫌だったな。子供にまつわる話も全然覚えてなくて、最後の方は、一緒にいるはずなのに、別々に生きてるみたいって、ずっと思ってたよ。それで離婚したようなものよ」

　三津子さんが、眉間の皺を更に深くして言った。「そうなんですか?」と亜希さんが身を乗り出す。

「家事、育児をしなきゃって余裕がなくなって、旦那さんが不機嫌なことが多くなったからじゃないんですか?　ブログにそう書いてましたよね」

「それが一番大きいけど、離婚の原因なんて浮気とか暴力とかわかりやすいものじゃなければ、一つじゃないよ。色んなことの積み重ねだよね。私は他にも、子供が熱出した時なんかに何の根拠もなく、まあ大丈夫じゃない?　とか言うのが嫌だったなあ」

「ああ、それは嫌ですね。二人してパニックになっても良くないけど、温度が違うのもつらい」

　三津子さんと亜希さんは、茗子を挟んで盛り上がり始めた。茗子はまだ胸が疼いていて、二人の会話は、一応聞こえてはいるものの、すっと耳を通過していくように感じた。

「亜希ちゃんの夫さんは、そういうことない?」

「うちは、ないですね。話もちゃんと聞いてくれるし、覚えてるし。子供の病気も、同じ温度で向き合ってくれます。この間も、って言うか、つい一昨日ですけど、子供が夜に高熱を出したんです。その時、夫の方が先に気付いて、救急に電話してくれたり、タクシーの手配してくれたりしました」

「えー、すごーい！　いい夫さんじゃないの！　家事や育児もする？」

「今はすごく仕事が忙しいので、そこまではないですけど、合間にやってくれたりはします。イタリアンレストランの店長をしてて、色々要領がいいんですよね。調理師免許も持ってるから、料理も私より手早いし上手いです」

「やだ、ちょっと！　最っ高ね！」

「夫本人に不満はないんです。若い頃からの付き合いで、今も同志みたいで仲がいいと思うし。ただ、今は本当に忙しくて。子供が生まれた頃に店長になったから、最初は喜んでたんですけど、ちょっと、シャレにならないぐらい休みがなくて。帰りもいつも深夜だし。でも、給料がそんなにいいわけでもないし」

「ああ、飲食って、労働環境厳しいって聞くよね」

二人はしばらく話し込んでいたが、やがて亜希さんが、「あの、でも。私の話はもうこれぐらいで」と、流れを止めた。

「今は茗子さんの話ですよね。茗子さんが、前野さんのことがあって、三津子さんのブログに行き着いて、キサラギさんになった、っていう話。なった、って変な言い方かもしれないですけど」

しばらくぼんやりしていた茗子だが、「キサラギ」と聞こえて、我に返った。「ああ、そうだね。ごめん」と三津子さんも姿勢を正す。茗子もつられた。

「あの、さっきの茗子さんの話を聞いて、私も聞きたい、というか、思うことがあったので話したいというか……。いいですか？」

亜希さんが改まって茗子の顔を見た。言葉は遠慮がちだが、眼差しは強い。「え。ああ、はい」と、緊張しながら茗子は返事をした。

「前野さんについては、私もすごく嫌だなあ、不快だなあって思いました。私も茗子さんの立場だったら、同じように我慢できずに注意したかな、とも思います。もし本当に前野さんが三津子さんのブログを読んでたなら、ファンとしては、悪用されたみたいで、それも腹立つし」

「そうだね」と、三津子さんが呟いた。「私もそれは嫌だな」と、顔をしかめる。

亜希さんが茗子越しに、三津子さんに向かって頷く。その後「でも」と言ってから、しばらく宙を仰ぐような仕種をした。自分の気持ちを確かめているように思えた。そしてまた、茗子に顔を戻した。

「でも、それでも『迷惑』はダメだと思います。私も妊娠、出産したから、『迷惑』なんて言われたら、つらいです」

「何言ってるの？　どういうことですか？」

亜希さんの言葉に、体がカッと熱くなり、茗子は大きな声を上げた。

カウンターの向こうで板前が、はっきりと茗子の様子を窺ったことがわかった。それでも冷静にはなれなかった。

「何を言ってるんですか？　どうしてまだ、そんなことを言うの？」

今度は何とか声の音量は抑えたが、代わりに語尾が震えた。体温がどんどん上昇していく。

「私、迷惑って言ってしまったことは反省してるって、言いましたよね？　前野さんにも、ちゃんと謝罪してるし。なのに、どうして」

どうして二年以上も前の過ちを、謝罪までしたのに、今また責められなければいけないのか。しかも、その件とは無関係の人に。今日会ったばかりの人に。

亜希さんは返事をしない。しかし怯むことなく、真っ直ぐに茗子を見つめ続けている。茗子も負けじと対峙したが、その真剣な表情と眼差しに、どんどん怒りが募り始めた。さっき微かながら彼女に好意を持ちかけただけに、落差が激しい。

「だって……。違和感があるんです」

やがて亜希さんは、茗子から目を逸らさないまま、口を開いた。

「違和感？」

意味がわからず、茗子はほとんどオウム返しで、聞き返した。

茗子の聞き返しに、亜希さんはすぐには反応しなかった。ゆっくりと茗子から目を逸らし、「あの」と板前に話しかけた。

「私にも、お水を一杯もらえませんか」

板前は一瞬戸惑った顔をしたが、すぐに「ああ」と水を注ぎ始めた。

コップが三つ運ばれてきた。「はい」と板前はまず亜希さんの前に置き、「あなたたちも」と、茗子、三津子さんの順で並べた。茗子が先にもらった水はもうなくなっていて、板前がコップを下げてくれた。「ありがとうございます」と亜希さんがコップを持ち上げる。茗子と三津子さんは、会釈をした。

水をぐいっと飲んだ後、「違和感があるんです」と、亜希さんがまた茗子を見た。

「私は三津子さんみたいに、気持ちを言葉にするのが上手くないので、ちゃんと説明できるかわからないですけど」

話が再開されるようで、茗子も再び亜希さんに顔を向ける。

「茗子さんが、迷惑って言ってしまったことを、悪かったって思ってるのは本当だと思うんです。でも、『悪い』の方向性が違う気がして」

意味がわからず、「方向性？」と、また茗子は間髪を容れずに聞き返した。

「はい。妊娠してる人に迷惑って言うのは良くないのに、言っちゃった。ミスをしたから謝った、反省したって感じに聞こえたんです。職場に妊娠中、育児中の人がいるのは迷惑、っていうのは、今でも思ってるんじゃないですか？　だって茗子さん、前野さんの件があってから、妊娠する可能性がある人のことは個別認識しないことにした、って言いましたよね。それって迷惑だから、仲良くなるつもりはないってことですよね」

あー、と背後から三津子さんの声がした。いつの間にか茗子は、体ごと完全に亜希さんの方を向いていたようだ。

「私もそこは気になった。新入社員さんのこと、妊娠希望があって産休や育休について聞いてきたから、どうせすぐまた育休に入るって、溜息吐いてたよね。茗子ちゃん、それを悪いことって思ってるんだなあ、って思ったわ」

亜希さんが大げさに首を上下させる。二人で連携されたようで、茗子はまた体温が上昇するのを感じた。「いや、だってそれは」と声が出る。

「だってチームメイトが次々妊娠して、育休に入って、戻ってきても時短だったり休みが多かったりするから、私が仕事のフォローをしなきゃいけなくて、もう何年もずっと大変なのは事実なんです」

また声が震えてしまった。

「それも疑問なんだよね。どうしてフォローは全部、茗子ちゃんがしなきゃいけないの？　私もチームリーダーやったことあるけど、もっとみんなにも割り振った方がいいんじゃない？　育児中の人が多くてみんなキャパオーバーなら、そもそも業務量と人員数が合ってないんだと思う。人事や上司に掛け合った方がいいんじゃないかなあ」

三津子さんが言う。「私もそう思います」と、亜希さんが続いた。

「私はリーダーとかやったことないから、何がわかるって思われるかもしれないけど……。でも、茗子さんだけに負担がかかってるのは、おかしいですよね」

何がわかる、と茗子は心の中で悪態を吐いた。掛け合ったことならある。リーダーになって数カ月経った頃、これはまったく回らないと思い、課長に人員を増やせないかと直談判した。しかし、「いやいや、それを回すのがリーダーだから。自覚持ってしっかりやってよ。もっと要領よくやらなきゃ」と一蹴された。要領がよくないことには自覚があるので反論できず、以来、他の人に割り振れない分は、すべて自分が引き受けるようになった。

「人が足りないなら、私を雇って欲しいです。首都圏に支店、ありませんか？　だって、茗子さんは大変そうだから、こんなこと言うのはなんですけど、茗子さんの会社、すごく優良ですよね。産休も育休も、生理休暇もちゃんと取れて。妊娠休暇ってのもあるんですよね。初めて聞いたけど、いいなあ。前野さん辞めちゃったなら、私が入りたい」

亜希さんが言う。え、と彼女に顔を向けた。

「私、妊娠したら会社をクビになったんです」

しっかりと目が合った状態で、そう言われた。「え、そうなの？」と三津子さんが声を上げる。

「派遣だったので、クビというか、雇い止めですけどね。でも五年も働いてたんです。ずっと正社員になりたいって希望を出してて、女性上司が上に掛け合ってくれて、やっと実現しそうだったんです。でも、それが妊娠したのと同時期で。そうしたら、正社員になるどころか、派遣としても切られました」

「そうなの？　それって問題じゃない？　出るところ出た方が良かったんじゃ」

「そう考えたこともあります。でも、妊娠は関係ない、契約を切っただけって言われそうで。雇用について詳しいわけでもないから、妊娠中に闘える気もしなかったし」

「確かに、妊娠中に心身にストレスはかけられないよね」

茗子を挟んで二人が話す。その隙に茗子は、亜希さんから視線を逸らした。だから彼女は、前野さんが辞めたことにこだわっていたのか。

「だから私、茗子さんが妊娠する人はみんな迷惑って思っていそうなことや、三津子さんのブログに、育児しながら働くことについて、攻撃的なことを沢山書いてたこと、流せないです」

さっき茗子の声が震えていたのとは対照的に、亜希さんの声には力がみなぎっていた。

「うちは裕福じゃないから、私も働かないと子供を育てられません。だから私、今就職活動中なんですけど、一歳の子供がいて、まだ保育園に入っていないって言うと、面接までも行けないことが多いです。保育園は次の4月から入りたくて申し込んでるけど、うちの地域は激戦区なので、受からないかもしれないです。だって私、無職だから。仕事してる人が優先なんですよね。これ、どうしたらいいですか？　私、何をどこから頑張ればいいんですか？」

亜希さんはどんどん早口になる。そっと様子を窺ってみたら、声はしっかりしているが、目に涙が浮かんでいた。また慌てて目を逸らす。

「私が今、茗子さんの会社に面接に行ったら、一歳の子供がいるのか、じゃあまた制度とか利用して、いっぱい休むだろう、すぐ二人目を妊娠して、育休に入るかも、迷惑、要らない、って茗子さんに言われますか？　前野さんがそうだったから？」

ずずっと洟を啜る音が聞こえた。バッグからハンカチを取り出す気配もした。涙を浮かべるだけでは済まなくなったのだろう。「亜希ちゃん、大丈夫？」と、三津子さんが茗子の背中側から手を伸ばす。

「亜希ちゃんが言いたいのは、こういうことだよね。前野さんは確かに酷かったから、茗子ちゃんが怒るのも無理はない。でも前野さんの問題の原因は、妊娠や出産じゃない。前野さん自身の問題。だから、一緒にして欲しくない、って」

「そうそう、そうです！　それが言いたかったんです！」

亜希さんが歓喜の声を上げる。

どこを見ていいかわからず、茗子は握りしめたコップの中の水に視線を落とした。水がゆらゆらと揺れている。

茗子が揺らしているようだった。頭がか、心がか、はたまた体なのかわからない。でも確実に、ゆらゆら、いや、ぐらぐらとしている。

三津子さんが、はあっと溜息を吐く音がした。

「私も同じこと、考えたことあるよ」

腕組みをして、口を開いた。

「私、妊娠中も通勤で毎日、満員電車に乗ったのね。でも、優先席の前に立っても、座ってる人、サラリーマンとか大学生とか、びっくりするぐらい席を譲ってくれないのよ。内部疾患があって、実は優先対象って人もいるかもしれないけど、全員が全員ではないでしょう。だから不思議で仕方なくて、『妊婦』『優先席』『譲ってもらえない』とかで、ネット検索してみたんだよね。そうしたら、『妊婦に席を譲る必要はない』とか、『自分も絶対に譲ってやるもんか、って思ってる』とか書き込み合ってるサイトに行き着いて、もっとびっくりしたよ。子連れやベビーカーも迷惑、嫌い、とかも書いてあった」

「ええ、どうしてですか。酷い」

ハンカチを口に当てながら、亜希さんが訊ねた。

「前に妊婦に席を譲ってあげたら、お礼も言わずに当然でしょって顔して座られたから、それ以来譲らない、とか。気付かなかっただけなのに、ベビーカーで奥に行きたがってたママに、溜息吐かれながら、車輪を足にガンガン当てられたから、ってのもあったかな。妊婦や子連れは偉そう、感じが悪い、優先されて当たり前だと思ってる。だから迷惑、嫌い、って言ってる人が多かった」

「そんな。妊婦や子連れがみんな、そんな風なわけないじゃないですか」

「そうなんだよね。実際にそういう妊婦や子連れがいたんだとしても、その人たちって、妊婦や子連れだから偉そう、感じが悪いんじゃなくて、もともと偉そうで感じが悪い人が、妊婦や子連れになっただけなんだと思うの」

「ああー！　そうですよ！　それ絶対そう！　さすが光さん！　じゃなくて、三津子さん。すごい！　私の言いたいことを、ちゃんと言葉にしてくれる！」

まだ目尻が少し潤んではいるものの、亜希さんはすっかり笑顔で、声も明るくなっている。まるで憧れのアイドルを仰ぎ見るかのように、熱い視線を三津子さんに送っていた。

一方で茗子は、ぐらぐらが激しくなっていて、不安だった。自分の足許を確認する。きちんと両足ともステップに着いている。でも揺れている。キサラギだと名乗って、前野さんの事件の告白をした後の、揺蕩ってどこか心地よかったのとは、違う。今度は揺れに悪酔いしそうだった。

「前野さんも絶対にそうですよね！　だって彼女、実際に妊娠前から感じ悪かったじゃないですか。茗子さんは興味ないって言ってるのに、ポイントが欲しいからって化粧品サイトの会員にしようとして、断ったら文句言うとか。仕事のフォローしてるのは茗子さんなのに、生理休暇はズル休みって宣言したり」

「うんうん。こんなこと言って悪いけど、前野さん、茗子ちゃんのことを下に見てるよね。他の場所でも、同じことしてると思うよ。男の人や上の人には愛想良くして、自分で勝手に私より下、って決めた人のことは、いいように使うとか」

「高校や大学に、そういう子、いましたね。私は関わらないようにしてたけど」

二人の手許を窺った。両脇から二人が、自分の肩を揺らしているんじゃないかと思ったのだ。しかし二人とも、両手はカウンターの上にあった。じゃあ茗子を揺するのは、この飛び交う声だろうか。耳を塞ぎたくなる。

「他のチームメイトさんは、どうなの？　妊娠中、育児中の人が多いって言ってたけど、みんなが前野さんみたいに酷いわけじゃないでしょ？」

「ですよね。妊娠中や育児中だったら、仕事量にはどうしても制限があると思うけど。感じのいい人とか、茗子さんがフォローすることに、ちゃんと感謝してる人もいるんじゃないですか？」

両脇から質問をされて、え、と茗子は携帯に手を伸ばした。工房にいる時に会社からかかってきた電話と、ホテルの部屋で受信した森崎さんからのメールが、頭をよぎったのだ。

いや、でも――と、手を引っ込める。揺らすのは止めて欲しい。そんなに簡単に流されたくない。

「茗子ちゃんも、属性で一括り（ひとくく）りにされて、嫌なこと言われたり、酷いことされたりしたことない？」

「女性はみんなこう、って思ってるような人も多いですよね。若い時は特に、ああ若い女子だからって今、見下されたなあって思うようなこと、多かったです」

止めて欲しい。声で揺するのは、本当にもう。そう思う一方で、属性で一括りにされて――ということが、自分にもあっただろうかと、思考も働いた。なくはない、気がする。いや、確実にあった、と思う。

大学生の時、近所の運送会社で伝票整理のアルバイトをしようと、面接に行った。初老の男性店長は、初めは「おお、真面目そうな子だ。いいねえ」と歓迎してくれたが、履歴書を渡すと、「え、あそこなの？」と茗子の大学名を見て顔をしかめた。「前におたくの大学の子を雇ってたことあるけど、勤務態度が悪かったんだよなあ」と、そのまま追い払われた。

結婚して、今住んでいる尚久の地元に引っ越してきたばかりの頃。尚久の中、高の友人たちが、居酒屋で小さな結婚祝いパーティーを開いてくれた。そこで男性の友人の一人に、「茗子ちゃんは、出身どこ？」と聞かれ、答えると、「えっ、元カノと一緒だ」と、嫌な顔をされた。「めちゃくちゃワガママで気が強い子でさ、俺もうあそこの人たちとは付き合えないわ、って思ったんだよね。茗子ちゃんと尚久は、相性がいいならいいんだけど」とブツブツ言い捨て、その友人は茗子から離れた。

ぐらぐらぐら――。頭も心も体も、揺れる。二人が言いたいのは、こういうことか。今の茗子は、あの失礼な店長や尚久の友人と同じだと――。まさか、そんな。

「亜希ちゃん若く見えるから、今でもありそうじゃない？　女だからこうするべき、っていうのも、ほんと根強くあるよね」

「ありますね。結婚したから、とか、ママになったから、とかも多いですよね。私の地元の友達も、同い年なのに何でって思うんですけど、子供を保育園に入れるのかわいそうとか……」

女だからこうするべき、も確かにある。尚久と出会った飲み会がそうだった。女性はお酌要員として呼ばれていた。それに、「そんなことはおかしい」と言ったのが尚久で、でも現在の彼は、家事は当然茗子がするものと思っていて、昨日も料理が買ってきた惣菜だったから怒って、それはきっと茗子を下に見ているからで——。

既視感を覚えた。ついさっき、同じ言葉を聞いた気がする。三津子さんが言っていた。「前野さん、茗子ちゃんのことを下に見てるよね」と。そうだったのか、彼女も——。だから「マタハラだ」と騒いだのか。尚久と一緒で、見下している茗子に説教をされるなんて、受け入れられなかったのだ。

ああ、もうわけがわからない。ぐらぐら揺れる。気持ちが悪いから、揺れた勢いでこのまま、三津子さんか亜希さんのどちらかに、なだれ込んでしまいたい。そうしたら、楽になれるかもしれない。

いや、でも——。両足に力を込める。「Hikari's Room」に書き込んだ言葉たちを、頭の中で再生させてみる。

「母乳かミルクかどっちでもいいって、正気ですか？　母乳の方があらゆる観点で優れているのは、色んなところで立証されています。不勉強さに呆れます」

「子供を産んだら何かを諦めるのは当然だと思います。――保育園不足と言いますが、あなたのような自分で育てたくないワガママな母親たちが仕事に逃げて、保育園が足りないと叫んでいるだけでしょう」

子供を産んだことがないから、母乳や保育園事情になんて詳しいわけがない。でも一生懸命ネットをあさって知識を得たり、色んな人の意見を読み込んだりして書いた。

そんなに簡単に流されてはいけない。もし茗子が今、三津子さんや亜希さんになだれ込んでしまったら、あの言葉たちは、あの怒りたちはどうなる。

「迷惑をかけて当然って思っているんですか？　あなたは二人の子供を得た上で、社会的立場や給料まで失いたくないと思っているようだけど、あなたの仕事を助けるために、何かを失う人がこれから出てくることについては、どう思っていますか？」

あの言葉たちはキサラギ、茗子の、二年間の、いやもっと長年の、確かな怒りだ。茗子はあの怒りを、守ってあげなければいけない。手放して、見放すわけにはいかない。怒りにも、プライドを持っていいはずだ。

「じゃああなたたちは、私みたいにいい歳して子供のいない女性を、一括りにして、見下してはいないですか」

気が付いたら、そう口に出していた。

え、と二人が声のようなものを発して、同時に茗子を見上げた。見上げられたことで、茗子は自分が立ち上がっていることに、気が付いた。

板前も、困惑顔で茗子の様子を窺っている。でも、もう止まらなかった。

「私みたいに子供のいない女性を、かわいそう、惨め、ああはなりたくない、って見ていませんか。見ていないって、言えますか」

もう語尾が震えたりはしない。茗子の声には、力がみなぎっている。

さっきの亜希さんよりも、ずっと力強い。自分でそう思った。

キィーッと誰かが泣き叫んでいるかのような嫌な音が響いて、亜希はハッとした。

いや、決してぼんやりしていたわけではない。ただ一瞬、本当に一瞬だけれど、わざと意識を遠くに飛ばそうと、試みていたような気がする。茗子さんの突然の剣幕に、はっきりと混乱したのだ。

「じゃああなたたちは、私みたいにいい歳して子供のいない女性を、一括りにして、見下してはいないですか」

急にゆらりと立ち上がったと思ったら、亜希と三津子さんの会話を遮って、茗子さんはそう言った。

「私みたいに子供のいない女性を、かわいそう、惨め、ああはなりたくない、って見ていませんか。見ていないって、言えますか」

これまでとはまったく違う、力強い声だった。自分がキサラギだと告白した時は涙声で叫んでいたし、態度の悪いかつての同僚の話を長々とした時は、遠い目で淡々と語っていた。でも今の彼女は、力のみなぎった声で、闘いに向かう戦士のような熱い眼差しで、亜希を見つめている。

キィーッとまた嫌な音が響いた。茗子さんが姿勢を変えたので体に椅子が押されて、脚が床を擦ったのだと気付く。最初は真ん中に立って、亜希と三津子さんの両方を見ていたが、最初のキィーッで、少し亜希の方に体を傾けたように思う。そして今の二回目で、完全に亜希の方を向いた。

ということは――。「あなたたち」とは言ったが、主に問われているのは自分なのだ。それなら――。逃げてはいけない気がする。亜希はゆっくり、茗子さんと視線を合わせた。

「私は」

次の瞬間、茗子さんがまた口を開いた。さっきから完全に作業の手を止めて、茗子さんのことを窺っている板前が、半歩ほどカウンターに近付いた。

「私は五年前に、一度妊娠したけど、初期で流産しました。その時夫に、私が会社の同僚の送別会で、焼肉を食べたからだって言われた。それ以来夫は、私に触ろうとしません」

えっ、と声が出そうになったが、堪えた。しかし茗子さんの向こうから、「何それ」と囁き声がした。三津子さんだ。

「それからずっと仲も良くないし、三十七歳でこの状況だから、私はきっともう子供を持たないと思います。かわいそうですか？　私は老後、子供に面倒を見てもらえるけど、この人はどうするんだろう、って思いますか？　一人で淋しく死んでいくの？　惨めだなあ、自分はそうはなりたくない、って思う？　思ってないって言える？」

茗子さんの上半身が、亜希の方にずいっとせり出してきた。我慢したが、思わず顔を背けるところだった。鼓動が速くなっている。

「ちょっと！」と声がして、板前がカウンターに近付くのが、視界の端に映った。茗子さんと亜希の間に、手が差し入れられた。

「ちょっと、落ち着こうよ。ね？」

低い声で板前が茗子さんに言い、その後、亜希の方を見た。目が合う。「大丈夫か？」と言われた気がして、亜希は反射的に「大丈夫です」と口にした。

板前が眉を動かし、驚いたような表情を浮かべた。自分でも驚いていた。本当に「大丈夫」なのか。こんな風に誰かに問い詰められたり、凄まれた経験なんてない。なのに、何が「大丈夫」なのか。

でも彼女がこんな風に自分を詰問するのは、これまでの会話で、亜希がそうさせてしまったのだと思う。きっと亜希が茗子さんに、「違和感がある」と言い、その後こちらの言い分を語ったからだ。それならば、きちんと対峙するべきだと思う。「だから大丈夫」という意味を込めて、板前に目配せをした。

茗子さんに視線を戻し、亜希はゆっくり、音を立てて深呼吸をした。

「ごめんなさい」

言葉がこぼれ落ちた。

「ごめんなさい」

もう一度。

今度は音は出さず、静かに深呼吸をする。そして正直な思いを吐き出した。

「思ってないって、言えません」

少し声が掠れてしまったが、語尾までしっかりと言い切った。

茗子さんの向こうで、三津子さんが亜希の方に顔を向けたのが見て取れた。板前は亜希と茗子さんの間に差し入れていた手を、ゆっくりと元に戻す。無意識でした動作に思えた。

二人の動きを気にしながらも、亜希は茗子さんから目を逸らさなかった。やがて茗子さんの眼差しから、闘志が消えたように思えた。代わりに動揺が浮かんだような。

忙しく脈打つ胸に手を当てながら、亜希はまた口を開く。

「でも、誤解しないでください。最初に言わせてください。まず、息子に自分の老後の面倒を見させようとは、思ってません。夫も、思ってないはずです。自分たちの老後のために、子供を産んだんじゃありません」

また、しっかりと言い切る。妊娠中も一維が生まれてからも、英治とそんな話はしたことがない。でも、もう十年近い付き合いの「同志」だ。絶対に英治もそんなことは考えていないと、自信を持って言える。

「あと、子供のいない女性のことを、惨めだとか、ああはなりたくないとか、そんな風にも思ってません。思ってない、と思います」

今度は歯切れが悪くなってしまった。

「思ってないって言えない、って言ったから、矛盾してるように思われるかもしれないですけど……。でも、あの」

言いたい「こと」は確かにあると思うのに、上手く言葉になってくれない。もどかしさ故に、再び胸に手を当てた。「ここ」に、確かにあるのに。

すぐそこに、思いを言葉にするのがとても上手な人がいる。光さん、いや、三津子さんだ。彼女は亜希の思いを、いつも代弁してくれる。三津子さんに頼ってしまいたい衝動に駆られた。でも自分で向き合わなければいけないと思う。亜希は懸命に頭を働かせた。

「何か思うことはあっても、惨めとか、ああはなりたくないとか、そんな言い回しでは思ってません。その、自分の頭の中で考えている時でも、そんな言葉は使ってない、っていう意味です。上手く言えないですけど」

すぐに戻ってきたが、茗子さんが初めて亜希から一瞬目を逸らし、視線を泳がせた。亜希の言葉を理解しようと、あちらも頭を働かせてくれたと、そう思っていいだろうか。

期待しながら、「ただ」と亜希は続ける。

「子供のいない女性って言っても、みんながみんな、欲しいけどいないってわけじゃないと思う。自分の意思で子供を持たない人もいるし、欲しいのかまだわからないから、今はいないっていう状態の人もいますよね。でも、私は子供が欲しくて、授かって、生まれてきてくれたから……。もし、今も私に子供がいなかったら、どうなっていたんだろうと考えることは、あります」

茗子さんは、無言で亜希を見つめ続けている。三津子さんと板前は、同じ姿勢のまま微動だにしない。

「どうなっていたんだろう、っていうのは老後とかじゃなくて、今私に子供がいなかったら、常にその哀しさを抱きながら生活していたのかな、とか、私はそれに耐えられるんだろうか、とか、そういう意味です。夜に、もしずっといないままだったら、この哀しみがずっと続くのかなと思って、眠れなくなったりしないかな、とか。そういうことを考えることは時々……、いや、よくあります」

喉の奥から鼻に向かって、強く込み上げるものがあった。亜希も初めて茗子さんから目を逸らし、下を向いた。唇をぎゅっと嚙んでから、再び顔を上げる。

「そういうことを考えてることが、茗子さんから、惨めとか、そうはなりたくないって思ってる、って見えるなら。思ってない、って言いきれないです」

茗子さんが眉間に皺を寄せた。亜希より力は弱そうだったが、唇を嚙むのも見て取れた。これはどういう意味だろう。今彼女の心は、どう動いているのだろう。しかし察せられないまま、亜希の口は止まらなくなっていた。

「あと私、イヤイヤ期にはまだ早いと思うけど、最近一維が、あ、子供が、泣いたり喚いたり、急に手がかかるようになって。夫が忙しくてほぼワンオペだし、一人になりたい、もう疲れたって思うことが多いんです。でも、今日もそうなんですけど、いざ子供を預けて一人になると、なんか落ち着かないっていうか」

ついでと言っては何だけれど、今日電車を降りた時に抱いていた気持ち悪い感覚についても、何とかして語りたいと思ってしまっている。今、茗子さんから問い詰められたことと、無関係ではないように思うのだ。

「それで、自分は子供を連れていない時に、子連れの人に会うと、無性に話しかけたくなるんです。聞かれてもないのに、うちは男の子です、今何カ月です、って話しちゃったりして。もしかして、自分に子供がいることに、母であることに、プライドとか、アイデンティティとか？　そういうものを感じてるのかもしれないと思うんですよね。私、子供の話しかしないような、子供が世界のすべてっていうような母親には、なりたくないってずっと思ってたのに」

ふうっと、誰かが息を吐く音が聞こえた気がする。茗子さんではなさそうだ。三津子さんだろうか。

「それって、母であることにプライドがある、って。裏を返せば、子供のいない人のことを……。そんなつもりはないんだけど、見下してるってことになるのかもしれなくて。だから茗子さんに、そうでしょって言われたら。思ってないって言える？　って聞かれたら……。言えないです、ってなります。ごめんなさい」

言い終えて、今度は亜希が息を吐いた。そういうことか、と心の中で呟く。あの気持ち悪い感覚、不思議な衝動は、そういうことだったのか。

しばらく、「しん」と音が響いているかのような、沈黙が続いた。板前はいつの間にか、カウンターから距離を取っている。しかし手は動かしておらず、亜希たちの様子を窺っているようだった。

やがてキィーッという、あの嫌な音がまた響き、沈黙が破られた。茗子さんが亜希から視線を外し、吸い寄せられるように、椅子に腰を下ろしたのだ。宙を見つめるようにする。

「亜希ちゃんの言ったこと、わかるよ。私もある」

茗子さんの行動を合図にしたかのように、三津子さんが口を開いた。

「亜希ちゃんは、まだやさしいよ。私なんてもっと露骨に、そういうこと、よく思ってる。仕事で上手くいかなかった時とか、取引先に嫌なこと言われた時に、家に帰ってきて子供たちに、こっちおいでって言って、本人たち嫌がってるのに無理やりギューッってしてね。この子たちがいれば大丈夫、仕事なんて明日辞めたっていい、取引先に嫌味言い返して、クビになってやれば良かった、とか思ってね。この子たちがいれば私は生きていける。でもこの子たちがいない人生なんて考えられない、って。――つまり、それって裏を返せば、だよね」

茗子さん越しに、三津子さんの様子を窺った。上半身を傾けて、カウンターに頬杖を突いたようだ。

「子供のいない人たちを前にして、酷いこともよく思ってる、と思う。チームでの仕事が終わらなくて、同僚たちは残業するみたいだけど、私はお迎えがあるから帰るね、っていうような時に、ちょっと変な空気になったりするんだよね、どうしても。そういう時、でも仕方ないじゃない、あなたたちは子供がいないからわからないだろうけど、って思っちゃってるよ、私。心の中で、はっきりとそういう言い回ししちゃってる」

最後の方を吐き捨てるように言い、三津子さんは頭を揺すった。自己嫌悪しているように見えたので、「あ、でも私も」と、亜希は身を乗り出した。

「私もそういうこと、あると思います。さっき、派遣で五年勤めてた会社から、妊娠したら雇い止めに遭ったって話しましたよね。女性上司がずっと正社員にしようと掛け合ってくれてたけど、ダメだったって。その上司、独身だったんですよね。それで私、抗議する時に、堪えたけどもう少しで、これから子供が生まれてお金がかかるのに、じゃあ私はどうしたらいいの。あなたは独り身だからわからないんでしょうけど、って言いそうになりました」

告白したら、自分も激しく自己嫌悪感に苛(さいな)まれた。三津子さんの真似をして、頭を揺する。

「独身だから、辞めさせられたら困るって想像できないんでしょ、って、酷い決めつけですよね。それまでその上司のこと、自立しててカッコいい、尊敬してるとまで思ってたのに。

まあ、あちらにも乱暴なこと言われたから、カッとなったってのはあるんですけど」

「私も。どこかで子供いない人は、苦労なく残業できるからお願いね、って思っちゃってたかも。さっき茗子ちゃんに、妊娠中や育児中の人を一括りにしないでって言ったけど、人のこと言えないな」

「本当に。私もです。ごめんなさい」

もう一度唇を噛んでから、茗子さんに向かって頭を下げた。茗子さんがゆっくり、顔をこちらに向けるのを気配で感じた。

「私もだよ」

でも三津子さんの声がして、今度は素早くそちらを向いた。

「茗子ちゃん。私も、ごめんなさい」

三津子さんも謝り頭を下げた、次の瞬間。大きな破裂音が響いた。驚いて、「え」と亜希は声を漏らした。

すぐに板前の方に視線をやった。さっきから何度か板前が三津子さんの話に噴き出し、その度に洟をかむふりをして誤魔化していたから、またそれかと思ったのだ。

でも板前は佇んだままで、亜希と同じく戸惑っているようだった。確かに、今は笑う要素がなかったはずだ。じゃあ今のは――。

ふふっ。ふふふっ。今度は完全なる笑い声が聞こえた。まさかとおそるおそる右を見る。茗子さんがカウンターに両手を置いていた。そして俯(うつむ)いて、ふふっ、ふふふふ、と笑い声を立てている。

三津子さんも「え、なになに？」と動揺している。茗子さんが顔を上げ、三津子さんを見た。

「三津子さん。下の前歯に、葉っぱが挟まってます」

数秒間、沈黙が流れた。が、すぐに三津子さんが「え！　嘘！」と叫んでバッグをごそごそとする。手鏡を取り出し、口を「い」の形にして、「やだ、ほんとだ」と呟いた。指を口に運ぶので、亜希は慌てて目を逸らした。

「その葉っぱ、さっきは上に挟まってたんですよ。どういうことですか。どうやって移動したんですか」

茗子さんの笑い声が、ふふっ、から、くくくっ、に変わった。

「そうなの？　ずっと挟まってたの？　酷い！　もっと早く言ってよ！」

責め立てるも、三津子さんも笑い出した。板前も鼻を伸ばして口に手を当てて、カウンターに背を向ける。また涙をかみに行くのだろうか。

亜希は笑えなかった。この妙な状況は何だと呆然とする。

ふふふっ、くくくっ、と笑いながら、茗子さんがまた俯いた。笑い声が徐々に小さくなっていく。やがてそれは泣き声に変わった。洟を啜る音もする。三津子さんが笑うのを止めた。

「……て、いいです」

茗子さんが何か言い、三津子さんが「ん？　何？」と聞き返した。亜希も聞こえなかった。

「お二人は、謝らなくていいです」

涙声だったが、今度はしっかりと喋ってくれた。三津子さんと顔を見合わせる。

「お二人は、謝らなくていいんです。思うだけと、言動に出すのは全然違う」

話が元に戻ったようだ。意識を集中させる。

「私は、どちらもしてしまいました。会社の人たちを一括りにして、心を開かないで。三津子さん、光さんのブログに、八つ当たりで言いがかりを書き込んで」

洟を啜りながら、茗子さんはゆっくりと顔を上げた。そしてわざわざ全身を亜希の方に向けて、涙を拭ってから口を開いた。

「さっきの質問も、言いがかりですよね。ごめんなさい」

深々と頭を下げられ、亜希は戸惑った。

「え。いえ、あの。私はそんな、謝ってもらうようなことは……。あ、でも」

姿勢を正す。茗子さんはまだ頭を下げている。

「三津子さんには、ちゃんと謝った方がいい気がします。ブログの書き込みは、かなり攻撃的だったし」

「はい。そうですよね」

大きく頭を振って頷き、茗子さんはまた体ごと動かして、今度は、三津子さんの方を向いた。

「三津子さん、ごめんなさい。長い間、本当にすみませんでした」

同じく深く頭を下げる。

亜希はその茗子さんの後ろ姿を、じっと見つめた。至近距離のはずなのに、どこか遠くから眺めているような、不思議な感覚に襲われた。

「ああ、ええと。ねえ、私こんなに真っ直ぐに人に謝られたことがないから、どうしていいかわからない！　前の夫にだってないよ！　ねえ亜希ちゃん、どうしたらいい？」

三津子さんが慌てている。

「え？　いや、それは。三津子さんが思うように対応するのが、いいんじゃないですか」

「そっか、そうだよね。わかった。じゃあ茗子ちゃん、はい。許します」

「ありがとうございます。でも本当に……」

「あ、待って。そんなに真剣に謝ってくれたから、私もちゃんと話したい」

「え？　なんでしょうか」

茗子さんが顔を上げる。

「茗子ちゃん最初に、私にも自分の声が届いてなかったって言ったでしょ？　あれって、私がキサラギのコメントに傷付いてない、気にしてない、って言ったからだよね」

「ああ、はい。ごめんなさい。あの時はまだ自分のコメントにプライドというか……」

「違う違う、怒ってるんじゃないの。あのね、気にしてないって言ったけど、あれは嘘というか、適当というか。だって、さっきはまだ、後からこんなに深く話をするなんて思ってなかったから。本当は、最初のうちはキサラギコメント、気にしてたし、傷付いてもいたんだよ。私、仕事や育児で自分が感じたことを、整理するためにブログを書いてたから。あそこまで否定されたら、さすがにいい気分はしなくてね」

「そうですよね。ごめんなさい。本当に」

茗子さんが戸惑っている。亜希も、なぜ今になって三津子さんがそんな話をするのかわからなかった。

「謝らないでよ。違うんだって。あのね、最初は気にしてたんだけど、だんだん、この人は何かにすごく怒ってる、というか苦しんでて、それを伝えたいんだろうけど、その相手は本当は私じゃないんだろうな、って思うようになったの。でもどこの誰かもわからないし、元々コメントには返信しないようにしてたし、何もできなくて。まさか実際に会いに来てくれるなんて、思うわけないじゃない。だから途中からは、気にしないようにするしかなかったんだよね」

「そうですよね。すみません」

「謝らないでってば。私が言いたかったのは、茗子ちゃんの声は、誰にも届いてないわけじゃなかったんだよ、ってこと。何もしてあげられなかったけど、キサラギさんが苦しんでることは、私には伝わってたよ」

しばらくの間、沈黙が流れた。これまでで一番長かった。破ったのは、茗子さんの啜り泣きだった。

「あ、あの……。ありがとうございます。私、酷いことといっぱい書いたし、さっきも失礼なこと言ったのに。あの、本当に……」

手の甲を鼻に当てて啜りながら、茗子さんが言う。目からは涙がぽろぽろと零れ落ちる。

「謝ってくれたんだから、もういいんだってば。身近な人に苦しさが伝わらないのは、辛いと思うもん」

「ああ、でも、それも……。私が周りの人に心を閉じちゃってたから、気付いてなかっただけかもしれなくて……。今日、二人会社の人が連絡をくれたんです。私、今日、実家の父が倒れたっていう設定で会社を休んでるんですけど」

涙を指で拭いながら喋った後、茗子さんはカウンターに載せていた携帯に手を伸ばした。大切なものを愛でるように、両手で挟むようにして持つ。

「一人は、ムロイさんっていって、私の二つ、三つかな、年下の、チームメイトで。子供が二人いる人なんですけど」

ムロイさんはまだ子供が小さいので、時短勤務で突発的な休みも多く、やはり自分が仕事のフォローをすることが多いと、茗子さんは語った。でもいつも丁寧にお詫びとお礼を口にする人で、出勤している日は自ら休み時間を削って少しでも仕事を進めたり、余裕がある時は他の人のフォローを買って出たりもする、真面目な人なのだという。つい最近も、本当は出産でもうすぐ辞める社員が作るはずだった引き継ぎマニュアルを、自分がやると引き受けてくれたそうだ。

そのムロイさんが今日の昼に電話をくれて、「お父さん、どうですか」「磯村さんの仕事はこちらでちゃんとやるので、今は仕事は忘れてください」と言ってくれたという。お父さんは大したことなかったと伝えた後も、「でも、もう少し休んじゃっていいですよ」「磯村さんは、いつもみんなのフォローをしてくれてるから。たまにはゆっくり休んでください」とも

――。

聞き終えると、「わあ！」と三津子さんが歓声を上げた。

「いいねいいね！　職場にも、ちゃんといい人がいるじゃない！　だって、そうだよ。茗子ちゃん、きっといつも誰よりも一生懸命仕事してるんだと思うもん。ちゃんと見てくれてる人はいるはずだよ！」

「そう、なんですかね。あの、ここに来る前にムロイさんに、初めて家族四人で旅行に行きたいから、年度末に有休を取りたいって言われたんです。私、彼女ならちゃんと仕事を終わらせてから行くだろうから、いいよ、って言って、そんなに重く捉えてなかったんですけど。なんか、そのことをすごく感謝してくれてたみたいで」

「そうなんだね！　いいじゃない！」

「あともう一人、モリサキさんって人も、さっきホテルに戻った時にメールをくれて」

モリサキさんは夫に先立たれた五十代の女性で、一人暮らしだから他の育児中のチームメイトたちのように時間に追われておらず、普段から唯一他愛のない会話ができる同僚なのだ、と茗子さんは説明した。

「でも最近、娘さんが妊娠して。共働きだから、生まれたら育児のフォローをしてあげたいそうで、私もこれからは休んだりすることが増えるかも、って言われたんですよね。だから私、ああそっち側に行ってしまうんだな。いよいよ私は一人で、全員のフォローをしなきゃいけなくなるんだ、と思ったんです。でも」

モリサキさんからのメールにも、ムロイさん同様にお父さんへのお見舞いと、「いっそのことまとめて休んじゃったら」「こちらのことは心配しないで」というようなことが書かれていたという。

「まだ生まれてないから、今は私のことどんどん使えばいいから。こういうのは持ちつ持たれつだから、って」

三津子さんが満面の笑みを浮かべて、茗子さんの肩をバンバンと叩いた。

「良かった！　ちゃんと茗子ちゃんのこと、気にかけてる人がいるよ！　あー、なんか私まで嬉しい！」

「ありがとうございます。なんか、私もすごく嬉しいような気がしてきました。さっきまでは気が張ってたので、どう捉えていいかわからなくて、これって喜んでいいのかなって思ってたんですけど」

「ああ、もう不器用だなあ！　喜んでいいに決まってるじゃない！」

盛り上がる二人を、亜希はまた「遠くから」眺めた。板前は発言はしないが、にやにやしながら二人に視線をやっていた。自分だけが輪に入れていないようだ。

「ねえねえ、じゃあ夫さんからも何か連絡来てないの？　夫さんも実は、ちゃんと茗子ちゃんのこと心配したりしてないかな」

「ああ、それはないですね。夫からも連絡はあったんですけど、真逆の内容でした。昨日のケンカ、私は自分が悪いとは思ってないんですけど、今ちゃんと謝れば許してやるから、みたいな。父へのお見舞いもロクになかったし。まあ、父のことは嘘なんですけどね」

「えー、そうなんだ。でもまあ、それはいいか！　亜希ちゃんみたいに、夫に恵まれてる人の方がめずらしいよ！　私も離婚してるし」

「そうですね。私もなんか、こっちに来てから夫のことはどうでも良くなってる気がします」

「あははは！　でもそれでいいよ！」

豪快な笑い声を上げる三津子さんに微笑み返す、茗子さんの横顔を見つめてみる。胸がつかえて、息苦しいような感覚を覚えた。

今日の昼に出会ったばかりとはいえ、ここまでで彼女の笑顔を見たのは初めてだと思う。工房で遭遇した時と、この店に入ってきた時の茗子さんは怯えているようで、硬い空気をまとっていた。自分がキサラギだと明かした時はヒステリックで、同僚とのことを告白した時は、投げやりで荒（すさ）んでいた。亜希に凄んだ時は気色ばんでいて、三津子さんの歯の葉っぱでタガが外れたようになり、そこからの今は――。憑き物が落ちたかのように、爽やかだ。良かった、と自分は思っている、と思う。告白での言い分に違和感は持ったが、それはしっかり伝えたし、凄まれたのは怖くなかったと言えば嘘になるが、おかげで自分の良くないところに気付けたし、不可解な感覚について分析もできたのは、ありがたかった。

キサラギの書き込みは到底肯定できるものではないけれど、三津子さんが許したのだから、もうそれでいい、とも思う。書き込みの時点から、亜希にだって苦しんでいるのは見て取れたし、茗子さんがようやくそこから解放されたのなら、純粋に良かったと思う。決して悪い人でもないのだろう、どころか、真面目でしっかりした人なのだと思うから、亜希が今彼女に嫌悪感や悪意を持つ理由はないし、実際にそういう気持ちを抱いているわけでもない、と思う。

なのに、どこか釈然としないのは、どうしてか。この気持ち悪さは何だろう。

「よし！」と、不意に板前が声を上げた。

「何だか丸く……、いや丸くはないのか。でも収まったみたいだよな？　ビールもう一杯ずつ飲むか？　奢るよ」

ぱんぱん！　と手を叩く。

「えー、いいの？　うわー、板前さん素敵！」

「途中から、もう堂々と話聞いちゃってたしな。結局あなたたちが最初から知り合いなのか、ここで初めて会ったのか、よくわからなかったけど」

「いいんですか？　私は恥ずかしいところもいっぱい見せちゃいましたけど……」

そう言いながらも、茗子さんもどこか嬉しそうで、飲むのに乗り気のようだ。

「いや、なかなか聞きごたえがあったよ。俺もあなたたちと同じぐらいの娘がいるから、色色思うところがあった」

喋りながらてきぱきと、板前はビールをジョッキに注いでいく。

やはり自分だけ空気に乗れず、亜希は手持ち無沙汰で、何気なく携帯を手に取った。目に入った時刻に、ぎょっとする。

板前はもう三つビールを注ぎ終えていたが、「あの」と亜希は声をかけた。

「本当にいいんですか？　もう22時半過ぎてます。閉店なんじゃ」

「え」「やだ、本当だ」と茗子さん、三津子さんも携帯で時刻を見る。

「もうとっくに閉店してるよ。気付かなかっただろうけど、看板も下ろしたよ。うち21時半オーダーストップで、22時閉店だから」

「じゃあ申し訳ないです」

「いや、いいよ。しっかり話聞いちゃったお詫びでもあるから。このホテルの支配人とは長い付き合いだから、俺の好きなようにやっていいって、いつも言ってもらってるし」

　板前はカウンターに三つビールを並べる。

「じゃあさ、せめて売上に貢献させてもらおうよ。料理の追加しない？」

「いいですね。実は私、いっぱい喋ったからかお腹が空いてきてたところで」

「いや、でも」と亜希は二人を制した。

「今から作ってもらうの、悪いですよ」

「いいって、いいって。じゃあ、こうするか。作るから、俺も一緒に飲み食いしていいかな？」

「もちろん、いいですよ」

「じゃあそうしよう！　板前さんだって、この時間じゃお腹減るよねえ」

　三人の気持ちはまとまったようだ。でも亜希は、まだ申し訳なさが拭えない。

「じゃあ、こうしましょうよ。ビールはご馳走になる分、板前さんが食べる分も私たちにつけてもらいましょう。飲まれる分も」

「お、いいのか？」「ああ、そうだね」「じゃあ、そうしましょう」と話がまとまった。

「何にする？　二人は好き嫌い、あるんだっけ」

三津子さんがメニューを取った。「あ、私お肉料理がダメです」と茗子さんが言う。

「え！」と三人で顔を見合わせた。緊張が走る。

「そうでしたよね。茗子さん、さっきお肉が食べられないって言ってましたよね」

「そうだったね！」

「ちょっと。大丈夫なの？」

「え？　大丈夫ですよ。皆さんは食べてください。私は肉料理じゃないのを食べるので」

茗子さんはきょとんと首を傾げた。

「そうじゃなくて！　食べられないって、アレルギー？　大丈夫？」

「いえ、アレルギーじゃないです。こんな話、なんですけど、さっき、流産した時に私が焼肉を食べたからだって夫に言われたって話しましたよね。あれ以来、肉を食べると気持ち悪くなっちゃうんです」

三人で視線を交差させる。

「じゃあ今、気持ち悪いの？」

三津子さんが心配そうに、茗子さんの顔を覗き込んだ。

「え？　気持ち悪くないですよ。何でですか？」

「だって、食べてたよ、肉」

板前がキッチン台に下げられている大皿を指差す。え、と茗子さんはしばらくそれを凝視した。

「食べた……。食べてましたね、私、あれ」

三津子さんと亜希で、両側から頷いた。あの料理が運ばれてきた時、茗子さんが取り分けてくれた。でも大皿にはまだ残っていて、茗子さんの前に置かれていた。そして、自分はキサラギだと告白した前後だと思うが、彼女は大皿から直接、貪るように食べていた。

「あれ、何でしたっけ」

「牛すじの味噌煮込み。肉料理中の肉料理だけど」

「ですね。……でも平気です。気持ち悪くないです。出汁が利いてて、おいしいって思いながら食べてました」

またしばしの沈黙が流れたが、やがて板前が「じゃあ、いいか。おいしいって言ってくれて、ありがとうさん」と呟いた。

「うん。うん、いいんじゃない！　おいしかったんだもんね。すごいじゃない！　トラウマ克服したってこと？」

三津子さんが、また茗子さんを叩く。

「ってことで、いいんですかね」

「いいんじゃない？　じゃあまた食べようよ、肉！　ほら何にする？」

「え、でもいきなりは怖いかな……。いや、でも！　食べます！」

「食べよう食べよう！　何でも作ってやる」

それぞれの声が弾んでいる。大山鶏の炭火焼きと、しまね和牛のステーキと、他に野菜ものを二品頼むことになった。亜希は自分の希望を言う気力がなく、二人が提案するものに「いいですよ」と頷いただけだった。

息苦しさが増している気がする。何かが釈然としない。こんなことってあるんだろうか。精神的な問題で何年も食べられなかったものを、勢いで克服してしまうなんて。

でも、やはりそれで茗子さんに不快感を抱いているわけではないと思う。肉が食べられないなんて、相当にストレスがかかる生活だったろうし、そこから解放されるなら、素直に「おめでとう」と思う。じゃあこのすっきりしない感じは、何だろう。

「いい匂いしてきたね」

「ですね。この音もいいですよね」

肉を焼く匂いと音に、二人がビールジョッキを片手に色めき立っている。でも亜希は胸がつかえて、同調できなかった。亜希こそ、これから料理を食べて、気持ち悪くなったらどうしよう。

「あの、告白してもいいですか？」

茗子さんがふざけた様子で、手をひょいと挙げた。「なになに？」と三津子さんが嬉しそうに茗子さんを覗き込む。亜希は惰性で、顔だけ彼女に向けた。

「私、二年間『Hikari’s Room』を読み続けて、光さんのこと、大嫌いだって思ってたんですけど」

「え、うん」と三津子さんが面食らった顔をした。亜希も今更何を言い出すのかと、驚いた。

「でも出雲に来て、実際に会って。今は、三津子さんのこと、すごく好きって思ってます。工房で見かけた時から、私こういう人好きなんだよね、って思ってました」

「工房って、焼き物の？　あそこで会ったっけ？」

板前が一瞬手を止めて、ちらと二人に目をやった。

「見かけたんです。絵付け体験のコーナーにいましたよね。あそこのスタッフさんがお綺麗で、最初あの人が光さんかと思ったんです。でも三津子さんが出てきて、あの人はスタッフさんだってわかって」

板前が完全に手を止めた。何だろうと見つめていたら目が合い、そそくさと逸らされた。また手を動かす。

「体験コーナー、行ったよ。なんだ、あそこでも会ってたんだ」

「はい。その後、亜希さんにも会ったんですよ。それで私、実は次は亜希さんが光さんかと思ったんです」

「え、そうなんですか。実は私も、茗子さんを光さんかと思ってました」

「そうなんですか？」

「えー、何それ面白い！　で、茗子ちゃんは、工房で見た時から私のこと好きだったって？」

「絵付けのスタッフさんにぐいぐい話しかける感じに笑っちゃって。あと、ここに入ってきた時、ゲーム画面見ながらにやにやしてるのもおかしかったし。あ、そうだ。亜希さんも絵付け体験コーナーに三津子さんがいたの、見てませんでした？」

「ああ、ええ。見てました。私も最初はあの綺麗なスタッフさんが光さんかと思って……」

そこまで喋った時、何かが亜希の胸にすとんと落ちてきた。体験コーナーと、この店に入ってきた時に、三津子さんを見かけた時のことを思い出してみる。

そういうことか。このすっきりしない感じは、茗子さんに向けてのものではなかったのだ。

ビールを一口、ぐいっと飲む。

「あの絵付けのスタッフさん、綺麗だったよね。センスもいいし」

「ね。お綺麗でしたよね」

まだ二人が何か喋っていたが、あえて遮って「茗子さんは」と、亜希は話しかけた。

「茗子さんは、ブログでは光さんのこと嫌いだったけど、実際に三津子さんに会ったら好きになったんですね」

二人が同時にこちらを向く。板前にも見られていた。

ここで、今自覚を持った気持ちを伝えるのは、いわゆる「空気が読めない」行為になることは十分に理解していた。でも、亜希は言いたかった。

だって、同じく光さんを追いかけてここまで来た茗子さんは、自身のその行為にきっと今、大きな意味を見出していることだろう。だからこそ、まるで解脱でもしたような、すっきりした表情と佇まいになったのだ。

でも亜希はまだ、意味を見出せていない。そもそもどうして自分は一維を預けてまで、遠く出雲まで来たのだったか――。

「私は逆ですね」

淡々と言い放った。

「私は『Hikari's Room』を読んで、光さんに憧れて、大好きでした。でも出雲に来て、実際に会って、三津子さんのこと、嫌いだって思いました」

板前が目を丸くして、こちらを見ている。茗子さんは、さっと顔を青くした。みるみる動揺が浮かぶ。

三津子さんは――。茗子さんに隠れて、見えなかった。

板前が肉を焼く、じゅうじゅうという音だけが響いている。つまり、また沈黙が漂っている。でも亜希はもう慣れてしまって、この沈黙をもたらしたのは自分だという自覚は持ちつつも、余裕でビールを一口啜った。

亜希を見ていた板前が、料理に向き直った。それを合図にしたかのように、「えっと。あの」と茗子さんが上ずった声を出す。彼女に顔を向けたが、茗子さんに隠れていて、三津子さんの顔はまだ見えない。

「嫌いって、そういう意味じゃないですよね。ほら、亜希さんはブログで光さんの大ファンだったから。でも会ってみたら、思ってたイメージと違って、戸惑ってるとか、そういう意味ですよね。ね？」

忙しなく手を動かして、すがるように亜希を見つめながら言う茗子さんを、そうさせているのは自分だと理解しつつ、亜希は冷静に眺めた。

この人は本当に真面目で平穏を望む人なんだろうと、しみじみ考える。きっと家庭でも職場でも、何か不満を持っても波風を立てるべきではない、自分が我慢すれば済むならと、損な役回りを引き受けて、耐え続けてきたのだ。そんな人が前野さんだったか、身勝手な後輩に意見するのは、相当の勇気が必要だっただろう。それなのに「マタハラだ」と加害者にされてしまって、決して許されることではないけれど、心が壊れて無関係なブログで誹謗中傷を繰り返してしまったのは、同情できなくもない。

「嫌い、かあ」

茗子さんの向こうから声が聞こえた。三津子さんだ。茗子さんが彼女に顔を向けたので、やっとその横顔を見ることができた。怒ってはいないようで安心する。三津子さんは、少しだけ首を傾げて、微笑を浮かべていた。

「えー、なんで嫌われちゃったんだろう。あれかな、乙女ゲームで盛り上がってたからかな」

へっ？　と自分の体のどこから出たのかわからない声が出た。「ああ」と茗子さんが苦笑する。

「亜希さん、私たちがゲームの話で盛り上がってる時、不快そうでしたもんね」

「え、あ、あの。バレてたんですか」

嫌いと発言した時は余裕だったのに、予想外の展開に、顔に汗が噴き出した。

「うわあ、って顔してたよね」

「してましたね」

二人は頷き合う。口調に棘はなかったが、どうしていいかわからなくて、亜希は板前に視線をやった。でも、聞こえてはいるのだろうが、肉に集中していてこちらを見てはくれなかった。当たり前だ。どうして助けてくれるなんて思うのか。

「確かに、こんなところで堂々と盛り上がっちゃうのはどうかな、とは思ったけど。普段は私、家で一人の時にしかしません」

「私も。でも力哉が、あ、チカラね。あの子が隣でゲームしてる時に、自分もこっそり始めたら夢中になっちゃってて。気付いたら力哉に覗かれてて、そっちのゲームもやってみたい、男の人がいっぱい出てくるの？　って言われて焦ったことある！」

「うわあ。家の中で良かったですね！」

「ほんと、ほんと」

二人はまた盛り上がり始めた。責められているわけではないようで、何とか汗は止まったが、「ごめんなさい」と亜希は頭を下げた。

「私、ゲームやらないので馴染みがなくて。ああいうのには苦手意識があって……」

「ああ。亜希さんは旦那さんと上手くいってるから」

茗子さんが言ったが、すぐに三津子さんが「ええ、それはまた決めつけじゃない？」と咎めた。

「パートナーと上手くいってても やる人はやるし、上手くいってなかったり独り身だったとしても、やらない人はやらないと思うよ。そこは単に好みと性質でしょう」

「あ、そうですね。私、また」

「でも茗子ちゃんと私は、上手くいってない、独り身、だけどね。確かに」

「あはは。そうですね」

また笑い合う二人は、すっかり昔から仲の良い友人だったかのようだ。ふうっと安堵の息が漏れる音が聞こえた。自分かと思ったが、違う。板前で、微笑みながらコンロの火を止めようとしている。

亜希も空気が和らぎ安堵していたが、もう一度「すみません」と、しっかり頭を下げた。今日は自分の良くないところに、とことん気付かされる日だ。

「不快感を外にも出していたのは、良くないですね。自覚がなかったので、気を付けます。さっき茗子さんが言ってましたよね。思うだけと、言動に出すのは全然違うって」

二人が笑うのを止めて、亜希を見た。表情は穏やかで、謝罪を受け入れてくれているように感じた。しかし、尚も亜希は背筋を伸ばす。

「嫌い、なんて言ったのも、ごめんなさい。わざと強い言葉を使いました。茗子さんが言ってくれた通りなんです。ブログで勝手に抱いてた光さんのイメージがあって、でも三津子さんにお会いしたら、かなり違って。その後、色々と急展開だったのもあって、頭も心も追い付いてないんですよね。でも茗子さんが、色々吐き出してすっきりされてるように見えるから、うらやましくて、自分も全部出しちゃいたいなって思ったんです」

　恥ずかしかったのか、茗子さんがさっと目を伏せた。

「そういうことね。でも、そうなの？　私、そんなにイメージと違ったわけ？　二人とも、そればっかり言うよね」

　三津子さんが呟き、宙を仰ぐようにした。

「それは、そうですね。そこは私も、亜希さんに同意します」

　茗子さんが笑いながら頷いてくれた。「ありがとう」の意味で目配せをした後、亜希も宙を仰いだ。板前が料理を盛り付けているのが視界の端に見えたが、ここまで来たらと、また口を開く。

「嫌い、なんて言っちゃいましたけど。今の私の、三津子さんへの気持ちを正直に言うと……。すごく興味がある、ですね」

　興味？　と、三津子さんと茗子さんの声が被った。「はい」と亜希は大きく頷く。

「だって三津子さん、すごく面白いから。興味があります」

　また胸に手を当ててみる。そう、興味だ。この店に入って、三人で対話を始めてから、亜希は自分の気持ちを的確に言葉にすることが、少しずつ上手くなっている気がする。このまま、全部出し切ってしまいたい。

「ブログを読んでた時は、シングルで二人育てながら、不動産業で正社員でしっかり仕事もしてて、すごい人だと思いました。育児や仕事に対する考え方も、筋が通ってるし、先進的だし、本当にしっかりした人なんだろうなあって。でも実際に会ったら、ジャンでしたっけ？　いやいやすぐにわかるでしょ、って詐欺に引っかかりかけてるし。しかもＳＮＳのナンパで。待って、どういうことって」

茗子さんが、ふっと鼻を鳴らした後、慌てて口許に手を当てて俯いた。

「でも私が茗子さんの職場の話で、違和感があるって言ったら、それをすごく適切に表現してくれて、わあ、やっぱりすごい！　って思いました。でも私が、もしかして子供のいない人を見下してることになるのかもって言ったら、私なんてもっと露骨とか言うし、またあれ？　って。でも茗子さんに優しい言葉をかけてあげてて、やっぱりすごいかな。いや、でも名前が演歌歌手みたいって本気で拗ねてたし、歯に葉っぱが挟まってて、しかもそれが移動してるし、やっぱり……って」

茗子さんはもう隠そうともせず、堂々と笑い出した。料理を盛り付け終わった板前も、にやにやしている。

「この人は、すごい人なの、そんなことないの、もうどっちなの、ですよ」

茗子さんが笑い転げる。亜希は言い終えたら、少し体が軽くなったような気がした。まるで解脱をしたかのような、茗子さんの域に近付いたのかもしれない。でもまだ完全ではない。まだすべての気持ちを出し切ってはいない。さっき芽生えたばかりの気持ち、疑問が、まだ胸にある。でも、あえてそれは言葉にはしないでおく。

この人は、素直なのか、強かなのか、どっちなんだろう。「嫌い、かあ」と呟いた後の横顔は、微笑を浮かべてはいたが、僅かに強張っているようにも見えた。動揺させた、もしくは傷付けたと思って、「嫌い」は強過ぎたかと反省しかけたが、直後に突然、亜希が乙女ゲームに不快感を出していたと、「攻めて」きた。

すぐに笑いに変えてくれたが、笑いにするところまで含めて計算されたものなら、素直どころか、とても強かで、実は怖い人なのかもしれないと思う。一方で、幾らなんでも歯に挟まった葉っぱを上から下に移動させて、ここぞというタイミングで茗子さんに発見させるなんて芸当は、計算ではできないだろうとも思う。

それならば、やはり――。ああ、もう本当にどっちなのか。今も茗子さんと板前は笑っているが、三津子さんはさっきと同じく、動揺しているようにも見える微笑を浮かべて、亜希の話に聞き入っている。その顔はどちらなのだ。わからない。だから――。

「三津子さん、面白いです。どうやって三津子さんっていう人ができあがったんだろうって、すごく興味があります。もっと知りたいです」

これまでになく声に力を込めたからか、茗子さんが笑うのを止めた。板前も、持ち上げかけていた料理のお皿を、一旦キッチン台に戻した。

三津子さんは微笑んだまま、しばらく無言で亜希を見つめていた。が、やがて「ありがとう」と呟いた。

「そんな風に言ってくれて嬉しい。なんか告白されたみたい。……って、喜んでいいんだよね？　おかしくないよね？」

茗子さんの顔を覗き込む。

「いいと思いますよ！　おかしくないです」

茗子さんは興奮気味に、顔を上下に振った。

「よかった。でも、どうやって私ができあがったか知りたいって、生い立ちから四十年間、全部話すってこと？　それはさあ、さすがにもう本当は閉店してるんだから、難しいよね」

ふふっと笑いながら言われて、亜希も愛想笑いを返した。やはり読めない。煙に巻かれた感があるが、不快ではなかった。

「四十年分語ってもらうのは無理でしょうけど、一つ聞いてもいいですか？」

この際だからと訊ねる。

「新事業って、本当に始めるんですか？　あの、女性向けの就職紹介業っていうの」

「ああ。あれ？」と三津子さんが板前をちらっと見た。彼が料理を出すタイミングを見失っているのを、気にしたのだろう。亜希も申し訳ないとは思っている。

「始めるよ。ブログに書いたけど、ジャンのこと詐欺だよって気付いて教えてくれた親友が経営コンサル勤めだから、色々手伝ってくれてるの。多分、半年後、いや、三、四カ月後でもいけるかも。開業する予定だよ」

「へえ、すごい！」と茗子さんが感嘆の声を上げる。

「そうなんですね。本当に始まるんですね。実は私、光さんのその事業で、就職先を探してもらえないかと、ずっと思ってたんです」

「ええ、びっくり！」「え！　そうなんだ」と、茗子さん三津子さんが同時に叫ぶ。

「そっか。亜希さん、就活中って言ってましたもんね」

「そうだったんだね。やっと腑に落ちたよ。茗子ちゃんはさ、キサラギさんだったなら、私がいなくなって自分のせいって思って、ここまで追いかけてきてくれたって、納得がいったんだけど。亜希ちゃんは、いまいちピンと来なかったんだよね。ブログでファンになってくれたのは嬉しいけど、それだけで一歳の子を預けてまで、東京からここまで来るかなあって。

でも、そういうことだったのね」

実際は東京ではないが、少しのズレなのでまあいいと流した。

「そうなんですね！　いいんじゃないですか？　いい出会いじゃないですか？」

茗子さんはまた興奮気味だ。

「そうだね。お役に立てるかわからないけど、私も起業するのに利用者が集まらなかったら困るから、登録してくれたら嬉しいな。開業する時には、ブログで大々的に告知するつもりだよ」

「わあ。じゃあ他にも亜希さんみたいな、『Hikari's Room』のファンが集まるかもしれないですね！」

「あ、でもこの4月からの利用希望で、保育園に申し込んでるんだよね？　間に合うかなあ。確か求職中に保育園に受かったら、入園から二、三カ月で働き始めなきゃいけないんじゃなかった？」

「明日にでも就職したいのは本当なんです。それで、光さんに仕事の紹介をしてもらえたら、どんなにいいだろうって思ってました。でも、出雲まで来た理由が、本当にそれなのかどうか、わからないです。寧ろ、それは言い訳だったかもしれない」

亜希の言葉に、三津子さんと茗子さんが、不思議そうに顔を見合わせた。無理もない。だって話が噛み合っていない。でも構わずに、亜希は続けた。

「私、光さんを追いかけてここまで来たのは、就職の世話をしてもらいたかったからなのかな。それだけなのかな」

また胸に手を当てながら喋った。あと少しだと思うのだ。あと少しで、ここにある気持ちが全部出てくる気がする。

「茗子さんは？　茗子さんは本当に、自分のせいだって心配で追いかけてきたんですか？それだけですか？」

「えっ。私？」と、茗子さんが動揺した様子で、連続で瞬きをする。

亜希はゆっくり息を吸った。そして、勢いで言葉を吐き出す。

「私は、光を見つけたい。だから、ここに来たんだと思います」

三人の視線が、一斉に亜希に集中した。

「私、妊娠したら雇い止めに遭って、今も再就職先が見つかってなくて。子供は本当にかわいいけど、最近大変なことも多くて、正直に言うと育児に疲れてもいるんです。夫は良い夫、良いパパだと思うけど、忙し過ぎて家事や育児のパートナーになれてないし、忙しさに見合った給料ももらえてない。だから、今の状況から脱却したいんです。すぐにでも」

三人の顔を順番に見て、もう一度息を吸う。

「でも、何も贅沢なことや、沢山のことを望んでるわけではないんです」

そして、また吐き出す。

「すぐに二人目や三人目も欲しいとか、オモチャをいっぱい買ってあげて、習い事も沢山させてあげたいとか、思ってません。庭付きの一戸建てに住んで、カッコいい車を買って、週末は必ず家族でドライブとか、ボーナスが入ったら家族旅行をして、数年に一回は海外もいいねとか、望んでません。子供を私立の学校に行かせたいとか、一流大学に入れたいとかも。たまに子供を預けて夫婦でデートして、ちょっといいディナーが食べたいとか、自分へのご褒美に高級ブランドの服やバッグが欲しいとか、友達とホテルのランチに行きたいとかも。望んでないんです、そんなこと。ただ私は」

両頬を、何か冷たいものが伝っている。でも拭うことはせず、手は胸に当てたままにした。

「ただ私は、一生懸命頑張ってたら、来月は――。ううん、半年後でも一年後でも、数年後でもいいです。一生懸命頑張ってたら、いつか今より少しいい状況になる。今より楽になれる。少なくとも家族で、贅沢を言わなければ生きていける。未来に不安しかない、なんてことはない。光は見えてる。光が見つけられてる。そうなりたいだけなんです」

冷たいものは頬をとうに通り過ぎ、顎、首筋と伝っている。それでも気にせず、亜希は続けた。

「でも今は、それさえない。光さえ見えてない。だから、光を見つけたかったんです。だから私は、ここまで来た気がする。光さんを追いかけて、見つけたら、どうしてそれが叶うと思ったのか、わからないけど」

もう一回、息を吸う。しかし吐く時に、もう言葉は付いてこなかった。終わった、ようだ。ようやくすべて吐き出せたのだ。

「わかります」

声がして、視線を上げた。茗子さんが至近距離で亜希を見つめている。一度視線を外し、宙を眺めた後、またこちらに戻した。

「私も、同じかもしれない」

声が少し震えていた。

「私も、贅沢や沢山のことは望んでないんです。自分で言うのも何だけど真面目で、人に頼ったり甘えたりするのが苦手だし、ケンカや意見したりするのも嫌いだから、家でも会社でも、不満があっても自分が我慢すればいいって、ずっと頑張ってました。能力が高いわけじゃないし、人の上に立つのも苦手だから、昇給や昇進は望んでない。生活も質素でいいって、結婚前も結婚する時も思ってました。子供は欲しかったから、失った時は哀しかったし、もうできないんだろうと思うと淋しいけど、子供のいない人生も今時めずらしくないし、だから仕方ないって思ってます。でも」

一気に言葉を紡ぎ、一息吐いて、唇を噛んだ。

「頑張っても、まったく状況が良くならない。目に見える形で良くなって欲しいわけじゃないんです。でも、精神的にもどんどん悪い方に行くだけで。疲れも蓄積されていくし、このまま歳を取ったら、体力も気力ももっと衰えるし、ずっと同じ状況では、更に苦しくなるんじゃないかって思うと、怖くて。私、四十代になっても五十代になっても、ずっと妊娠中や育児中のすごく年下の同僚たちのフォローだけを、延々としていくのかな。自分より年下の課長や部長のご機嫌伺いをするのかな。四十になっても五十になっても、夫は家に帰ったらゲームしてて、夕食の時に私にゲームのグチをダラダラこぼすのかな。まさか、おじいさんになっても？　って思ったら」

声だけじゃなく体まで震え始めて、茗子さんは両腕を交差して、自分を抱きしめるようにした。

「真っ暗闇にいるみたいで、怖かった。私も、一緒。私も、光を見つけたい。すぐに明るいところに出られなくてもいい。光が見つかるだけでも、いい。だから私も、ここまで来たのかもしれません」

ふうっと音を立てて茗子さんが息を吐いた。それまで気が張っていたのだろうか。肩も下に落ちたように思えた。彼女もまた、出し切ったのだろう。

しばらく沈黙が流れていた。亜希と茗子さんが、ときどき洟を啜る音だけが響く。

どれぐらいの時間が経ったのかわからない。沈黙を破ったのは三津子さんだった。

「私が、光だけに？」

突然、ぼそっと呟いた。

亜希と茗子さんは、黙って見つめ合っていたが、やがて茗子さんが、「あ、そういう意味」と、亜希を見たまま言った。

「ああ、そうか。光さん。そういう意味」

「ですよね」

「ですね、きっと」

三津子さんの方は見ないまま、頷き合う。

板前がふふっと笑いながら、三津子さんに話しかけた。

「結局あなたが、光さんなのか三津子さんなのか、わからないや。ずっと話聞いてても」

茗子さんの肩越しに、三津子さんが口を尖らすのが見えた。「三津子です」と、言い捨てる。

その後、「演歌歌手みたいでしょ」と言って、にやりと笑った。

とんっとんっ、と音を立てて、板前がしまね和牛のステーキ、大山鶏の炭火焼きと、料理をカウンターにどんどん載せていく。

「よし、食べよう！　ちょっと冷めちゃったかもしれないけど」

「ごめんなさい。私が長々と喋ってたから」

「私も。すみません」

茗子さんと二人で頭を下げる。

「いいよいいよ。でも約束通り、俺も一緒に食べさせてもらうね」

話しながら、板前は自分のビールを注ぎに行った。片手にビール、もう片方の手に椅子を持って戻ってくる。カウンターを挟んで亜希の斜め向かいに椅子を置き、腰を落ち着けるのを待ってから、皆でジョッキを掲げ乾杯をした。

「あーおいしそう！　適当に取り分けるね」

「茗子さん、本当にお肉大丈夫？　無理はしないでね」

「ありがとう。でも大丈夫だと思います。おいしそうだし、食べたい！」

各々、取り皿を回したり、料理を取り分けたり、箸に手を伸ばしたりと、喋りながら動いた。板前はゴクゴクと喉を鳴らし、最初の一口で四分の一ほどビールを流し込んでいる。

「ああ、やっぱり！　おいしい！　これはおいしい！」

「お肉、どっちも大丈夫そうです。おいしいです！」

「すごい。いい飲みっぷりですね」

それぞれに板前に話しかける。亜希は二口目で彼が既に顔を赤らめているのがおかしくて、笑いかけた。

「紅一点の逆は何て言うんだ？　黒一点？　女の神様たちの宴会に交ぜてもらいますよっと」

ほろ酔い口調の板前の言葉に、「神様？」と茗子さんと共に訊ねる。

「ほら、ここ出雲だから」

返事をしたのは、三津子さんだった。

「ああ、そっか。出雲って神様が集まるんでしたね。八百万って書いて、やおよろず？」

「10月でしたっけ。神無月だけど、出雲だけは神在月って言うとか」

「そうなんですか！　知らなかった。茗子さん、物知りですね」

「ああ。名前の由来が生まれ月だから、月の名前にはちょっと興味があって、調べたことが……」

最初は少し得意気だったが、語尾で茗子さんは声を小さくした。キサラギも月の異名だから、バツが悪くなったのだろう。

「神様たち、出雲大社に集まって色んな会議をするんだって。仲人みたいなこともするらしいよ。木の札に名前を書いて、カップルを決めるとか。昨日、出雲大社で居合わせた老夫婦が博識でね。色々教えてくれたの」

「だから縁結びの聖地なんだよね」

　三津子さんと板前が、忙しく飲み食いしながらも、色々と解説をしてくれた。亜希と茗子さんは、へえ、そうなんだ、と繰り返す。

「二人は出雲大社には行ったの？」

　板前に聞かれて、首を横に振った。

「まだなんです。明日行こうかな。でも午前中の特急に乗って、子供を実家からピックアップしてから飛行機で帰る予定だから、間に合うか……。広いですよね、きっと」

「私も行ってないけど、明日の昼過ぎには出たいから、どうしようかな。地元はこっち方面なんで、高校や大学の友達が当時、縁結び祈願で行ったって話は多かったです」

「そうなんですね。私、昔はよく夫と旅行したんですけど、出雲大社は行ったことないんですよね」

「それは、だってほら。亜希さんは既に結ばれてるから」

茗子さんが笑いながら言う。でもすぐに、「あ、これも決めつけかな。ごめんなさい、また」と口に手を当てた。

「私も明日は帰るつもり。帰ったら、ブログに無事ですって書いた方がいいのかな」

「あ、それがいいと思います」

「ですね。あとキサラギさんのせいじゃないってのも書いてあげてください。そういう流れになっちゃってるので」

茗子さんがまた気まずそうにする。申し訳ないという気持ちはあったが、大事なことだと思ったので口にした。

「じゃあ明日が出発か。神様たちは出雲で集まったあと、最後に川の向こうの万九千神社ってところに寄って宴会をして、そこから明け方に出発して、また自分の神社に帰るんだってさ」

何やら聞き覚えのある名前が出た。

「まんくせん神社？　私そこなら今日行った気がします。あんまり印象に残ってないけど。普通のどこにでもありそうな神社だった気がする。でも、へえ、神様たち、あそこから出発するんですね。寄り道して宴会ってなんかかわいいな」

「私も。多分、行きました」

茗子さんが軽く手を挙げる。

「でも私もあまり覚えてない。小さい神社でしたよね。そんな由緒あるところだったんですね」

「そうなの？　私はそこ行ってないな。名前も知らなかった。二人とも何で出雲大社は行ってないのに、そっちは行ってるのよ」

三津子さんの問いに、「光さんのこと、探してたから」と答える。

「出雲大社は写真をブログに載せてたから、もう行ってて、今日は行かないだろうと思って。タクシーの運転手さんに頼んで、他の観光スポットを色々回ってもらったんです」

「まったく一緒！　じゃあ私と亜希さん、工房だけじゃなくて、他のところでもニアミスしてたんだね」

ですね、と茗子さんと頷き合った。三津子さんは「あ、そういうこと」と呟き、亜希たちから視線を外し、正面を見た。

「二人とも、本当に私のこと探してたんだね」

ささやき声で言い、肘をついて何か考えているかのような表情をする。亜希は茗子さんと、そっと視線を合わせた。

「いやあ、でもほんと。あなたたち神様の宴会には、色々考えさせられたよ。光を見つけたい、かあ。うちの娘もそんな風に思ってるのかもしれないな」

そう言って板前が立ち上がった。もうジョッキが空になっているから、二杯目を注ぎに行くのだろう。

「娘さんですか？　私たちぐらいの歳って言ってましたね」

戻ってきてから訊ねると、「そう。今年、年女だから三十六」と返事して、再び椅子に腰を下ろす。

「今は俺と二人で住んでる」

そうなんですか、と相槌を打ちながら、自然とまた茗子さんと目を合わせた。きっと同じ疑問を抱いている。

「女房は二年前に亡くなった」

聞かなかったのに、疑問には板前が自ら答えてくれた。

「交通事故で」

え！　と声を上げる。箸も止めてしまった。

「恥ずかしいけど、その後しばらく何もできなくなってな。そしたら、東京で働いてた娘が心配して戻ってきてくれて」

「恥ずかしくなんてないですよ！」

「そうですよ！　無理もないですよ」

茗子さんと共に、顔を上下にぶんぶんと振る。

「そうかな。ありがとう」と言い、板前はまたビールをゴクゴクと飲んだ。ジョッキから口を離し、ふうっと息を吐く。その後、訥々（とつとつ）と身の上話が始まった。

このホテルと出雲大社の間ぐらいの場所で、同い年の妻と二人で長らく飲食店を経営していたという。昼は定食屋、夜は居酒屋で、地元の人に愛された。たびたび観光ガイドにも載り、縁結び祈願に来る若い女の子たちが、「この小汚さがかえっていいよねえ」などと言いながら、訪れることも多かった。

おかげで食うに困ったことはなく、一人娘を希望した東京の大学に入れることもできた。娘はそのまま東京で就職し、夫婦はこれまで忙しく働いてきたからと、六十歳で店を畳むと決めた。その後は、時々夫婦で旅行などしながら、のんびり細々と生きていくつもりだったという。

しかし、店を畳んでから二カ月後、妻が事故で亡くなった。娘が東京から帰ってきて、このホテルで板前として勤める世話もしてくれたという。

「ここの経営をしてる一家が、昔から店のお得意さんだったんだ。今は実質、息子が継いでる。その息子とうちの娘が同級生でね。ここの板前が辞めるって聞いて、うちの父をどうって、口利いてくれた。家でぼうっとしてるより、料理してた方が気が紛れるからな。助けられたよ」

「そうだったんですね。良かった。娘さんと、ここの息子さんのおかげで、私たちこんなにおいしい料理が食べられた」

「ほんと、そうですよね。私なんて、肉がまた食べられるようにしてもらって！」

茗子さんとまた顔を振る。大げさな仕種になったかもしれないが、思いに偽りはなかった。きっと茗子さんもだ。

「ありがとう」と板前は笑ってくれたが、その後、話の締め方がわからず、しばらく無言が続いた。

長引くと気まずいなあと、話題を探し始めた時だった。右の方から、「ああーっ」と唸るような声が聞こえた。

「おいしかった！　大満足。もうお腹いっぱーい」

三津子さんだ。両手を高く上げて伸びをしている。おばさんを通り越しておじさんみたいだと呆れたが、助けられもした。

「私も大満足。残り、片付けちゃいましょうか」

「そうしましょう。こんな遅い時間まで、本当にありがとうございました」

茗子さんと共に、お皿に僅かに残っている料理の片付けにかかる。

会計は、板前が奢ってくれたビール以外の合計金額を、三の倍数で切り上げてもらって、きっちり割り勘で支払った。板前に何度も何度もお礼と「ごちそうさまでした」を伝え、店を出た。ホテルの廊下を三人で横並びで歩く。

亜希は緊張していた。こんなにも濃い時間を過ごして、このまま「じゃあ、さようなら」は不自然だと思う。でも、和気藹々と連絡先を交換するのも何かが違う。

悩んでいるうちに、すぐにエレベーターホールに着いてしまった。茗子さんが上ボタンを押しながら、「部屋、何階ですか？」と聞く。

「7階です」

「私は5階。三津子さんは？　あれ、どこか行くんですか？」

三津子さんはホールで立ち止まらず、ロビーに向かって歩いていた。呼び止められて足を止め、「ん？」と振り返る。

「私、ホテルここじゃないから」

え！　と二人で声を上げる。

「駅のあっち側のビジネスホテルなの」

ガラス扉の入口の向こうに見える、駅のロータリーを顎で指す。

「そうなんですか。じゃあ、どうしてこっちのホテルに来たんですか？」

亜希が聞くと、三津子さんは「ああー」と言って首を傾げた。

「もう遅くなってたから、夜ご飯の店を探すのが面倒で。でも、泊まってるホテルのお店は混んでたから。じゃあね、おやすみなさい」

踵を返してまた歩き出す。呆然と眺めていたら、二、三歩進んでから、また振り返った。

「ねえ」と、亜希と茗子さんを順番に見る。

「私、明日の日の出の時間に合わせて、また出雲大社に行こうかと思ってたんだ。でも、気が変わった。万九千神社の方にしようかな。良かったら、一緒にどう？」

「え。日の出の時間にですか？」

「日の出って、何時なんだろう」

茗子さんが携帯を取り出し、操作を始める。

「7時15分ぐらいですね」

「今、何時？　わあ、もう日付変わるのかあ。一日動き回って疲れただろうし、もっと寝たいよね。二人は万九千神社、もう行ってるし。いいや、忘れて。じゃあね」

ひらひらと手を振って、今度こそ三津子さんは去って行った。茗子さんと二人でしばらく佇んでいたが、やがてどちらからともなく、とうに到着していたエレベーターに乗り込んだ。5階で、「じゃあ、おやすみなさい」と茗子さんが降りる。「どうも。おやすみなさい」と見送って、亜希も7階の部屋に到着した。

部屋に入ると、まず英治にメッセージを送った。「お疲れさま。一維は問題なく過ごしてるよ。私ももう寝るね」という文面に、母が送ってくれた一維の寝顔写真を添付する。送信後にお風呂に入り、髪を乾かしていたところで返信が来た。「お疲れさま。一維の写真、ありがとう。かわいいな。明日、帰ってくる時間が決まったら教えて。おやすみ」とある。

ベッドに入って携帯をいじり、明日の飛行機の予約をした。母に「遅くにごめん。明日帰るから、一維を連れて来てくれる？」と、空港の待ち合わせ場所と時間をメッセージする。飛行機の時間に合わせた、特急列車の時間も確認した。

最後にアラーム設定画面を呼び出した。しばらく悩んで、5時45分と50分に設定した。起きられなかった時のために、8時と8時半にも念のためセットする。

携帯をナイトテーブルの上に置いて、目を閉じる。しかし、こんなにも濃密に誰かと言葉や気持ちを交わし合ったのなんて久しぶり、いや、もしかして初めてかもしれなくて、頭も心もまだ興奮状態で眠れないのではと思った――。

が、そうでもなかったようだ。アラームの音で目を覚まし、時間を確認すると5時45分だった。興奮よりも疲れが勝ったのか、短時間でも深く眠ったようだ。頭も目もすぐに冴えた。

残りのアラームを解除し、ベッドから出て身支度を始める。顔を洗って、軽く化粧を施し、着替えた。また戻ってくるつもりだけれど、荷造りもした。迷いが生じてしまわないように、あえて淡々と機械的に動いた。

部屋を出て、エレベーターに乗り込む。5階を通る時に少し緊張したが、止まることはなく1階に着いた。「一人でも行くつもりだから大丈夫」と念じながら、エレベーターホールに降り立った。

「亜希さん」と背後から声をかけられたのは、ロビーに差し掛かった時だった。興奮したのを悟られないように、ゆっくりと振り向き、声の主に「おはようございます」と静かに言った。

「おはよう。って、さっきはどうも、ってぐらいの時間しか経ってないけど」

茗子さんが言い、笑い合った。意思の確認などすることもなく、連れ立ってロビーを闊歩し、ホテルの外に出た。

「わあ、暗い」

「そりゃそうですよ。日の出前だもん」

ホテルのロビーは非常灯が点いていたが、駅のロータリーの街灯は消えていて、薄暗闇が広がっていた。

「だよね。でも寒さが予想以上」

「本当に。見てくださいよ、息が白い」

「ほんとだ」

二人で子供みたいに、はあはあと息を出し合った。

「タクシーでしか、行けないですよね」

「と、思う。あ、一台いるよ。良かった」

タクシー乗り場に一台停まっているのを認めた直後、共にしばし足を止めた。ロータリーの向こうから、薄暗闇を裂くようにして、こちらに向かって来る人影がある。全体的に丸い。丸い人影は、こちらに気が付くと、ひらひらと手を振った。

「おはようございます」

「おはよう。寒い！　ねえ、寒い！」

タクシーの手前で対面すると、人影、三津子さんは、昨夜と変わらない調子で叫んだ。

「おはよう、より、あらまた会ったね、ってぐらいの時間しか経ってないけどね」

茗子さんと似たようなことを言うので、笑ってしまう。

昨日の板前と同世代と思われる、男性のタクシー運転手は寝ていて、三津子さんに窓を叩かれて飛び起きた直後は憮然としていたが、乗り込んだら親切だった。

「万九千神社ね。日の出を見に行くの？　出雲大社じゃなくてそっちって、めずらしいね」

「めずらしいんですか？　神様たちが出発する場所って聞いたんです」

「ああ。からさでの時は人が集まるけどね」

「からさで？」

「その出発の時の神事。神、等、去る、出る、って書いて……」

運転手との会話は、三津子さんに任せた。

夜でもない、朝でもない町を、タクシーのヘッドライトが照らす。今が「いつ」で、ここが「どこ」で、自分が誰かもわからなくなりそうな、不思議な感覚に亜希は襲われていた。

だって、昨日も通ったのかもしれないが、知らない場所に、昨夜濃密な時間を過ごしたとはいえ、まだ「知らない」と言える人たちと一緒にいるのだ。

けれど、不安で嫌かと聞かれたらそんなことはなく、寧ろ高揚感を覚えていた。ヘッドライトが照らす薄暗闇の向こうに、何かが待っている、ような気がしてしまう。

「この橋は、かんだち橋っていうんだよ。神が立つ、ね。神様たちと同じルートで、皆さん今動いてるよ」

「おお！　すごい。町全体が神聖な場所なんですね。やっぱり住んでる人たちも皆、信心深いんですか？」

「ん？　ああー、どうだろうな。観光に来る人に説明するからねえ、色々知ってはいるけど。ええと、我が家は初詣は行くよ、うん」

　亜希も茗子さんも、この時は笑うのに参加した。

　神社に着くと運転手は、「そんなに長い時間いないでしょ？　駅に戻るんだよね。この時間じゃ流しのタクシーは捕まらないと思うから、ここで待っててあげるよ」と申し出てくれた。駐車場にいる、また寝るかもしれないから、遠慮なく起こしてくれと言う。駐車場といっても、細い道路を挟んで向かいの、土地を均しただけのような場所だ。

　鳥居の前に立つと、「ねえ、ちょっと」と三津子さんが言った。

「不謹慎かもしれないけど、思ってたより小さい。それに、暗くてよく見えないけど、何ていうか、普通の神社じゃない？」

「私、昨日言いましたよ。普通のどこにでもありそうな、って」

「私も小さい神社って、言いました」

「それにここ、密集してないけど、住宅地だよね。田んぼもいっぱいだけど」

「三津子さん、出身も東京ですか？　地方の住宅地ってこんな感じですよ。私の田舎も市街地を外れたら、すぐこんな風景です」

「私は、まさしくこういうところで育ちました」

とにもかくにも、やってきたので中に入ってみることにした。

「鳥居をくぐる時って、お辞儀したり手を合わせたりするんだっけ？」

「どうでしたっけ。なんか、跨いじゃいけないとか、乗っちゃいけないとかあったような」

「それは敷居がある時だけじゃないですか？　敷居？　あれ？　框？　ん？」

「いいよいいよ！　神様たち、ここから出発する時、酔っぱらってるんでしょ。許してくれる！」

「今日は酔っぱらってないんじゃないですか。っていうか、今日はいないですよね」

「宴会の日しか、神様いないの？　普段からここにいる神様もいるんじゃないの？」

あれこれ言いながら、鳥居をくぐる。手水も「寒過ぎて無理」なので、許してもらうことにした。中を少し進むと、社らしき建物にすぐに行き着いた。

「お参りしますか？」

「さすがにしましょうか。でも暗くて、小銭が見えなそう」

「日が昇ってからにしよう！　ああ、どうしよう。寒い！」

三津子さんの提案で、日が昇るまで、体を少しでも温めるために境内を歩くことにした。

でも広くないので、すぐに一周してしまう。縦に並んだり、横一列になったり、二対一の二列になったりして、常に白い息を吐きながら、三人でぐるぐると何周もした。

「これ何？　小さいお社？　蹴っ飛ばすところだった」

「絶対に止めてくださいね！」

「私たち大丈夫ですかね。近所のお家で起きてるおじいさんやおばあさんが見てたら、不審者と思われて通報されちゃうんじゃ」

「亜希さん、早起きしてるのはお年寄りって、それ決めつけじゃない？」

「え、茗子さん、どうして嬉しそうなんですか。さすがにそれはいいんじゃないですか」

「部活やってる中学生も、早起きしてそうだよね！　朝練で」

喋りながら歩いているので、皆、だんだんと息が切れてきた。

「ああ、もう疲れた。日の出まで、あとどれぐらい？」

三津子さんに聞かれて、茗子さんが携帯を見る。

「あと四分ぐらいですね」

「四分かあ。待つと長い時間ですね」

「ごめん、私無理。座る」

社の石段の斜め脇辺りで、三津子さんがお尻は付けない状態でしゃがんだ。「え、じゃあ私も」と、茗子さんが三津子さんの斜め向かい辺りに陣取る。少しだけ躊躇ったが、「じゃあ」と亜希も近寄ってしゃがんだ。三人のトライアングルができあがった。

「あはは。私たち、まさしく朝練に向かう女子中学生みたいじゃない？　行きたくなくて、途中でこうやって喋ってる、の図」

「女子中学生、こんな風に座って喋るかなあ。帰り道でダンゴ虫を見つけた小学生男子の図、じゃないですか」

「だいぶ明るくなってきてますよね。物が見えるようになった」

それぞれの吐く息が真ん中で集まって、大きな白い塊になっては、すぐにふわあと消えていく。

「ねえ、見て。あそこ、何か絵がない？」

「ほんとですね。何の絵だろう」

「あっ！　神様たちの宴会じゃないですか？　かわいい！」

大きな絵馬のようなものに、男女二人ずつが、楽しそうに飲み食いしている様子が描かれていた。歴史の教科書でよく見る、顔の両脇で髪を結った白装束の男性の神様たちに、赤い装束の長い髪を下ろした女性の神様二人が、お酌をしている。

「ほんとだ、かわいい。でも神様の世界でも、女性が男性にお酌するの？　なんだかなあ」

「でも昨日の私たちは、逆でしたよね」

「あはは。お酌っていうか、板前さんにだいぶ世話してもらいましたね」

「あの板前さんさ、歳はいってるけど、ちょっとカッコ良かったよね。やさしいし、六十代には見えないし」

「確かに若く見えましたね。私も店に入った時は、五十代かなって思いました」

「カッコ良かったですよね。でも私は特に、カッコ悪いところいっぱい見せちゃったから、部屋に戻ってから、急に恥ずかしくなって」

「えー、いいじゃない。出会い方は最悪だったけど、その後いい感じになるって、定番じゃない？」

「ちょっと二人とも。それ、乙女ゲームのノリですか？　止めてくださいよ。あの人、私たちと同じぐらいのお子さんが……」

亜希が二人をたしなめかけた時だった。真ん中で大きな白い塊になっていた三人の息が、きらりとした。

「あ！」「あー」「あ」と、三人で同時に東の空を仰ぐ。気付けば、境内はかなり明るくなっている。

トライアングルを作った場所の東側には、木々が生い茂っていた。その隙間から、「それ」が静かに差し込んできた。

「それ」は徐々に角度を変え、刺すように、容赦なく木立を、境内を、地面を、そして亜希や茗子さんを照らしていく。

まだ赤くなく、蒼白い「それ」は、木立の辺りを煙らせて、雲の海のように見せていた。

気が付けば亜希は、立ち上がっていた。隣で茗子さんも立ち上がったのが、気配でわかる。

「それ」に目が刺されているせいか、雲の海が、手を伸ばせば届くすぐそこにあるのか、届くわけがない遠くにあるのか、わからなくなっている。でも亜希は、「それ」を見つめ続けた。

また、さっきと同じ感覚に襲われた。今が「いつ」で、ここが「どこ」で、隣にいる人が誰か、それればかりか、自分が誰かもわからなくなりそうだ。

でも、はっきりとわかることもあった。あの雲の海に、いや、その先の「それ」にだろうか。行きたい、あそこに向かいたいと、今強く思っている。

神様たちは、できるのだろう。宴を終えて、「じゃあ、またね」と、ふわりと飛び立ち、きっとあそこに向かうのだ。でも神様ではない自分は、どうしたらいい。

たん、と足の裏に衝撃を感じて、ハッとした。今、体が浮いていたような気がする。体がガクンと揺れて、着地した。でも、そんなわけない。もしかして、背伸びをしていたのだろうか。

「っ」と、隣で茗子さんが声のようなものを発した。直前に体が揺れていた気がする。まさか同じことを――。

「光、を」

背後から声が聞こえた。茗子さんと一緒に、勢いよく振り返る。

もうすっかり明るくなっているのに、目を刺されていたからか、その人の顔はぼやけて見えた。丸い輪郭しか摑めない。

「光を、見つけたいって言ってたでしょ」

丸い輪郭の人、三津子さんが言う。

「でも私に何ができるかわからないから。一緒に、見に行こうかって思ったの。光を」

もう目は慣れてきたはずなのに、変わらず丸い輪郭しか見えなかった。また頰を伝う、冷たいもののせいだ。

体の奥の方から込み上げてくるものがあって、亜希はまた前を向いた。込み上げてきたものを言葉にして、三津子さんに伝えなければと思うのに、できない。思いを的確に言葉にするのは、まださほど上手だとは言えない。

隣で茗子さんもまた、前を向いた気がする。もう一度、「それ」を、光を、見つめてみようかと、視線を上げかけた時だった。

ぶわーっくしょえいっ！　と、これまでに聞いたことのないような派手な鈍い音に、耳を突かれた。茗子さんと同時に、勢いよくまた振り返る。

「ごめん」と、三津子さんが手の甲で鼻を拭いていた。

「光アレルギーなの、私」

嘘でしょ、と茗子さんが裏返った声で言う。

「光さん、なのに」と、後は亜希が低い声で引き受けた。

キイィィッと音が響いて、亜希は視線を上げた。エスカレーターで前にいた、サラリーマンのキャリーケースのタイヤが、降り口で床を擦ったようだ。キィィイ、キィイイッと、また音を立てるタイヤをぼんやり眺めながら、亜希もエスカレーターを降りた。

一歩、二歩と歩く度に、鼓動が激しくなっていることに気付く。バッグから携帯を取り出し、飛行機のチケットがちゃんと取れていることを確認した。母に送ったメッセージも読み返す。待ち合わせ場所と時間、大丈夫だ。間違えていない。英治と両親に買ったお土産も、ちゃんと持っている。忘れていない。

何かを追い払うように、顔を左右に振った。緊張しているのは、ミスをしていないか、忘れ物をしていないかと、不安だからではない。本当は気付いている。

今から一維と再会するので、臆している。たった一日ちょっと離れていただけだが、生まれてから初めての別離だったし、大人と一歳児では時間の長さがまったく違うだろう。

ここのところ、イヤイヤ期が始まったのかと思うぐらい、泣き喚くことが多く荒れていたのに。昨日、母たちに預けて、亜希と離れる時、一維はきょとんとはしていたが、泣かなかった。その後も、母が送ってくれたレポートによると、激しく泣いたり、暴れて困らせたりすることなく、実家で楽しく過ごしていたようだ。

お正月で大好きになった、ばあばとじいじにまた会えて嬉しかったのだろうが、だからこそ、亜希の許に戻ったら、また喚き散らす日々になったらどうしようと、脅えてしまっている。それ以前に、戻るのを嫌がったりしたら――。亜希が抱こうとしたら、嫌がって母にすがったりしたら――。

コーヒーショップの前を通り抜け、角を曲がると、待ち合わせたフロアが見えてきた。より緊張が増す隙もなかった。きゃーいー！　という歓声がすぐに耳に入り、その姿を認めた。昨日、亜希が母に託した、淡いピンクのトレーナーを着た一維が、叫びながら、母の周りで左右に、上下にとぴょこぴょこ動いている。

ここから声をかけようか、もっと近付いてからにしようか、迷った。と、上下運動をしていた一維が、ばたっと派手に前に転んだ。

泣く！　と駆け寄ろうとしたが、その前に一維は自分ですっと立ち上がった。「大丈夫？」と声をかける母に呼応するように、また楽しそうに、きゃー！　と叫んで、再び上下運動を始める。泣かないことが、亜希はかえって気にかかった。やはり、まだまだ母といたいのではないか。

　再会の仕方が決められず戸惑っていたら、一維は今度は母の周りを、顔を横に振りながら回り始めた。

「いっくん。目が回っちゃうよ」

母が声をかけた次の瞬間、一維がはたと動きを止めた。こちらを見ている。亜希に気が付いたのだ。目が合った。

いっ――――。名前を呼ぼうとしたが、きゃあああー！　という叫び声に遮られた。

「まんまーっ！　まーまーっ！」

雄叫びのような声を上げて、淡いピンク色の塊が、こちらに向かってくる。

「いっくん！」

行き交う人々から注目を浴びていたが、構わずその場でしゃがんで両手を広げた。

「まーまーっ！　まーまー！」

勢いよく弾んだボールのように、ピンクの塊が亜希の胸に飛び込んできた。

「いっくん！　ただいま。いっくん！」

堪らず、胸の中の小さな生き物の名前を何度も呼ぶ。

「まままま！　まま！　まま、いーっく。ばば、たったっ、いー、たっ。たっ、ばっ、た」

亜希の胸の中で一維は、ママだけでなく、何やら沢山の音を発している。

「おかえりなさい。いっくん、ママ帰ってきたね。すごいね、ママのところに行くの、速かったね」

母が近付いてきて、脇に立った。

「急だったのに、本当にありがとう。助かった」

母に話しかけながら、一維を体からそっと剥がし、その愛くるしい顔を見つめた。にへら、と笑ってくれる。

「いいのよ。お父さんもいっくんに会えて喜んでたし」

「まーまーまっ！　じ、じっ、いーくっ。たったっ。ばーばっ、たっ、いく、まんま！」

「でも一泊にしてくれて、良かったかも。昨日は何泊でもいいわよって思ったんだけどね。いっくんかわいいけど、パワーがすごくて、やっぱり。二人ともちょっと疲れちゃって」

「まっ、ま。ばっ、ば、たった！」

母の声に、一維の「音」が重なって、よく聞こえない。

「いっくん、何？　なんだろう、これ。何か喋ってるみたいじゃない？　こんなに長く言葉を発してるの、初めてだよ。そっちで何かあった？　何かの真似してるとか？」

「わからない。何もないよ」

母も一維を見つめる。一維はにへらと笑ったまま亜希の顔を見つめて、また「いーく、ま、まっ。じじ、たっ、ばばば、たった」と、謎の音、言葉を発する。

「……喋ってるんじゃないの？」

母がぼそりと言った。

「え？　まだ二語文が少ししか、喋れないよ」

「でも、喋ってるように聞こえるよ、確かに。亜希に何か、話そうとしてるんじゃない？」

「話す？　何を？」

「わからないけど、離れてる間のこととか？　何か伝えたい、聞いて欲しいんじゃないの？」

「ばっ、ば。まんま、いーく。たっ、じ、じ」

「ばあばとご飯食べたんだよ、とか。じいじに絵本読んでもらって楽しかったよ、とか？　伝えたいんだよ、きっと」

一維の顔を、まじまじと見た。

「いっくん、そうなの？　いっくん！　ママに何か、話そうとしてくれてるの？　伝えたいことがあるの？」

一維は一瞬きょとんとしたが、すぐにまた、まんま、じっ、ぱっ、いーく、たっ、と話した。

「いっくん！　いっくん。ありがとう。いっくん！　一維！」

何度愛しいその名を呼んでも、まだ足りない。気持ちに追い付いていない。また胸の中に、抱き留めた。壊してしまわないように繊細に、でもできるだけ力強く、抱きしめる。

たった一日離れていただけで、こんなにも成長するならば。近しい人に自身の経験や気持ちを伝えたいという思いが芽生え、実行するならば――。母である亜希が、時に子供を置いて一人で出かけることを、後ろめたく思う必要なんて、まったくないじゃないか。

そのまま抱き上げ、立ち上がった。一維は自然に、脚を亜希の体に巻き付けてくる。ずっしりと、一維の重みが体にのしかかった。

その重さを、懐かしいと思った。それで気が付いた。出雲に向かう列車では、一維を抱いておらず、体が軽いことが落ち着かなかった。でも帰りは、まったくそんなことは感じなかった。

自分は一維の母だけれど、一維の母なだけではない。子供と離れていたって、亜希は亜希だ。当たり前だ。

けれどこの重みも、とても愛おしい。これからもっと重くなるのだし、さぞ沢山苦しめられることだろう。でも、望むところだ。引き受ける覚悟はできている。

いーっくん。まーまー。抱っこで頬をすり寄せ合う。

バッグの中で携帯が震えた。

「ごめん。携帯、取ってくれる？」

中を目で指し、母に頼む。

「はいはい。どこー。あ、あった」

右手に渡してもらい、確認した。英治からメッセージだった。夕方に送信できるなんて、めずらしい。「飛行機の着く時間、教えて。今日はもう無理やり上がったから、空港まで迎えに行くよ」とある。

「ええ、すごい！　いっくん、パパ土曜なのに仕事終わったんだって！　迎えに来てくれるって！」

「あら、よかったわね」

スクロールしたら、まだ続きがあった。

「今日、一維を寝かせた後、時間もらえる？　ゆっくり話したいことがあるんだ」

一維とおでこをコツンと合わせ、「話？　何だろうね？」と呟いた。

一維が摑まるように、亜希の胸をきゅっと触った。その時、気が付いた。そういえば今日はまだ一度も、乳房にかゆみを感じていない。思えば長らく、かゆがっていない気がする。いつからだろう。昨日電車を降りた時には、かゆくて叫んでいたはずだ。一人で工房や神社を回っている時も、服の上からじゃ掻けないと、煩わしさを感じていた。

宴会、ではどうだっただろう。亜希は胸に手を当てることが何度もあったが、あれは自分の気持ちと向き合うためだった。あの時に煩わしさは感じなかった。つまり、女の神様たちの宴会を始めてから――。

「いっくん、ちょっとごめんね」と姿勢を変えて、片手で携帯を操作し、英治に返信を送った。

「ちょうどよかった。私も話があったんだ。三人で夕ご飯食べながら、話そう」

とても大切な話だ。温かい光の下で、話そう。今日は電球を二つ点けたい。

キイィッと音が響いて、茗子は手を止めた。おや、と一旦戻して、もう一度ドアを開閉してみる。

キィイイッ、キイイイッと、やはり音がする。いつの間に軋んでいたんだろう。結婚と同時にこのマンションに住み始めて、六年。当時「大規模修繕が終わったばかりです」と謳われていたが、そろそろまた傷み出してもおかしくない年月が経ったということだ。

またキィイイッという音を立てながらドアを開け、中に入った。玄関も廊下も電気が点いておらず、薄暗闇が広がっていた。靴を脱ぎ、そのまま上がって廊下を歩き、手探りでリビングの扉のノブを摑む。

リビングも電気は点いていなかった。でもカーテンが開いているので、向かいのマンションのランタンから光のおこぼれをもらえていて、問題ない。中に入り、茗子はダイニングテーブルの脇に荷物を置いた。とりあえずの置き場所に過ぎない。

「あー、はいはい。……マジで？　うわー。……でも、うん。そういうヤツだよなあ」

子供部屋から、ぼやき声が漏れ聞こえてくる。予想を裏切らず彼は土曜の今日も通常運転のようだ。近付いていって、少し考えた末に、まずはほんの少しだけ、わざと音を立てて扉を引いた。

「あー、なるほ、どね。……うん、ああ」

気が付いた気配があったので、今度は広めに扉を開いた。この部屋も電気が点いておらず、故にパソコン画面の明るさに目を刺され、茗子は数回瞬きをした。

イヤホンを耳に差してパソコンに向かっている彼、男、が、「うん。……へえ。そっか」

と、話し相手に相槌を打ちつつ、上半身だけこちらに向けた。上から下までじろりと、睨みつけるようにして、茗子を見る。

デスクの端には、食べ終わったばかりと思われる弁当のパックと、コンビニの袋が散らかっていた。ペットボトルも、まだ中身が入っているものの、空のものと混在で、数本置かれている。

「うん。……でさ、ヨウジ、悪い。帰ってきたから……。うん、あれが。そう、じゃあ」

男がそう言ってマウスを動かし、画面を閉じた。イヤホンを外し、これ見よがしに、はあっ、と息を吐く。ヨウジは男のオンラインゲーム友達だが、現実の友達でもある。大学時代のアルバイト仲間だとかで、茗子も数回会ったことがある。しかしそんな相手にも、男にとって茗子の呼び名は「あれ」だそうだ。

のそりと立ち上がって、「おかえり」と言い、男は茗子に近寄ってきた。二人でリビングのテーブル脇に移動する。

「ただいま」とは言いたくなくて、茗子は無言のまま佇んでいた。「お義父さん、大したことなくて良かったたな」と男に言われ、顎を少しだけ動かす。

「で？」と男が、茗子の顔を覗き込んできた。

「で、って？」

「いや、昨日書いただろ。読んだんだろ。夕食のこと。ずっと作ったものだって騙して、買ったもの出してたこと。今謝れば許す、って」

予想通りの対応で、つい笑いそうになる。もしかして予想外の言動を取ってきたら、「決めたこと」を実行するのを止めてもいいのかもしれないと、考えてみてもいい。いや、「決めたこと」を、すぐには実行しなくてもいいのかもしれないと、考えてみてもいい、ぐらいには思っていたが、無駄な思考だったようだ。でも、いい。「決めたこと」を実行するのみとなったので、楽で助かる。

「騙してない。一度も、これは作ったものかって、聞かれたことない。買ったものだって言わなかっただけ」

キッチンで鍋の音を立てて、作っている風を演出したりはしていたので多少分が悪いが、そんなことはもうどうでもいいと思えた。

「はあ？　何言ってるんだよ。ふざけてるの？」

「ふざけてない。どうして謝らなきゃいけないのか、わからない。あなた、買ったものだってずっと気付いてなかったんだよね？　毎日おいしいと思って食べてたんでしょう。何の問題があるの？」

男が苛立っているのは明白だが、茗子は自分でも感心するぐらい落ち着いていた。淡々と返答をする。声が震えたり、掠れたりもしていない。

「いやっ、気持ちの問題だろ。それに、作ったものと買ったものとじゃ、お金だって全然違うよな」

「同じ料理を、材料を買って作ったら幾らで、できたものを買ってきたら幾らって、あなたにわかるの？　そもそもうちの食費が、月に幾らかかってるか知ってる？　光熱費は？　水道代や携帯代は？　あと通信費。あなた毎日オンラインゲームをするけど、それに幾らかかってるか知ってる？」

男が、ぐっ、と喉を鳴らし、口をつぐんだ。しかし、変わらず茗子を睨みつけている。

「茗子、お前っ。今の自分の立場がわかってるのか？　俺に、謝らなきゃって気持ちはないわけ？」

男の声は、震えて掠れていた。茗子は「立場、ね」と声を漏らした。

「あなたが、私をどういう立場だと思ってるか、なら、わかってる。自分より絶対的に下だと思ってるよね」

男は、今度はあんぐりと口を開いた。構わず、茗子は「決めたこと」を実行するために、やるべきことを進める。

「あなたに、謝らなきゃって気持ちはあるの。いっぱいある。ごめんなさい」

また淡々と言い、深く頭を下げた。

顔を上げると、男は今度は口を大きく開けたまま、目を泳がせていた。意味がわからないといった顔だ。

「私、あなたに嫌だと思うことや、怒ってることが沢山あったんだけど、一度もそれを言わなかった。それは良くなかったし、間違ってたと思う。本当にごめんなさい」

もう一度、深く深く頭を下げる。これは本当に、自分が、自分も、悪かったと思っているのだ。

「結婚する時、両親に帰ってこいって言われてるって言うから、引っ越してきたのに。来てみたら、本当はお義父さんたちはそんなこと言ってなかった。どうして嘘吐いたのって、嫌だった。なのに私は言わなかった。ごめんなさい。お義父さんたちからもらえる給料が、あなたが説明していた額より少なかったのも、困ったし嫌だった。でも言わなかった。ごめんなさい。結婚式や子供をどうするかって話を、あなたがなあなあにし続けるのにも怒ってたのに、言わなかった。ごめんなさい」

一気に喋ったらめまいでも起こしたのか、一瞬目がチカチカした。でも足許はしっかりしているから、続ける。

「流産した時、私が焼肉を食べたせいだって言われたのも、嫌だった。その後、私がお肉を食べられなくなったのに、原因に気が付いてなかったことも。でも怒らなかった。ごめんなさい。その後、また子供をどうするかってことから、あなたが逃げ続けたのも嫌だった。毎日ゲームするのも、私が仕事の悩みを話したら、同じ感じでゲーム友達との悩みを話すのも嫌だった。でも言わずに、ごめんなさい。あと、結婚前は日本は男尊女卑が深刻だとかよく語ってて、女性問題に意識が高そうだったのに、結婚したら自分の方が早く帰ってくるのに、家事は全部私がやるものって思ってるのにも、怒ってた。女性だからじゃなくて、私だから、自分より立場が下だからやるべきって思ってたんだろうけど、私が怒らなかったのや、黙ってやり続けてしまったのは悪かった。ごめん……」

「茗子！　おい！」と大きな声を出された。男は声だけじゃなくて、体も震わせている。でも茗子は動じなかった。また目がチカチカした気がするけれど、足許はやはりしっかりしている。男と違って震えてもいない。

話は遮られたけれど、まあいいやとも冷静に思えた。ほとんど話し終えていた。大体全部、謝れただろう。

「お前、何言ってるんだ、本当に。何かあったのか。たった一日出かけてただけで、おかしくなったのか」

「一日」と、また声を漏らす。まさか、一日しか経っていないのか。この男とケンカをして、翌朝家を出て出雲に向かってから、たった一日しか。もう一カ月も、いや半年も、数年も前のことのように思えるのに。

そういうことか、と気が付いた。この男と茗子とでは、時間の流れ方が違うのだ。男はきっと、まだ新生活は始まったばかりなんだから、お金のことを考えるのは先でいいだろう。結婚してまだ日も浅いのだから、結婚式や子供について、すぐに考えなくてもいいだろう。つい最近流産したばかりなんだから、また子供を作るかどうか考えるのは、もう少し先でいいだろう。今は少し休ませてくれ。今日ぐらいゲームをさせてくれ。

そう思って、六年間過ごしてきたのだ。茗子にとっては、それはとても長く重く、貴重な六年間だったのだけれど。

叫んだはいいけれど、言葉が続かずに戸惑っている男を、じっと見つめる。

「離婚してください」

静かに言って、頭を下げた。

そういうことなら、やはり「決めたこと」を実行するべきだ。時間の流れが違う人と、これからも時間を共にできるわけがない。

はっ？　と男は声のようなものを発した。

「離婚してください」

茗子はもう一度、はっきりと発音する。

「私ね、この一日で肉がまた食べられるようになったの。これからも食べたいの。だから、離婚して欲しい」

男はまた、「はっ」という形に口を動かしたが、今度は声らしきものも出なかった。最後にもう一度頭を下げてから、とりあえず置いておいた荷物を手に取った。その瞬間、ふっとリビングが暗くなった。

向かいのマンションのランタンが消えたようだ。そういうことか。めまいではなかったのだ。さっきからチカチカしていたのだろう。あちらもあちこち傷んだり、切れたりしているのかもしれない。

呆然と佇んでいる男を置いて、リビングを出る。薄暗い廊下を歩き、玄関で靴を履く。ドアを開けると、またキィィィッと音がした。

あの男は、きっとこの音に気が付かないだろう。気付いたとしても、修理もせずに放置し続けるだろう。

そんなことを考えながら、キィィィッと音をさせて、茗子は後ろ手にドアを閉めた。

「Hikari」と書かれている金属のプレートの下のボタンを押すと、ビィーッと古めかしい電子音が響いた。

「はい」とすぐに応答があり、「15時にお約束した樫木（かしき）です」と名乗る。

「お待ちしてました。どうぞ。エレベーターで5階まで上がってください。廊下が長いんですが、突き当たりを左に曲がったら、二つ目の部屋です」

「はい。ありがとうございます」

エレベーターも古くて、動き出す時にガコンと音がして少し身構えた。

5階まで運ばれる間に、さっきの応対の声を頭で再生する。高くてかわいらしい声質。でも語尾を曖昧にしないから、しっかりした印象の口調。あれはやはり——。

ビルの間口もエレベーターも狭かったのに、廊下は広く、本当に長かった。大きめの窓が幾つかあり、日に頰を照らされた。

左に曲がって二つ目の部屋のドアには、さっきと同じ「Hikari」のプレートがかかっていた。こちらにはインターホンはないようで、緊張しながらノックをして、「樫木です」と声をかける。

「はーい」と、またすぐ返事があり、ドアが開いた。中から顔を出した女性と目を合わせた瞬間、二人で同時に「やっぱり！」と叫んだ。

「亜希さんでしたか、やっぱり」

「やっぱり茗子さんだ！　どうぞ、入ってください」

「失礼します」

　室内は、広いとも綺麗とも言い難かった。真ん中に応接用らしきローテーブルとソファが鎮座していて、それでほとんど部屋が埋まっている。壁側に作りつけの細長いデスクがあり、ノートパソコンが二台、簡易椅子が二つ置いてある。亜希さんと三津子さんのものらしいバッグは、デスク下の端に無造作に置かれていた。窓がないので、ドアが閉まると閉塞感を覚えた。照明は古い蛍光灯で、外はもう夏が始まったかと思うぐらいの日差しなのに、室内を青白く、冷たい印象にしていた。

「古いし狭いし、引いちゃうでしょう。前の通りも狭いし、斜め向かいに風俗店があるし、きっとびっくりさせちゃいましたよね。立ち上げたばっかりだから、まだこんなところしか借りられなくて」

　亜希さんの言葉に、「いいえ」と首を振る。でも引いてはいないが、多少驚いているのは当たっていた。驚いているというか、気概に感服している。起業する、ゼロから始めるということは、こういうことなのか。

「ああ、座ってくださいね。ソファだけは新調したから、清潔なので安心してください。雑貨屋の安物だけど」

　楽しそうに亜希さんは言った。他は全部、前に入っていた会社から居抜きで譲り受けたのだと話してくれる。ついでに、三津子さんは今、チカラくんこと、力哉くんのお迎えに行ったとも説明された。力哉くんの保育園は今日、災害時の引き渡し訓練で14時のお迎えだったそうなのだが、すっかり忘れていて、さっき園から電話があって、慌てて出て行ったのだという。

「茗子ちゃんが来る時間に間に合わなかったら、ごめん！　あと、力哉もここに連れてくるからよろしく伝えてね！」と三津子さんは言っていたそうだ。下の琴音ちゃんとは違う保育園なので、日々送迎でバタバタしているらしい。

「給湯グッズもまだ揃えてないので、こんなので味気ないですけど、どうぞ」

バッグとは反対端のデスク下に置かれている小さな冷蔵庫から、お茶のペットボトルを出して、亜希さんは茗子に差し出してくれた。「ありがとうございます」と受け取ると、茗子の正面に座り、「では改めて」と背筋を伸ばす。

「当社にご登録、ありがとうございます。そして今日は、遠方からわざわざ来てくださって、嬉しいです」

ふふふ、と笑って頭を下げる。恐縮しながら、茗子も「どうも」と倣った。

「開業おめでとうございます。でも、本当に亜希さんでびっくり。正式なスタッフってことなんだよね？　どうしてそうなったの？　三津子さんに、仕事の世話してもらいたいって言ってたのに」

三津子さんが「Hikari's Room」に『以前話した女性向けの就職紹介の事業を、ついに始めます！　会社名は「Hikari」です！』と告知して、ＨＰのリンクを貼ったのが一月ほど前だ。離婚が成立し、退職もして、失業保険をもらって実家で休暇中だった茗子は、そろそろ次の仕事を探さなければと思っていたところだったので、気恥ずかしさを感じつつも、勢いで登録をしてみた。居住地、希望の勤務地は問わずと書いてあったので、自分も登録できると思った。

すると、翌日「登録ありがとうございました。スタッフの澤田亜希です」とメールが来た。事業の内容や、今後の流れなどが説明されていたが、茗子は「澤田亜希さん」にばかり気を取られてしまった。出雲では誰も苗字は名乗らなかったので、確信は持てなかったが、三津子さんの会社のスタッフが「亜希」だなんて、そんな偶然があるだろうか。この澤田亜希さんは、あの亜希さんなのでは――。でも、それならこちらの「茗子」という名前を見て、何か言ってきてもいいような気がするが、それはない。じゃあ、違うのか。

その後何度かメールのやり取りをして、一昨日「お話ししたいことがあるので、一度事務所にお伺いしていいでしょうか」と申し出て、今日の約束を取り付け、さっきドアを開けてもらうまで、ずっと、やはりあの亜希さんでは。いや、めずらしい名前ではないから偶然か。

いや、でも——と、思いを巡らせていた。

「ですよね、びっくりしましたよね。どうしてこうなったのか、ちゃんと説明しますね。あ、でも！　登録があって私たちも、これ茗子さん？　って、びっくりしてたんですよ。違うかもしれないから、こっちから私はあの亜希ですって、言えなくて。茗子さんなら、何か言ってきそうなものなのに、登録フォームのメッセージ欄も空白だったし」

「そうですよね。ごめんなさい。何か書こうか迷ったんだけど、恥ずかしくて、結局何も書かずに送信しちゃったんです」

「住所が違うから、違う人かなあとも思ったんですけど、職歴や長所、短所は茗子さんだよね！　って、二人で」

今もまた恥ずかしくなり、茗子はペットボトルの蓋を開けて、お茶を一口飲んだ。長所は「真面目」「責任感が強い」と書いた。短所は、「人に頼るのが苦手」と「限界まで我慢してしまう」だ。

「でも苗字も違う気がして、やっぱり別人？　って。二人ともしっかり覚えてなかったんですけど、前野さんの話の時に、ときどき自分の苗字を言ってましたよね。三津子さんが、樫木なんて森っぽい名前じゃなかった気がする！　海っぽかったと思う！　って」

声を出して笑ってしまう。

「海っぽい！　当たってます。数カ月前まで磯村でした」

「ああ、そうだ！　磯村さんだった！」

亜希さんもケラケラ笑った。

「あの。住所と苗字が変わったってことは」

「そう。離婚したの。今は実家にいます」

淡々と事実を述べた。意識して「淡々」にしたわけではない。自然とそうなった。

尚久を置いたままマンションを出た後、茗子はエレベーターの中で、近隣のウィークリーマンションを検索した。一番上に出てきたところにその足で移動して、週明けは室井さんと森崎さんの言葉に甘えて、今後について考えるために、二日間会社を休んだ。

水曜日はウィークリーマンションから出社して、課長に時間を作ってもらい、三日間急に休んだお詫びをした後、「急ですが離婚するので、年度末で退職させてください」と告げた。課長は、椅子から転げ落ちんばかりに体を揺らして驚いていたが、「離婚」と聞いて詮索はできないと思ったのか、翌日からすぐに退職の手続きを始めてくれた。

有休消化期間があるので、出社は残り一カ月ほどになるし、三崎さんも辞めるので、課にもチームにも迷惑をかけることは、心得ていた。でも長年、茗子がそういった迷惑の処理を誰よりも引き受けてきたのだし、良いのだ。今は「決めたこと」を実行するのが、最優先事項なのだと、自分に言い聞かせた。

その日から、ウィークリーマンションに住みながら、年度末の仕事と、退職後の引き継ぎに精を出した。時々フレックスにしたり半休を取ったりして、尚久がいない時を狙い、これまで住んでいたマンションに行って、少しずつ荷物を引き上げた。

尚久は茗子が出て行った翌日から、連日電話をかけてきて、「ふざけるな」「おかしくなったのか」「今戻ってくれれば許してやる」などと、高圧的な態度を取った。けれど一週間ほど経った頃に急に、高級ブランドのパスケースの写真が添付された、「いっぱい傷付けてしまったお詫びのプレゼントだよ。帰ってきて欲しい」というメッセージを送ってきて以降は、「俺が悪かった」「離婚するなんて言わないでくれ」「お願いだから」などと、下手に出る戦法に転じた。でも茗子は、ひたすら「離婚してください」の一点張りで押し通した。

二週間ほど経った頃、尚久から連絡が行ったのか、義両親から憤った様子で電話があり、「とにかく一度話を」と、義実家に呼び出された。尚久が同席しないことを条件に応じると、最初は「一体、何を考えているのか」「おかしくなったのか」などと、責め立てられた。けれど、時間をかけて冷静に、この六年間に起こったこと、尚久にされたことを話したら、徐々に義両親はトーンダウンした。

その日は「とにかく、また連絡するから」と帰されて、待っていたら一週間後に、義姉が

「迷惑かけたね。これ、尚久がちゃんと自分で書いたから」と、離婚届を持ってウィークリーマンションを訪ねてきた。義姉には離婚届を持ってきてくれたことについてのみお礼を言い、茗子はその日のうちに自分も記入し捺印をして、翌日に役所に提出した。

最終出社日の翌日にウィークリーマンションを引き払い、実家に身を寄せた。最終出社日は、室井さんと森崎さんとだけ、丁寧にお別れができればいいと思っていたのだが、予想外に他のチームメイトや、営業マンたちまで何人かわざわざ茗子の席にやってきて、挨拶をしてくれた。「仕事と育児の両立が本当に辛くて、何度も辞めようと思ったけど、磯村さんがいつもフォローしてくれたから、続けられてます」とか、「磯村さんの書類は絶対にミスがないから、本当に助けられてたよ。ありがとう」などと言ってもらえた。

課長からは、「長い間ご苦労さまでした。これ、課の全員から」と、けっこうな額のギフト券をもらった。離婚での退職なので、花束や家に飾るような物は良くないと、気を遣ってくれたのかもしれない。でも出雲旅行とウィークリーマンションで、思わぬ出費がかさんでいたので、純粋にありがたかった。

実家の両親は、尚久と住んでいたマンションを出てから割とすぐ、離婚について了承と理解を示してくれていた。最初は両親も、「急にどういうことだ」「もう少しよく考えてからにしたら」と咎め気味だったのだが、こちらにもこれまでのことを冷静に、しかし余すところなく伝えたら、「そう。わかった」「仕事を全うしたら、まずは帰ってこい」と、態度を軟化させてくれた。

そして実家に戻った翌週には、突然、隣県へ一泊の温泉旅行に連れて行ってくれた。三人で旅行するなんて初めてで、全員が終始ぎこちなかったけれど、食事はおいしく温泉は気持ち良く、単純に癒やされたので、楽しかったと言えなくもない。

「そうかー。そうだったんですねえ」

茗子の話を聞き終えた亜希さんが、まるで自分が何かをやり終えたかのように、しみじみ言って、ソファに深く背中を沈めた。

しばらく沈んでから、また身を前に起こし、茗子の顔をじっと見る。

「無責任に聞こえちゃうかもしれないけど、離婚して良かったと思います。だって元夫さん、少し話を聞いただけでも、酷い人でしたよね」

亜希さんまで「夫さん」という言い回しになっている。

「あと、これは上から目線みたいになっちゃうかな。でも茗子さん、よく頑張りましたね。大きな行動を起こすの、苦手そうなのに」

「あっ、あの。ありがとう」

一気に涙腺が緩み、泣くのを堪えるために唇を嚙んだ。そう、茗子は大きくなくても、とにかく行動を起こすことが苦手である。頑張って起こしたら、ハラスメントだと責められた、前野さんの事件のトラウマもあるから、尚更だ。

でも今回は本当に、急な退職の申し出と、尚久だけでなく義実家との対決と、本当に自分は苦手なことを、よく頑張ったと思うのだ。だから褒められて、ただただ純粋に嬉しかった。いい大人でも、頑張ったことを褒められると、こんなにも嬉しいのかと喜びを噛みしめる。

「そっか。だから新しい仕事を探してるんですね。三津子さん、張り切って探してますよ。勤務地は要相談ってことだったけど、東京でもいいんですか？　もしかして今日わざわざ来てくれたのって、東京の下見を兼ねてたりしますか？」

「ええと、あの。それなんだけど」

「あ、ごめんなさい。仕事については、三津子さんが帰ってきてからって言われてるんでした。先に私の話ですね。どうして、ここにいるのか」

「あ、そうだね。それが聞きたい！」

誤魔化してしまった感があるが、亜希さんの事情を聞きたいのは本当だ。

頷いて、お茶を一口飲んでから、今度は亜希さんが話し始めた。

「話してた通り、最初は三津子さんに仕事の世話をしてもらいたいって思ってたんです。でも出雲で三津子さんも言ってたけど、開業を待つと4月からの保育園に間に合わないかもしれないと思って。それで出雲からの帰りに、どうしようって考えてたら急に、私、世話をされる側じゃなくて、する側になりたいって思ったんです。自分も就職で苦労したから、同じように苦しんでる人の力になりたい、って。経験も能力もないのに、おこがましいんですけどね」

ううん、と茗子は首を横に振った。「わかるよ」と言いかけたが、今はまず話を聞こうと、口をつぐむ。

それで出雲から帰ってすぐに、三津子さんに連絡を取ったそうだ。新事業でスタッフが必要なら、自分を雇って欲しいと打診した。三津子さんは驚いていたが、まったくの一人は無理だからアルバイトぐらいは雇うつもりだったらしく、まずは会って話すことになった。そこで双方の希望など、様々なことを話し合い、最終的に亜希さんは、雑務全般を請け負う、唯一の従業員として雇われたということだった。

「おかげさまで保育園は、第四希望のところだったけど、4月から入れたんです。それで、起業の世話をしてくれてた三津子さんの親友さんが急いでくれて、何とか先月開業できたから、間に合いました」

「そうだったんだね。でも、三津子さんと連絡先交換してたっけ？　私が気付かなかっただけかな」

万九千神社からタクシーで駅前まで戻った後は、自然とその場で解散になった。皆で連絡先を交換したいという気持ちは茗子にも芽生えていたが、キサラギだった自分が言うのは憚られて、亜希さんも三津子さんも言い出さないし、諦めてそのままになっていた。あの時交換できなかったから、「Hikari」に登録してみたというのもある。

「してないです。だから、必死に探しました」

にやりと笑って、亜希さんはＳＮＳの名前を口にした。

「ああ、なるほど」

「そう。ジャンにそこでナンパされたんだから、絶対アカウント持ってると思って。でも、けっこう探すのが大変でした。三津子さんの苗字を聞いてなかったし、本名で登録してるかもわからないし。三津子、Mitsuko、光、Hikariとか色々やってみました」

結局、本名のフルネームで登録されていて、確証はアイコンの顔写真で得たという。

「本名って、あの？」

口許が緩みそうになるのを堪えながら、聞く。

「そう。この」

亜希さんが立ち上がり、デスクに向かった。パソコンを操作して、「Hikari」のＨＰを表示させる。「代表挨拶」のページにして、こちらに向けた。

堪えきれず、にやにやしてしまう。紺色のスーツを着て、丸い頬を更に膨らませて微笑む三津子さんのバストアップの写真の下に、「小峠三津子」という文字が並んでいる。

「最初にそのページ見た時、えっ！　って声出しちゃった、私」

「私も初めて聞いた時、えっ、って言いました。フルネームだと、演歌歌手度が三割増し、いや五割増しですよね」

「ちょっと、やめてよ！　本人気にしてるんだから、失礼よ」

二人で笑い転げる。今度は茗子が、背中をソファに沈めた。そしてしばらくして起き上がり、亜希さんを見つめた。

「そうだったんだね。亜希さんも、頑張ったね。いっぱい行動起こして、すごいよ」

自分もさっき同じことを言ったのに気付いていないのか、亜希さんは「ん？」という感じで目を丸くした。その後、こぼれ落ちるような笑顔を見せた。「ありがとうございます」と、歯を見せながら言う。もし彼女が今、「頑張ったことを褒められた」のを喜んでいるなら、口に出して伝えて良かったと、心から思った。

「でも、本当に頑張らなきゃいけないのは、今からなんですよね。まったく未経験の業種だから、ゼロからどころかマイナスからのスタートで、今猛勉強中です。それに、生活も賭けみたいなものなんですよ。実はうち、夫も同じタイミングで転職したんです。偶然だけど、出雲から帰った日に、夫の方も転職したいって言い出して」

「そうなの？　確かイタリアンの店長って言ってたよね」

「はい。まあまあ有名店だったんですけど、出雲でも話したけど、本当に殺人的に休みがないし、改善される見込みもなくて。私もずっと苦しかったけど、夫も悩んでたみたいです。そうしたらちょうど私が出雲に行ってる間に、お店を持つ予定の元同僚から、一緒にやらないかって声をかけてもらったらしくて」

「へえ。すごい偶然だね！」

「本当に。イタリアで修業してた、料理人の女の子なんです。日本の飲食業の在り方に疑問があるから、始める店は月に六日定休日を設ける、って。夫が頼まれたのは、店長とホール係と会計と、って要は厨房以外全般なんですけど、それなら休みは取れるし、彼女の腕は確かだから、成功して欲しいし、自分がそれに協力できるなら、やりがいがあるって。私も会ったことあるんですけど、すごくかわいくて面白い子なんですよ。でも厨房に入ると人が変わるらしくて、魅力的なんですよね。夫が彼女とお店をやるなら、それはいいなあって」

女性シェフなんてすごいね、カッコいいね、という言葉が喉まで出かかったが、またシェフは男性だという決めつけの発言になるかと思って、止めた。

「じゃあ本当に、亜希さんたちは、家族で新しいスタートを切ったって感じなのね」

代わりにそう言った。

「ですね。まだ子供も小さいのに、無謀かもしれないとも思いますけどね。夫の店はまだこれから開店だから、上手くいくのかどうか未知数だし。しばらくは私も夫も、自分の給料を捻出するために働くような状態になるんだと思います」

「そうかあ。でも、私も無責任と思われるかもしれないけど、きっと亜希さんたちにとって、良い選択なんだと思うよ。本当に」

出雲の工房で初めて会った時の亜希さんは、童顔でかわいらしい顔立ちなのに、疲れが表に出ていて、潤いがなく老けて見えた。でも今日は、終始声も弾んでいるし、頻繁に笑顔を見せてくれるし、活気に満ちあふれている。本来の彼女に合った道を、選択したからだろうと思わされた。

そのことを他人事（ひとごと）ながら嬉しく思い、応援したいとも思った。それは本当だ。しかし一方で「生活は賭け」などと言われると、今日茗子がここに来た理由を、早く打ち明けて謝らなければとも思う。

お茶を一口飲んでから、「あの、亜希さん」と話しかけた。

「こんなこと聞いていいかわからないけど、その、『Hikari』は順調なのかな？　登録者数はどれぐらい？　多いの？　あっ、『Hikari's Room』から来た人はいる？」

切り出し方がわからず、質問攻めにしてしまう。

「すみません、そういうことは答えられないんです。それに未経験なので、今の登録者数が多いのかどうか、私には何とも。あ、でもブログから来た人は、ちょこちょこいますよ！　メッセージ欄に『ブログずっと読んでます。光さんのファンです！』とか、『光さんの本名とご本人の印象が、ブログでイメージしてたのと違って驚いてますが、よろしくお願いします！』とか、書いてくれた人たち、います」

二人でまた声を出して笑った。

「どうしてですか？　もしかして、私が無謀なんて言ったから、売上の心配させちゃいましたか？　大丈夫ですよ。いや、絶対大丈夫なんてことはないんですけど。でも三津子さん、勤めてた不動産会社を完全に辞めたわけじゃないんですよ」

「え？　そうなの？」

「はい。私は不動産業もさっぱり知らないので、そういう形態がどこでもあるのかわからないんですけど、フリー契約になったんですって。こっちの事業もやりながら、会社から声がかかる仕事があったらフリーで引き受けて、成功報酬をもらう、みたいな仕組みらしいです」

だから、すぐに軌道に乗せないと、三津子さんと自分の給料に直ちに影響が出る、というわけでは多分ないと、亜希さんは説明した。だからこそ、自分が正社員として雇ってもらえたのだと思う、とも言う。

「そうなんだ。それなら少し、ううん、かなり安心した。あのね、実は私、謝らなきゃいけないことがあって」

「謝る？　何ですか？」

「『Hikari』に登録させてもらったんだけど、実はもう再就職が決まったの。前の会社に戻ることになったんだ」

三津子さんが帰ってきてからがいいかとも思ったが、流れで告白してしまう。

「えー！　そうなんですか？　前の会社？　でも実家に戻ったんですよね？」

「会社の本社が、うちの実家の方なの。結婚前はそこで働いてたのね。でも結婚して引っ越すことになって、あっちの支店に異動させてもらったんだ。でも離婚して戻るから、辞めたんだけど。本社に情報が行ったみたいで、昔の先輩が今本社で出世してて、良かったら戻ってこないかって言ってくれて」

あの、「茗子ちゃんのために言うんだよ」が口癖の営業だった女性の先輩から、一週間前に実家に電話がかかってきたのだ。自分のことを覚えてもらっていると思わなかったので、驚いた。しかも、また正社員でという話で、上にも自分から話を通すから、採用試験的なものも形だけでいいと言ってくれて、魅力的だったので乗ってしまった。これからもずっと実家で暮らすのかどうかはまだわからないが、もう若くもないのだから、この先はお金は貯められる時に、貯められるだけ貯めた方がいいとも考えていたところだったので、とりあえず実家から通えるのもありがたかった。

「そうなんですね！　わあ、それはすごくいいじゃないですか！　良かったですね！　三津子さんも喜びますよ」

驚いたことに、亜希さんは手を叩いて喜んでくれた。

「え、本当？　喜んでもらえるの？　だって私、登録したのに、いいの？」

「いいですよ、そんなの。登録したけど、こっちから連絡したら、あ、もう他で決まりました、すみませーん！　みたいな人、いっぱいいますよ。まったく問題ないです。あ、もしかして今日わざわざ来てくれたのって、謝るためですか？　わあ、やっぱり茗子さん、真面目！」

「あ、う、うん。実は」

二人に会いたいという思いもあった。でもこういうことになったので、直接会って謝らなければという思いも、強かった。

「でもそういう真面目なところが買われて、また本社からお声がかかったんですよね！　それは茗子さんの力だから、すごくいいことだと思います」

「本当に？　ありがとう。でも、三津子さんも亜希さんも、すごく挑戦してるのに、私だけ無難な方に行っちゃって、それは恥ずかしいっていうか、ちょっと情けないって思うんだけどね」

「いやいや、でも生活は大事ですから。それは、どっちがいいとか悪いとかじゃないです。挑戦するのも、安全を取るのも、人によって向き不向きがあるし」

ありがとう、と呟いた。そんな風に言ってもらえたことは、素直にありがたかった。でもやはり、二人に比べて自分は守りに入っているという劣等感も、まだくすぶっている。

けれど二人のそれに比べたら、あまりにも些細なものなので口にはできないが、今回の再就職は、茗子にとってはちゃんと挑戦でもあるのだ。だって、苦手だったあの女性の許で働くのだ。条件が良かったというのもあるが、声をかけられた時、あえてこの人の許で働いてみたいと、すっと気持ちが添った。あの頃あの先輩が「茗子ちゃんのために言うんだよ」と言っていたのを、茗子はいつも適当に聞き流していた。でも今は、彼女の考えを、ちゃんと聞いてみたいと、心が欲している。だからすぐに「ぜひ、お願いします」と返事をした。

「また、営業事務をやるんですか？」

亜希さんに聞かれて、「あ、ううん」と身構えてしまった。

「それが、違うの。ええと、今度は人事部に入るんだ。当時の先輩が今、人事部で係長をやってるんだって」

「へえ、人事。意外ですね」

「そうなんだよね。それこそ私もまったくの未経験だから、できるのかわからないんだけど……。でも」

伝えたい、聞いて欲しい気持ちがあるのだけれど、いざ話すとなると緊張してきた。でも、これにも挑戦していきたいのだ。自分の思いを伝える、こと。出雲で亜希さんが何度もしていたように、胸に手を当ててみる。あれは、おまじないか何かだろうか。

「ほら私、人の仕事まで引き受け過ぎちゃって、限界が来て、三津子さんのブログで暴れちゃったりしたでしょう。そういう経験があるから、人事になって、同じように抱え込んじゃう人とか、今の場所では働きにくいっていうような人の、悩みを聞いてあげたりしたいなあと思って。さっき、亜希さんが就職で苦労したから、紹介する側になりたいって言ったの、わかる！　って……」

上手く伝えられているかわからず、歯切れが悪くなっている途中で、亜希さんが「茗子さん！」と叫んだ。目をキラキラさせて、茗子を見つめてくる。

「それ、すごくいいと思います！　いい、いい！　すごくいい！　ああ、三津子さん早く帰ってこないかな。遅いですよね。力哉くんにお菓子でも買わされてるのかな。今の話、早く三津子さんにも聞かせてあげたい！」

なんと亜希さんは、ソファから立ち上がって、両手をバタバタ上下させるという、謎の動きをした。驚いたけれど、本気で喜んでくれていることが伝わってきて、じわじわ茗子も嬉しくなった。一生懸命、伝えて良かった。

「あー、もう、待って！　そんな嬉しい話を聞かせてもらったら、私の方も茗子さんに早く話したい！　あのね、すごい話があるんです！　でも三津子さん、帰ってこない！　でも、もういい！　本当は帰ってきてからって言われてたんだけど、話しちゃいますね」

またソファに座ったが、亜希さんはまだ手をバタバタさせている。テンションの高さに少し戸惑いながら、「え？　何？」と茗子は亜希さんを覗き込んだ。

「実は既に一件、仕事の紹介が成立したんですよ。第一号です」

「あ、そうなんだ」

一カ月で一件の成立が、すごいのかどうかわからず、曖昧な反応をしてしまった。でも亜希さんが話したいのは、そこではなかったようだ。

「本当は個人情報を話しちゃダメなんですけど、この件を茗子さんに話すのだけは特別いいよね、って三津子さんも。成立した人のプロフィールです。出雲市在住、三十六歳。現職、焼き物工房の絵付けスタッフのアルバイト。東京の美大卒、東京の会社でデザイナー経験あり。現在お父さんと二人暮らしで、出雲に住まいながら、もっと本格的にデザインの仕事がしたいっていう希望でした。遠隔勤務ＯＫの、横浜のデザイン会社に就職成立しました」

え、えええっ、と声が漏れた。入ってきた情報を整理する。出雲で見たシチュエーション、物、聞いた話が、頭の中を駆け巡った。

「えええ！　あの美人の絵付けスタッフさん！　板前さん？」

決して勘がいい方ではない茗子だが、さすがにこれは理解した。

「そうなんです！　びっくりでしょう？」

亜希さんは、これでもかというぐらい得意気だ。

「びっくり！　でも待って、どういうこと？　三津子さん、知ってたの？」

「娘さん、マドカさんっていうんですけど。工房でマドカさんの技に惚れ込んで、あれこれ質問して、身の上話を引き出して。これは仕事になる！　って思って、お父さんの職場まで聞き出して、お客になって、お父さんはどう思ってるのか、スパイしに行ったらしいです」

　わざとなのだろうが、亜希さんは早口言葉のように、まくし立てて説明する。

「失恋を癒やしに出雲に行ったけど、途中から仕事魂に、火が付いちゃったんですって」

「そういえば、そんなこと言ってましたね。待って、ねえ。じゃあ私たち、三津子さんのスパイ活動の邪魔しちゃったのかな」

「私もそれ、聞いたんです。でも、結果的にああなったことで、板前さんが自ら娘さんの話をしてくれて、このままにしておいていいのかって思ってることもわかったから、寧ろ助けられた、って言われました」

「それなら良かったけど……。えっと、良かったでいいんだよね？」

「いいと思います。マドカさん、就職が決まって、すごく喜んでくれてたし」

「じゃあ、良かった。はあー、でもびっくり。ほんと、びっくり。わー」

　驚き過ぎて、言葉が付いてこない。何故か疲労感のようなものを感じて、ソファにもたれかかった。

「なんていうか……。三津子さんって、すごくて、不思議だねえ。亜希さんが、すごく興味がある、もっと知りたいって、力説してたの、わかるよ」

「でも出雲から帰って、すぐにコンタクト取って、下で働かせてもらうようになって、もう四カ月ぐらい経ちますけど。まだ、ぜんっぜん！　ぜんぜん摑めないです、あの人」

「そっかあ。ねえ、亜希さん。三津子さんの不思議と言えば、私、今日聞けたら聞きたいと思ってたことがあるの」

二人しかいないのに、つい小声になった。体を起こす。「ああ」と亜希さんが前のめりになり、茗子もつられた。ローテーブルの上で、顔を寄せ合うような状態になった。

「ブログのことですよね？」

「そう。何で更新しなくなっちゃったの？」

「わからないです。何度もそれとなく聞いたんですけど、その都度はぐらかされるんですよね。何？　今ちょっと忙しい、とか。あれ？　最近書いてなかったっけ？　とか」

「そうなんだ。どうしたんだろうね。余計なお世話かもしれないけど、また変な男の人にハマってるとか、ないかな。大丈夫かな」

「ああ、それはないです、大丈夫。今は親友さんから流れてきた、韓国の男子アイドルグループに夢中だから。正直、毎日きゃあきゃあうるさいんです。頑張って、顔に出さないようにしてますけど」

「あっ、そうなんだ。親友さんって、ジャンのこと見抜いた人？」

「はい。三津子さんと同い年で、東大卒で弁護士資格も持ってる、アイドルおたくさん。女性アイドルも好きだそうです。でもアイドルしか信じてないから、ジャンのことはすぐ気付いたって」

「そう……。そういう理由じゃないなら、良かった。でも、じゃあどうしてなんだろうね」

光さんが、また「Hikari's Room」からいなくなってしまったのだ。ブログが、まったく更新されない。

三人が出雲から帰ってきた当日は、更新があった。茗子はウィークリーマンションに入室した途端、いつも通りの慣れた手つきで「Hikari's Room」にアクセスした。「New」の文字があり、『皆さん、ご心配かけました！　無事に帰ってきましたよ』という記事がアップされていた。

『コメント欄で、キサラギさんのせいで失踪したのではという流れになっていたようですが、全然違いますよー！　実は最近コメント欄はあまり読めてないので、コメントに影響を受けることはないです』

とも書いてくれていて、おかげで、出雲大社の写真をアップした頃から既にだいぶ鎮まっていたけれど、この記事の後、キサラギへの批判は完全に収束した。

この記事のコメント欄は、「光さん、お帰りなさい！」「無事で良かった！」「チカラくん、オトちゃんも、ママとの再会をきっと喜んでますよね」「次の記事は出雲旅行についてですか？　楽しみにしてます」などと、明るい内容で溢れた。

　けれど、次の月曜も水曜も、記事の更新はなかった。茗子はウィークリーマンションで、尚久や義両親の対応をしながら、会社で退職の準備に奔走しながら、毎日、毎時間、時には五分おきに、「Hikari's Room」にアクセスした。

　しかし、更新はされなかった。一週間後も、二週間後も、一カ月後も、二カ月後も。コメント欄には、「光さん、どうしちゃったんですか？」「また更新がないので不安です」「やっぱり何かあって、まだ解決してないんじゃないですか？」「無事かどうかだけでも教えてください」などと、心配する声が相次いだ。

　次に更新があったのは、今から約一カ月前。「Hikari」が開業した時だった。しかし開業の告知だけだったので、この時は、「開業おめでとうございます！」「ＨＰも素敵ですね。光さんの本名とお顔を知れた！」「私もいつかお世話になりたいです」というようなお祝いのコメントと、「やっと更新されたと思ったら宣伝で、ちょっと面食らっています」「新事業が忙しくて、もうブログはやらないんでしょうか」「普通の会社員だからシンパシーを感じてたけど、社長になっちゃうんですね。更新もされないし、もうブログを見なくなってしまいそうな気がします」というような、不満を漏らすコメントとが混在していた。

そして、それから一カ月、まだ更新されていないので、最近では――。さっき新幹線でも茗子はアクセスしていたが、コメント欄は、

「もう光さんは、ブログやめちゃったってことでいいんですか？」

「やめるのは仕方ないけど、ずっと楽しみにしていた読者がいます。挨拶はして欲しいと思うんですが、贅沢ですか」

「小峠三津子さん、何か話してくださいよ」

「前々から一切コメントに返信しないのは、どうかと思っていました。この間はコメントを見てないって堂々と書いてたし、冷たい人なんだなあとショックです」

「ですよね。自分が飽きたから、もう読者はどうでもよくなっちゃったのかなって、哀しいです」

などと、完全に批判コメントの方が多くなっている。中には、「キサラギさんがいなくなったね。光さん、キサラギにまで捨てられちゃったんだね」というものもあり、茗子は思わず目を伏せた。

キサラギとしてはもちろんだけれど、茗子は他のハンドルネームでも、出雲から帰って以来コメントをしていない。亜希さんもSpringとしても、他の名前でもしていないという。

「批判的なコメントが多くなってきたから、そういうのを見ちゃって、落ち込んでるんじゃ

ないといいんだけど」

　茗子が言うと、亜希さんが「それは大丈夫ですよ」と、首を横に振った。

「三津子さん、最近はまったくコメント読んでないと思う。下で働くようになってから、パソコンでも携帯でも、『Hikari's Room』を開いてるのさえ、見たことないです。私ばっかりが見てる」

「そうなの？　ならいいけど……。でも、じゃあ、どうして更新しなくなっちゃったんだろうね」

　共に眉間に皺を寄せて、うーんと唸った。至近距離で目が合い、しばらく見つめ合った後、どちらからともなく逸らす。今、同じようなことを考えていた気がする。

「やっぱり、私のせいだと思う」

　茗子の方から、考えていたことを告白した。

「失踪はジャンのせいだったかもしれないけど、キサラギのコメントにもやっぱり傷付いてたんですよ、すごく。会って謝ったから、その場では許してくれたけど、もうブログは嫌だって思っちゃったんじゃないかな」

　亜希さんが、眉間に皺を寄せたまま頷いた。

「正直に言うと、その可能性はあると思うんです。ただその場合、茗子さんだけじゃなくて、私たち二人のせいだと思うんですよね」

「どうして？　亜希さんは熱心なファンだったじゃない。嫌になる理由がないよね」

「でも私も、イメージと違ってショックを受けたのを、隠そうともしなかったたし。嫌い、とも言っちゃったし。それに、自分がしたことなのに、こんなこと言うのおかしいんですけど、ファンでもあんな遠くまで追いかけて来られるのは嫌だった、っていうか、怖かったんじゃないかと思うんですよ。あの時は勢いでしちゃったけど、今になってそう思うんです」

茗子はまた、うーんと唸って、今度は腕組みをした。

「でも、それなら亜希さんを雇ったりしないよね。出雲から帰ってすぐ探し出して、でも嫌がらずに会ってくれたんでしょ？　三津子さん、本当は嫌なのに言えないってタイプじゃないだろうし」

「それはそうなんですよね。茗子さんのことも。登録があった時、これきっと茗子ちゃんだよね？　って、本当に嬉しそうにしてたんですよ。あれが演技だとは思えない。今日来るのも、楽しみにしてたし」

しばらく黙って、順番にふうっと息を吐いた。亜希さんはまたソファに背中を沈める。茗子も真似をした。

「あの、もしかしてこういう理由かなって思ってることがあるんですけど。話してもいいですか？」

　喋りながら、亜希さんはまた起き上がってきた。「うん、もちろん」と茗子も前のめりになる。

「これ私の勝手な考えだし、かなり図々しいので、違ったらけっこう恥ずかしいんですけど」

　亜希さんにしてはめずらしく、歯切れの悪い前置きをする。

「あの、私さっき、就職で苦労したから、世話をする側になりたいって言ったじゃないですか。茗子さんは、仕事がつらかったから、悩みを聞いてあげたいって思ってるじゃないですか。三津子さんにも、そういう気持ちがあるんじゃないかと思うんですよね」

　無言で頷き、茗子は先を促した。

「ブログは自分の気持ちの整理のためって言ってたけど、同じように、仕事や育児や生き方で悩んでる女性の助けになれれば、って思いもあったんじゃないかな。それで出雲で私たちと関わって、それはもうできたって思った。今後は女性に仕事を紹介する事業もするし、ブログではもういいやって思った、とか？」

　それなりに長い時間、茗子は無言で、亜希さんの言ったことを反芻（はんすう）した。「光、を」という三津子さんの声が聞こえてくる。

「光を、見つけたいって言ってたでしょ」

「でも私に何ができるかわからないから。一緒に、見に行こうかって思ったの。光を」

——いつの間にか、亜希さんと目が合っていた。何も言っていないのに、亜希さんが何度も頷く。もしかして、また同じことを考えていた、思い出していただろうか。

「でも、全然意味なんてないかもしれないですけどね。三津子さんのことだから、本当にただ飽きちゃっただけかも」

「うん。その可能性もあるよね。でもその場合、閉鎖はしないのかな」

「ああ。あるとつい見に行っちゃって、嫌ですか？」

「それもあるけど……。私が言うことじゃないんだけど、批判的なコメントが多くなってるから、最後のページにそれが残るのも何だかなあと思って。あと、批判的なものの率は増えたけど、コメント自体はどんどん減っていってるよね。今の最新のも、三日前のだったのよ。更新がないから、仕方ないと思うんだけど」

「あぁー、わかりますよ。何かちょっと、淋しいですよね」

そう。これも誹謗中傷していた茗子が言うことではないのだが、毎日毎日、かなりの頻度で訪れていた「場所」なだけに、だんだん忘れ去られて、いつか誰も訪れなくなるなら、少し淋しいと思ってしまう。でも、著名人でもない個人のブログなんて、そんなものなのだろうとも思う。

「もう、いつまで拗ねてるのよ！　ママ何度も謝ったでしょう？」

廊下の方から突然声が聞こえてきて、驚いて二人で壁を見た。知っている声だ。

「三津子さんだ。やっと帰ってきましたね」

亜希さんが携帯で時間を見る。もう16時になるようだ。

「すねてないよ。また次にはつながらないんだろうなあって、なえてるの」

男の子の声がする。「力哉くんです」と亜希さんが言った。

「何それ。どういう意味よ」

「だって、このあいだもそうだったでしょ。おべんとうの日にわすれて、ごめんって言ってくれたけど、また今日もひきわたしくんれん、わすれたでしょ」

会話の内容に驚いて、茗子は口をぱかっと開けてしまった。

「力哉くん、しっかりしてるんです。琴音ちゃんも、しっかりしてます。この間、微熱があって保育園に行けなくて、一日ここにいたんですけど。夕方に三津子さんが、お腹空いてない？　おやつ買ってきてあげようか？　って言ったら、保育園のリズムを崩しちゃいけないからって、おやつはさっきもうもらったよ。忘れたの？　今はママが食べたくなったんでしょ。私を利用しないで、って」

亜希さんは苦笑しながら話したが、茗子はまだ口を閉じられなくて、笑えない。

「五歳と三歳でしたっけ。それ、普通なの？」

「うちの子はまだ一歳だから、わからないですけど。普通ではないんじゃないですかね。三津子さんがあんな感じだから、自然としっかりしちゃったんだと思う」

二人分の足音が、だんだん近くなってくる。

「もう！　今日ね、遠くからママの多分お友達が来てるの。リキくんお願いだから、お友達の前で、ママにそういう酷いこと言わないでよね」

「たぶんおともだちの意味がわからない。おともだちなら、ママのことよくわかってるから、いいんじゃないの。アキちゃんだって、もうわかってるし」

「ああ、もうかわいくない！」

やがてドアのノブが、外側からガチャリと回された。

茗子は何とか口を閉じて、思わず背筋をぴんとした。亜希さんもつられている。

ギギギギィと鈍い音を立てて、古いドアがゆっくり開く。インターホンとエレベーターもなかなかの音がしたが、こちらのドアもだったようだ。さっきは多分、迎えてくれるのが亜希さんかどうかと緊張して、気付いていなかった。

ギギギギイ。ドアが更に開く。青白い部屋に、「それ」が侵入してくる。

眩しくて、目を伏せかけた。が、思い止まって、しっかりと開く。亜希さんも、同じ仕種をしたように思う。

二人は見つめる。そこにある光、を。

解説

藤岡陽子

女社会でうまくやっていくためには、本音をすべて語ってはいけない。私は常々そう思っている。

こんなことを書くと私が特別腹黒く思われるかもしれないが、大多数の女性は意識せずとも自然にそうしているはずだ。というのも女性が人生を選びとる基準は多様で、本書のテーマになっている「子供を産んだ人」「産んでいない人」の違いだけでも、社会の見え方は大きく変わってくる。見ている景色が違うのに、そこで本音を口にすれば時には衝突が起きる。たいていの女性たちはそのことを心得ていて、相手に合わせて巧妙に話題を選んでいるのだ。

本書でも、まったく別の景色を見ている二人の女性が登場する。

主人公の一人である澤田亜希は三十五歳で、一歳四か月の息子、一維を育てている。同い年の夫、英治との関係はとてもいい。だが東京郊外のイタリアンレストランで店長兼ホール係をしている英治は仕事が忙しく、亜希のワンオペ育児は一維を出産してからずっと続いている。

亜希は大学進学をきっかけに生まれ育った九州最北の県を離れ、東京に出てきた。卒業後は都内の中堅文具メーカーで六年間働き、二十九歳で退社。派遣社員に転じ、結婚をして、三十四歳の時に出産した。いまの暮らしに幸せは感じているが正社員で働きたいという思いは常にあり、母親業だけをしている現状に不満と焦りを抱いている。なぜなら亜希には、「いつか親になることがあっても、子供の話しかしないような人には自分はなりたくない。子供が世界のすべてというような『母』には私はならないと、昔から強く思っていた」という理想の生き方があり、でも現時点ではその真逆の生活をしているからだ。

もう一人の主人公、磯村茗子は出産することなく働き続ける三十七歳の女性である。中国地方で二番目に大きな市で生まれ、地元の私立大学を卒業した後、自宅から車で通える会社に勤めていた。二十七歳の時に二歳年上の尚久と出会い、三十一歳で結婚。尚久が脱サラして実家の仕出し業を手伝うと言い出したので中部地方に移り住む。会社には退職希望を出したのだが移転先の営業所に異動することになり、いまも勤務している。三十二歳で流産してから夫との間に性行為はなく、年齢的な出産のリミットが迫る中、夫婦間で子供について話し合うことはない。茗子自身は先の見えない虚無の時間を過ごしているが勤続十五年の会社では責任が増していて、現在は後輩の若い女性たちの妊娠、出産、退職のフォローを一手に引き受け疲弊している。

物語はこのような背景を持つ亜希と茗子、それぞれの視点で進んでいくのだが、著者は二人の女性の苦悩をリアルなエピソードを積み上げ読者に伝えてくる。

例えば亜希は仕事復帰を切望しているが、派遣会社から紹介された飲料メーカーの面接に、一維が発熱したため急きょ行けなくなる。一時利用の手配をしていた保育園もキャンセルし、「この先また、条件の合う仕事は見つかるのか」と涙をこぼす。茗子は妊娠を理由に仕事を怠ける女性後輩に態度を改めるよう促し、上司から「マタハラ」だと厳重に注意される。著者は、女性なら経験があるだろう胸を抉られるようなエピソードを次々に重ね、一℃、また一℃と読者の体温を下げていく。この巧みな心理描写によって亜希と茗子が味わっている絶望が自分事のように思えてくるのだ。

物語は亜希と茗子、まったく別の場所で生き、違う景色を見ている二人が「ある場所」で交差したことによりいっきに加速する。

そのある場所とは「Hikari's Room」という人気の育児ブログで、二人は「Spring」（亜希）、「キサラギ」（茗子）というハンドルネームでそれぞれブログにアクセスしている。ブログを発信しているのは都内在住の四十歳のシングルマザー、「光さん」。光さんは五歳の息子と三歳の娘を育てながら不動産会社のデベロッパーとして働き、近い将来、会社を辞めて女性専門の就職紹介会社を立ち上げようとしている。

亜希は光さんを自分が理想としている力強い生き方をする女性だと考え、「Hikari's Room」を心の拠り所にしている。逆に茗子は、自身の鬱憤を晴らすかのようにアンチコメントを残す。亜希はそんなキサラギに対して良い感情を持っていないが、でもそれはあくまでもＳＮＳ上だけの話だった。

ところがある事件をきっかけに、亜希と茗子、そしてブログ主の光さんが直接会うことになる。

本書が圧倒的におもしろいのは、これまでＳＮＳ上だけで関わりあっていたSpringとキサラギが顔を合わせ、本来であればけっして口にはできない痛烈な本音をぶつけあうところだ。子供を産んだ亜希、産んでいない茗子。それぞれが流してきた涙と血が織り込まれた台詞の応酬が物語の最大の山場であり、本書の凄味となっている。

そして全編を通して伝わってくるのは、胸が冷えるほどの孤独である。

亜希も茗子も、客観的に見れば孤独ではない。亜希には一維と英治、茗子には尚久がいる。

それでも彼女たちはどうしようもなく独りなのだ。

なぜなら亜希も茗子も、いま自分が感じている絶望を誰にも話すことができない。男性である夫と、女性である自分は、別の景色を見ている。それなら周りにいる女性たちに悩みを打ち明ければいいのだけれど、彼女たちと自分もまた別の景色を見ている。

既婚と未婚。子供がいる、いない。仕事をしている、していない。仕事をしていても正社員、派遣社員、パートなど働き方はさまざまで……。

周りに女性はたくさんいるのに、どの人とも自分は違う。だからこそ亜希はSNS上で自分自身の価値観に近い光さんに希望を見出していく。逆に、茗子は自分を苦しめてきた女性たちを光さんに重ねて攻撃する。それぞれ関わり方は異なるけれど、二人とも、ブログによって孤独を埋めているのだ。


本書が単行本として刊行された二〇二二年に、私は著者と対談させていただいた。その時に茗子と亜希の本音――胸がひりつくような台詞を臆せず書き切った勇気を称えた。

「私だったら読者にどう思われるかが怖くて、ここまで踏み込んだ台詞は書けない」

と伝えると、著者は、

「個人の問題とされている部分って、実は社会の問題であることが多い。それが、私が今、

「一番問題だと思っているところです」

と返してくださった。この言葉から著者が現代社会に問題を感じていることがわかる。その問題の一つとして描かれるのが亜希と茗子の夫たちの立ち位置だ。

イタリアンレストランに勤める亜希の夫は三十四歳でようやく正社員になるのだが、月に三日ほどしか休みがなく、育児や家事をする時間がない。それなのに会社はみなし残業制を取り入れているので労働時間に対して給料が安く、夫一人では妻子を養うことは難しい。茗子の夫は精神的に未熟で、家事をいっさいしない。手取りが少なく茗子の稼ぎなしでは暮らしていけないのに、妻の心身を労わる包容力はまるでない。女性たちが苦悩し、孤独に陥る背景には、男性たちの父親や夫としての機能不全があると著者は鋭く切り込んでいく。

本編より先に解説を読まれた方は、この物語を辛く厳しい内容のように感じておられるかもしれない。でも安心してください。著者は亜希や茗子、そして読者を暗闇の中に置き去りにはしない。その鍵となるのがブログ「Hikari's Room」を発信する光さんなのだが、四十歳の彼女はいくつもの苦難をくぐり抜け、いまは地に足をつけ、ぶれることなく進むべき方向に向かっている。そんな光さんが亜希と茗子に向けてなにを伝えるかは、物語の中で確かめていただきたいと思う。

飛鳥井千砂さんは一九七九年生まれで、本書を刊行したのは四十三歳の時である。となると執筆を開始した時期はちょうど光さんと同じくらいの年齢ではないかと推測する。なにが言いたいかというと、著者もまた亜希や茗子のように暗闇に沈んでいた、光を見つけたいと切に願った経験があるのではないかということだ。光さんは、著者の分身なのではと私は勝手に思っている。

この本を読み終えた時、私は亜希と茗子という長年つき合ってきた女友達とようやく心が通じたような気持ちになった。人の本心に触れたと思った。本音で語り尽くした後のような満足感があった。マウントを取っていると思われるのを怖れ、ハラスメントで訴えられることに怯(おび)え、巧妙に本音を隠していまの私たちは生きている。でも著者は教えてくれた。思いは、伝えなければ伝わらない。語り尽くした先に理解がある。だから光――希望を見つけることを、諦めてはいけない。

――作家

この作品は二〇二二年七月小社より刊行されたものです。

幻冬舎文庫

●好評既刊
残照の頂
続・山女日記
湊　かなえ

「ここは、再生の場所――」。日々の思いを噛み締めながら、一歩一歩山を登る女たち。山頂から見える景色は過去を肯定し、これから行くべき道を教えてくれる。山々を舞台にした、感動連作。

●好評既刊
星屑
村山由佳

田舎者のミチルと、サラブレッドの真由。過酷な芸能界で、二人をスターダムに押し上げようとする女性マネージャー・桐絵の前に立ちはだかる壁……。ド・エンタメの「スター誕生物語」。

●好評既刊
死命
薬丸　岳

余命を宣告された榊信一は、自身が秘めていた殺人衝動に忠実に生きることを決める。女性の絞殺体が発見され、警視庁捜査一課の刑事・蒼井凌が捜査にあたるも、彼も病に襲われ……。

●好評既刊
わんダフル・デイズ
横関　大

盲導犬訓練施設で働く歩美は研修生。ある日、盲導犬の飼い主から「犬の様子がおかしい」と連絡を受け――。犬を通して見え隠れする人間たちの事情、秘密、罪。毛だらけハートウォーミングミステリ。

●好評既刊
ありきたりな言葉じゃなくて
渡邉　崇

一人の女性との出会いをきっかけに、人生がどん底に堕ちていく。強制猥褻だと示談金を要求され、借金をしてまで支払ったのに、仕事先に怪文書を流される。素知らぬ顔で彼女が再び現れて……。

見(み)つけたいのは、光(ひかり)。

飛鳥井千砂(あすかいちさ)

令和7年2月10日　初版発行

発行人――石原正康
編集人――高部真人
発行所――株式会社幻冬舎
〒151-0051東京都渋谷区千駄ヶ谷4-9-7
電話　03(5411)6222(営業)
　　　03(5411)6211(編集)
公式HP　https://www.gentosha.co.jp/
印刷・製本―中央精版印刷株式会社
装丁者――高橋雅之

幻冬舎文庫

ISBN978-4-344-43451-6　C0193　あ-62-2

この本に関するご意見・ご感想は、下記アンケートフォームからお寄せください。
https://www.gentosha.co.jp/e/